种子开花

梁星钧 著

经济日报 出版社

图书在版编目（CIP）数据

种子开花 / 梁星钧著. -- 北京：经济日报出版社，
2021.12

ISBN 978-7-5196-1042-5

Ⅰ.①种… Ⅱ.①梁… Ⅲ.①散文集-中国-当代
Ⅳ.①I267

中国版本图书馆 CIP 数据核字(2021)第 280010 号

种子开花

作　　者	梁星钧
责任编辑	王　含
责任校对	蒋　佳
出版发行	经济日报出版社
地　　址	北京市西城区白纸坊东街 2 号（邮政编码:100054）
电　　话	010-63567684（总编室）
	010-63584556　63567691（财经编辑部）
	010-63567687（企业与企业家史编辑部）
	010-63567683（经济与管理学术编辑部）
	010-63538621　63567692（发行部）
网　　址	www.edpbook.com.cn
E - mail	edpbook@126.com
经　　销	全国新华书店
印　　刷	成都兴怡包装装潢有限公司
开　　本	880mm×1230mm　1/32
印　　张	11.50
字　　数	270 千字
版　　次	2021 年 12 月第一版
印　　次	2022 年 2 月第一次印刷
书　　号	ISBN 978-7-5196-1042-5
定　　价	88.00 元

前　言

早想出这本书，一直没出。正如我文里所说，出什么书？自己满意并喜欢的。何时才出？特别想出并且准备好了不得不出时。目的何在？检视写路，展示成果；集中保存，以免遗失。这样的考虑，是建立在自然、随性、审慎的基础上，也是建立于"该出手时就出手"上。

一、我写散文

写散文多年，征程漫漫。

初写日记。婆婆去世出殡的前夜，我伫立楼上，通宵达旦地写了一篇 16 开 30 页的"写在前后"，成为我前期日记的巅峰之作。

次投报刊。1995 年 4 月 25 日，我的首篇投稿发于《成都科技商报》周报头版正中位置，从此陷入了写作的狂热。

新千年起，我在行业征文里独占鳌头；参加全国征文大赛练笔；在文学论坛里扩宽视野；向传统纸媒投稿并精深进军……

纵观我的写作，也犹如这一路看风景：随遇而安，引人入胜。也即在目标里寻机遇，在机遇里臻目标，用自己积聚的泥沙，垒筑巍峨的高塔，实现我"天高地远境，云淡风轻笔"的艺术追求。

我的文字可简括为几字：含蓄、隐射、多元；流畅—精致—纯净。有如下三特点：

一是引人读。这是首要，不吸引人读，一切白谈，再好也没用。以前设悬念，重情节，后学了散点透视和片断团块法，讲究角度的新颖、观点的独到和语言的新奇。二是有东西。写文要言之有物，此"物"非原始意义的自然物，而是沉淀过的饱蘸作者思想情感的艺术物，也是典型化了的东西。当然，"有东西"也指表达的准确到位。三是有自我。绝不走多数人的"群众路线"和已有的"经典路线"，而要写出自我。没自我还不如不写。我反对初写先模仿，对先同后异我持异见，我主张先异而后同。人是不同的生命个体，先"各行其是"，然后再殊途同归。

"先生有自己的创作方法及观念"，有人这么赞我，我欣慰。写自己的发现很可贵，不可笑。可笑的是那些不动脑子的"猪脑子""跟屁虫"，随声附和，众口一词，了无生趣，不配立言。

为了写好散文，我没少研究小说与文学评论。散文"易写而难工"，我不主张急于求成，我赞赏终生成就一文一书之专研精神！你一生说一句话被人记住了，你就是伟人！写散文急于表达，过于露骨，我不太欣赏。既为艺术，都应间接隐讳，话里有话，绵里藏针，口留余香，弦外之音，余音绕梁，这才是高格的艺术。

散文的好坏，受时空和历史检验。不论写啥散文，我都悉心体会，真情用笔，"从我到我们"（红孩语）。有人称之"清疏"，有人赞之"纯净"。我的文字之路，经历了由流畅至精致到纯净的嬗变。我喜天籁，因只有天才懂。人之喜听，在其深邃高妙。

散文如何超脱"小摆设"？非大作之后的闲暇小品？诗歌凭强烈的抒情及意象来显眼，小说借动人的情节和鲜明的人物来取胜。散文呢？仅凭思想情感的呈现？问题的焦点在于，一切艺术都是以形象来说话，难道散文可例外？干嘛散文作者非要站出来说话（直抒胸臆）呢？这似有点不自信，怕人不明白，怕文短而意浅，就迫不及待地跳出来交代。这难道是高超的艺术？故有许多散文轻浮、空泛、贫乏、浅显、苍白。个人认为，散文应寄寓于描写对象（艺术元素），深藏不露，慢慢散发出持久不衰的艺术张力。

做一个坚定的散文探索者，有如我坚定评论与编辑探索。不鸣则已，一鸣惊人！这是我的处世行文之道。

二、关于编辑

该书的编著颇费周折。不是出不了，只是不想出。兼顾者多，但也正是慢火炖文章、文火煮书稿的需要。

时间上一再延迟。2004 年开始谋划，2005 年写了自序，因别的事延误了，2016 年我潜心编著该书，跨时 30 年（从写算起）。换言之，我用 30 年时间，精心编著一本散文，在人眼里是蜗牛爬行，于我自己则是呕心沥血，慢工出细活。

我打过比方，一书（文）过 5 年行说明可以，过 15 年仍行说明真行，如过 30 年 50 年还行就有可能传世。当然，自己还在路上，但可以共勉。我也形象地向人描述过我的写修投（出），有如铸造传世名剑莫邪剑，也如打铁的淬火加钢，没有千百次的锻打，没有无数的心血凝成，你休想成矣！

策划上煞费苦心。我研读过中国散文分类，有自己的收获，所以出书时我考虑再三，终难敲定。我也深知，非名家难以出热门综本，但我今天就有意推出自己的第一本散文综集，以接受时空的检验，也给自己几十年散文创作一个历史性交代。

内容上千挑万选。文稿多多，选谁？我想到了种子，不管落到哪里，不管你的态度如何，只要借助一方泥土，都会发芽开花。对，就它！完全合我心意，这么多年，我就是这样行走！今天，我的散文集取名《种子开花》，诚如书封所言，开花是我的责任，我不会为赞扬去开，也不会为失落去开，我要把生命的本色开出来！

修订上千锤百炼。该书的编著经历了百炼，能否成钢，已非我的事了，但我已尽全力，这足够了。在出书上，我还是倾向于少而精（"要高峰不要高原"），钦佩世上的硬派作家，一生出一本两本甚或半本（如曹雪芹《石头记》），更好更优也更耐人寻味！我也不太主张急功近利的所谓"著作等身"，一个人可以少而精，却不可能都去做无所不通的旷世奇才。此话没损人之意，意为我们尽可能做到"大象无形"和"大音稀音"。

目录 CONTENTS

情感篇　情字怎了得

一些情感的依恋、缠绵、忆念和永怀。

奇遇篇　邂逅成风景

人生有奇遇，邂逅成风景。

闲逸篇　心远地自偏

　　人类宇宙，浩浩汤汤，生命长河，奔流不息。

先贤曰：逝者如斯夫，一去不复返也。

求
学
篇

读书千古事

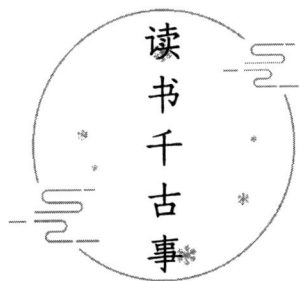

两代人的读书高考：一个是意想不到，一个是历经艰难。

我的读书充满意外。若按平时成绩，我高考应没问题，可到临场总是失之交臂。

遇上自考是缘分。自考遇阻，梦想照耀人生。努力攀登，插上胜利的旌旗。

孩子读书充满变数。小时快乐成长，大后读书艰难。

读不下去就转读。转出一条胜利的道路。

高 考

分科分考

高考对我来说，是个不想多说却又绕不开的话题。

一

学校实行分科，我束手无策。

多数人报理科，故此老师只问班上有哪些要改报文科。根据自己情况，我决定改报，之后却又陷入了矛盾。

小时随父亲去江口赶集，路上我走不动了，就停下等他来背，父亲回头背我时笑笑说：好好读书，将来考上大学！当时我没在意，以为他是随口说的鼓励我多走路，后才沉重地背负了一生。

小学成绩不好，不敢想父亲那句话，初中成绩剧增，我顺利考上了高中。

高中我语数外名列前茅，但理化掉队。

于是问题来了。

理化好歹我初中学了一点，史地根本就没学过，为了升学，我只有违心地改报文科，但我敢冒这个险吗？眼见多数同学都稳坐不改，我却心急如焚。

一天下午，同学们神态自若，都很坚定，我却心乱如麻。我把薄本的哲学教材翻扣桌上，来回地搓揉，直至破损，因我难以接受这个现实，融不进寥寥无几的文科生里。我史地更陌生，不知这一改变对我将意味着什么，生怕一步错步步错。情急之下，我倏地跑到正在学校开会的班主任那里，嗫嚅地说：老师，我还是报理科。老师温和地笑笑说：好嘛。

我心暂安宁。

我虽报回理科，但还是担心自己的理化太差。我敬佩从不备课，也不批改作业，只隔时抱去写个"查"字的姚老师，据说他是某研究所下放的，但他的讲课过于高深，他太注重自己绘声绘色的讲课效果，却让人听不懂，也可能是自己太小（才15岁）的缘故吧。但也觉得他有自诩的嫌疑，不然他咋会讲得那么"神气"，从不带教案，只拿一把尺子、一本书了事。他讲的例题都是临时从脑袋里"抠"出来的，他解答学生的提问"精辟"而"简明"，让人听得目瞪口呆，也不便多问，因为，对他来说，问得"太简单"了。为此他常瞪眼盯住我们，或拉长了声调说，"嘿嘿，这你都不懂？""就这样嘛！"然后他还轻手轻脚地急速走开。我们显得很无助，自信心受到了打击，后来就不敢多问，也干脆不问。今天想来，感觉姚老师哪里是在讲课，分明就是在我们面前搞舞台献艺，仿佛就是我们眼里高深莫测的教神。

化学老师的家属在农村，他一生简朴淳厚，有种看破尘世的清高。高中我们从元素符号学起，他很恼火，不得不开快车。然而，我天生就不喜欢"乌烟瘴气"的化学实验，也许跟老师的严厉和爱黑脸有关吧。后来我才发觉，学科的学习效果，跟教授该科的老师有很大关系，如我语数外好，除了基础好外，就是跟老师的教法十分合拍。

二

1979年春，学校要分快慢班，由一场考试来决定，我虽过了考试，可留快班，却因理化的拖累而总成绩居中，我感到了极大的压力。

首先是快班周末不放假。请学校的数学名师分别讲代数、三角、立体几何和补习初中落下的平面几何，请语文老师补小学没学好的汉语拼音，请老师讲化学、物理和英语。总之那时有个规律，谁当班主任，所占的课余时间就多，学生们的精力投入也大，这就形成了一种奇特的现象：班主任教的那门课，那班相对就好。可是，这样的偏科，损害了我们的高考总分。

其次是各班"分类指导"。快班几乎是三天一小考，五天一中考，十天一大考，拿绵阳、成都的试题来做。老师大力宣扬他们当年的"保高三"，即为国争光、培养精英人才的往事。这些举措，适宜快班里的一些"快生"，我们感到了理解和接受的难度，实已超越了我们的接受程度。

三是采用疲劳战术。除了夏天规定的中午必须午休、晚上必须按时熄灯睡觉外，其余的（包括课外活动和三顿饭后的零星时间）全用于自习。我们陷入题海的汪洋，大家累得精疲力尽，头昏脑胀。

我虽赞同学校的改革举措，但像我这样的发展中学生难适应，重要的基础学习丢了，结果可想而知。如建一座楼房，基础结构不牢，却重点放在了美化装修，楼房的质量安全又在哪里？尤其是我物理学不懂，初中"呆账"太多，老师的教法我不适应。

物理老师的教学前面说过，一是讲课从不备课，他只带一本教材和一把尺子，他讲得口若悬河，同学们听得聚精会神，有的也昏昏入睡；二是从不批改本子，只隔段抱去写个"查"字和日期，虽说他会在黑板上统一讲一些重点问题，但还是没有那些老师——改卷有针对性。测试卷他也不亲自打分，而由班上的同桌交叉评判，他只在黑板上讲答案；三是面对学生的提问吃惊、瞪眼，拉长声调，充满质疑、自信和坚定，使问者受压抑。他的潜台词是，这么简单嘛，还用问？所以多是成绩好的问他，一般人少问，甚至我们都宁肯去问同学，或自己慢慢琢磨，也不敢轻易问他。当然该物理老师知识全面，你问他数学他也答，哪怕这时数学老师来了，他也照答不误。

故我不顾老师的劝留，决定去慢班，觉得这于我更靠谱。

1979 年实行高、中考分考，学校要进行学生分流，以便集中教学管理。我到底该考啥？理想告诉我：高考。但现实又提醒我，还是中考现实些吧。于是，没经过老师，我悄悄去参加了中考报名摸底。

我语文考年级第一，数学考年级第二，外语为年级前十。这时老师们有了争议，班主任老师的爱人（也教数学）激愤地说，连这样的人都去中考，那我们教数学还有啥劲？随后老师在班上说，有老师建议某某同学留下，不过这还要看他本人。

经冷静思考，我认为自己尽管语数外好，但理化差影响了总分，高考有风险，不如去考个中专吧。所以当老师来问我时，我说为了理化，我还是走吧。老师很理解地一笑说，也可以。

如此，我由剑中高七九级一班，通过一场自己报名的考试（老师没此意），自行转到了人数众多的三班。该班学习成绩和师资都一般，但我安下心来，与大家一起，学好理化生，牢牢扎好根。

屡败屡考

当年中考，我最大的失误，就是最好的科目考成了最差。

数学考试的前夜。我们住在剑中操场住宿大楼顶层的大屋，我口渴得要命，有个同学泡了杯浓茶请我喝，我咕咕地喝了几大口。不料晚上睡不着觉，但为了翌日的考试，我捏拳为誓：考个满分，补我弱差！这时同学们鼾声如雷，我却越发兴奋……

翌早头昏，像没睡醒。我竭力平静，因在这些人里，我成绩居上，按照考试规定，我可自带一张擦汗毛巾。

数学试卷12道大题，第一题就似是而非，咋回事？正冥思苦想时，答卷时间开始，只听满屋的沙沙书写声，我像忘了时间，12道大题呀，你得放快点。心底在说：别放过任何题，任务就是全做全对。时间在一分一秒地过去，第一题我不知耗了多久，做没做对，我已浑然无知，但是直觉告诉我：出师不利。"越想抓住，就越易丢弃"的人生体验，当时我还不懂，这就注定了我要交出昂贵的学费。人生命运的不济，仿佛在那刻就已经开始。可以想象，这场关乎我人生命运的考试，已从"浑然"开头，最后到慌乱收场，全乱了方寸。考试终了的哨音一响，"全场起立"，我心底像灌了铅，头重脚轻，踉跄而退。呆坐在后山的石头上，望见远山的迷蒙，心底涌起了悲伤。

中考结束，我向老师辞行。想起有次他找我去数学教研室，他劈头就问：你数学咋考了这点分？我心里咯噔，难道我考砸了？老师见我紧张，就恨铁不成钢地说：你才考了75分（百分制），还可以考更好嘛！我转悲为喜，异常兴奋，因为这次题难，全班没几人及格，我这已是寥寥无几的高分，看来老师是器重我，我感动万分，回去更加努力……我低头对蹲在门前刷牙的老师说：蔡老师，试考完了，我今天就回去。蔡老师偏头看我，几下漱完，倒掉盅里的余水，问：考得咋样？数学如何？

我惭愧。沙哑着嗓子说：数学没考好，题没做一半，时间不够……蔡老师沉吟了下，接过话说：你还有发展前途！

谢谢，这话我牢记，恩师对我的鼓励，我将铭记一生。

当年我中考成绩是 210 分，离中专录取线差 3 分！我心里的感觉很难说清，细看数学 29，理化 43，唉，我长叹一声，走出校门，泪奔……

1980 年 9 月，我踏上了复读的征程，是年落榜。

……

最后一考我预选得了 375 分（学校预选线 240 分），学校通知我们到新修的电教室开会，要求我这成绩者要考重点。这场激动人心的誓师大会，给了我强大的鼓舞，我也给自己制定了战术：破釜沉舟，把复习完的资料分批次带回家封存。这意味我是最后一战，无论成败，下次我不会再在这里。

婆婆去世，我回去奔丧。把这些带回的资料全部烧入井底，在熊熊的火焰旁，我祈祷婆婆在天有灵，佑我高考胜利。之前婆婆生病我回去看她，走时问她我这次能否考上，她朗声笑说，你考得上！可是，还没等到这天，她已离开了我们。

回校之后祸不单行。学校通知我去复检，情况不明，各方都封锁结论。我试图忘掉，专心复习，可是班上的一些学生异样地看我，我看书时老走神，后竟翻不动书页，看了没印记。这时另一位复检者正卧床休息，还有一位不知去了哪里。我成了他们眼中的"另类"，虽人桩矗在那里，心却开始了云飞……

高考结束的当天，班主任第一个宣读我的名字：复检正常！

可是迟了！当年我高考以差 18 分落选！蹊跷的是，我生物得了 15 分（以50%计分），而上线者最低也是 35，这简直令人难以置信。这时我还能说什么？赶紧走，走，离开这个伤心的地方！我急速回家，一路狂奔。

原来，那两位复检者身体不合格。而最要命的是，其中一位是班上的特优生，预选过 400，学校希望他考名牌！我这才明白，为了一个空壳的分数，他们竟对我隐瞒了实情。

清朝名臣曾国藩有句名言叫"屡败屡战"，最后他终于成功，靠的是坚持和坚韧。我也是屡败屡考，而最后一次属主动放弃，当最后的复读通知书来到时，我置之不理，弃意已定：一是信守自己承诺；二是解除家庭重负；三是尊崇天意。开学时连降暴雨，阻断了我的行程，我也就顺势而为。我的升学梦破灭了，我把自己的命运交给了天意。

放弃复读

高考终败，让我跌入了人生命运的低谷。拿到分数，我傻眼了，便以迅速离校的不停行走，来平抑自己的悲怆。真是不堪回首，预选刚得了高分，老师的鼓励在耳边还有余温，转瞬就化成了泡影。

泪已在心里流干，眼下面临的是读与不读的两难抉择。再读，我已没了力气，精神完全崩溃，连番复读，我身体耗垮了；经济不堪重负，长此以往，没有尽头。放弃，最后一线希望破灭，此路宣告终结，这是我奋斗多年的一条路，那时农家子弟，除了升学还有什么出路？故当最后一张补习通知书来到时，我已麻木。

闭门读一些连环画、历史和家庭卫生书籍，写日记，聊以自慰。父母妹妹们每天劳动，我时而参与。他们每场赶集，我则缩在家里，场镇距家虽只走10分钟，我也不去。

成天待在土楼，透过尺余小窗，凝视外面的风景。蓝天只剩下一小片，田埂上一排枣树的枝丫坚挺地直刺天空，看得我眼睛生疼。我没告诉父母通知书的事，因为我决定了：不再复读！这是一种凛然的决绝，但非一个如释重负的决定。那些天我矛盾，痛苦。对终弃仍不甘心，但也确实无奈。高考的事很难说，如从成绩，首尾两次我没理由不考上，许多不如我的都考上了，可我不敢再次面对这样的残酷，我再也经受不起这样的打击。那段日子，我无所事事，百无聊赖，万念俱灰。随后出现了三次机会：招考业余初中教师、参军和传说村扩招初中时请我去当教师。后者我感兴趣，也满怀希望，那天去自家"角落"的承包地摘油桐，我精神振奋，浑身是劲，爬树如飞。

有人说我放弃最后的复读肯定是为了后来的招干，这只能说是没有一点时间概念的胡诌。我哪有未卜先知的本事？我放弃复读，一年之后就有了悔意：母校升学人数成倍增长（由上年的20多人跃至89人）。本乡老同学上年差55分也上了本科，我这个只差18分的岂能无戏？我无奈放弃，实际是将自己放逐，任命运之舟去飘摇。人生岂能逃得出命数的暗中摆布：一个人进退两难时，就索性不动了，由看不见的命运之神去主宰吧。

(2021.5.30修订　新城)

自　考

考上工作，别人以为我心满意足。可我没忘初心，继续追着自己的大学梦想！

——自考手记

选报自考，原因有二：一是缘遇。终结高考，是艰难的放弃，考上工作，是意外的奇遇。然而，我还是惦记着高考，时常一个人郁郁寡欢，这时我幸遇自考。二是看好。自考之门大开，就看你敢不敢进。时有电大、职大、业大和函大可报，直觉告诉我自考是个有难度的"硬通货"，值得我选报。

报何专业？选项有党政干部基础科和汉语言文学。许多人"门当户对"地选前，而我却偏要报后——

一是合我的爱好。从小爱文学，高中开始写日记，假期迷上了小说，我语文名列前茅，基础不错。

二是更有前景。党政干部基础科是为特殊人群开设的新专业，而汉语言文学通用于一切行业，更有广阔的社会前景。

当然也有顾虑：怕万一哪科考不过而前功尽弃。但我顾不上那么多了，选了就别动摇，哼！我把拳头一捏，即把信心攥在了手里。

首战告捷

首考能过关，有几个制胜因素：

之一，选准突破口（科目）。

高考终败，但我并不甘心，心里正需什么代替。1983 年春，我在城郊的同学那里，获得了四川青年自修大学的讯息，我欣喜地报了名。

首报《现代汉语》，这科我有中学语文基础，复习也投入。

之二，参加短培训（面授）。

这是县上组织的首次也是唯一一次短训。抽选的三位名师，一个讲语音、一个讲语法、一个讲词汇。为时一月，历经两地（剑州中学和百货公司）。

李光伟老师讲《语法》，据说他参与过《现代汉语》语法的编写，后据说他调入该书的出版社。他讲得熟、透，抑扬顿挫，加之他摇头晃脑的讲课姿势，我们听得很享受。雍思政老师把《词汇》讲得精细，我觉得他就是一个地道的学问大师。贾映斌老师讲《语音》，方言虽重，但针对性强，知识渊博。如此，洞开了我这门学科的大门。

之三，认真做习题（作业）。

熟读教材，勤做笔记，做了 6 本习题。

两月的函授，听课+自学，这样获得的知识更牢固。后来我觉得，只靠听课不行，还要靠自学。我一页一页地啃书本，像中学时学化学：久盯细读，直至读出新意。伴有女同学和美护士陪读陪考，更激发了我的学习兴趣。

1984 年夏，我在龙镇收到了自考成绩。一个小学生给我送单子，他笑说：冬爸，你考了60分！我见之大喜，心底涌起一股暖流：啊，60分！一摸这小子的脑袋说，嘿，没你考得高哈！他嘿嘿地笑着走了。随后感叹，唉，60分！后知，我县本专业报考者36人，及格者只有5人，其余4人全是教师，我更是激动万分。

后在《我是怎样自学〈现代汉语〉的》里谈到，历时大半年，函授两三月，练习6大本，再加基础扎实，才有这成绩。

这事说明：艰难的自考可以突破，神话可以打破，只要你咬定目标不放松，坚持到底必成功。

自考首捷，奠定了我后来完胜的基础。今想，若没此首捷，我后面的考试就很难再坚持下去。

败而奋起

龙镇4年，我工作得心应手，自考却连连失败，什么原因？

一是盲目报考。仿效别人"多报几科，总有通过"的侥幸心理，结果精力分散，只读不练，造成浅尝辄止，一败涂地。

二是缺乏教辅，教材不齐。那时的自考书籍主要来自四川青年自修大学，数量不齐，有的非指定教材，缺书不好买，有些书我在北京上海等地才买到，《古代汉语》下册买自本地，上中册来自天津大港油田的一位远亲。

《现代汉语》之后再没了辅导。好在我已习惯了自学，甚至还排斥那些一般性的授课，觉得没自学深入。甚至我听课时都可以在下面自学、思考、写作或记录。实际我是借这个场所，来激活自己的思维，实现自己的强记。后来我写《读书五法》中提到的静动环境读书，大概就出自这里。

三是方法不当。不熟读大纲，只啃书本，走了弯路。后听自考同仁说：抓住大纲＝抓住了考试方向。才引起我高度警觉。

四是心浮气躁。被首胜冲昏了头脑，认为只要努力，就一定没问题，错估了形势，低看了难度，这是主要原因。

龙镇几年，我工作顺利，而学习停滞，静不下心，书越读越厚，存在侥幸过关的浮躁心理，这是我失败的深刻原因。

人贵在从失败中找到爬起的勇气。1988年元月，我到了工作的第三站，环境条件差，但我知难而进。3年多时间，我过关斩将，自考通过了《中国革命史》《哲学》《古代汉语》，打开了我沉寂多年的僵局，有如下的因素：

一是逆境出成绩。平心而论，若要选择，没谁愿去江乡，那里从不赶集，偏僻冷清，可因工作之需，我不得不服从调配。

去后才知，那里的工作方式与龙镇迥然不同。江乡地域很小，工作却细，管理甚严。领导名义上防止本乡人偷懒耍滑，实际上苦了我们。对此我只有多用心学习，才能心平气静。

二是找到了自考路径。每次选报2科，抓住1科，熟读至厌，才换读另科，如此反复，直到掌握。

1991年6月，我选调进县城。这时生活稳定，单位重学，时间充裕，方法精进，仅仅两年，我完成了《普通逻辑》《文学概论》《写作》等6科考试，且最后的《外国文学》考了79分（平均分达65.7，整个平均64.6分），这于函授、党校、电大考试不算什么，而于我们自考，也属高分。

学习氛围好。以前在乡镇是业余自学，读书显得偷偷摸摸，不敢"光明正大"，怕人忌妒。现在机关以学为荣，许多同事都在函授，机关的学习氛围浓厚，大家可以理直气壮地学习。

形势逼迫。机关人员多为大专，迫使我尽快赶上，以消除自卑心理。组织上也关心我自考进度。面对最后两科，我倾注了全部精力，力争干净利落地解决问题，消除当初怕有一两科"拦路虎"的心理阴影。

智勇皆备。这时方法好了，捷径有了，也信心百倍，干劲十足。我要的不仅是一举拿下，且要考出高分。最后两科成绩还没下来，我直接查到市上，得到高分通过的消息时，我激动万分！

自考得失

自考是我读书路上的难关，却又是我必须攻下的目标，故此演变为一场旷日持久的攻坚战。

我用成功的例子来励己，以顽强的行动去攻营拔寨，集中爆破，迂回智取。后期特别注重学习方法，就是学习不蛮干，单靠所谓的刻苦用功，要开启人生智慧，调动一切积极因素。

10年自考，屡败屡战，终成。回想起来，前几年只能算历练，后面才是真正学习。我为自己能坚持到底而深感荣幸！我也受益多多，收获多多。特别是通过自学，使自己走向专精，培养一种坚韧，练就一身真功，获得"知""能"的双赢。至此，我可向世人庄严宣告：我终于战胜了自己，获得了人生探路的成功！

1994年的夏天阳光明媚。我披一身喜庆，满面春风地从艰辛中走出，步入那激动人心的时刻。我领到了盖有高教自考和川师大双钢印的汉语言文学专业的自考毕业证书，我的生命之灯再次被点亮。

10年自考的主要得失：

一是圆了大学梦。十年寒窗，大学圆梦。工作没使我轻松，自考牵动我神经。我发奋苦读，十年乃成，插上了胜利的旌旗。

二是探索了自学方法。从一贯的听大课，转为完全靠自学。通过自学，我逐步掌握了以大纲为准绳、以教材为主体、以辅导为助读、以练习为根本的学习方法体系（大纲+练习+读书），将学用结合。尤在1993年后，我的自学方法日臻完善，甚至没有专门的自学时间，我也一年竟过了4科，且单科成绩大幅提升。

三是提高了读写能力。阅读能力增强，能分析文义。增加了对古字繁体字的认识，古文阅读力增强。能从选材、立意、结构、修辞、语言等方面进行分析，增强了文章的理解能力。

写作能力提升。能抓住文章主要特征和区别特征。日记的写量增加。文思泉涌，语言流畅，有了自己的特点。

四是问题也不少：（1）前松后紧，战线过长。（2）各科之间不平衡。最熟悉的《哲学》《中国革命史》考4次；《写作》《文学概论》《中国现代文选》成绩不错，《外国文学》最高79分。（3）规划不周全，落实欠具体。前八九年考5科（平均61分），后一两年考5科（平均68.5分）；前面重考过多，耗时费力，复习缺乏针对性，力度不够，方法欠缺。后面规划具体，深入扎实，《中国现代文学作品选》《中国古代文学作品选》《外国文学》都考了高分。

自考的成功说明，非只获得一纸文凭，也非后来取得的写作成就，而是这些自学经验形成的特殊技能，即一种敢于挑战陌生、向未知领域进军的必胜信念和坚强勇气，这才是我最大的收获。

考后何去

历经数年艰辛，我终于完成了自考。考后何去？我们必须面对。忽想起单位同事每天忙于写文投稿，我也来了兴趣。

一天下午，我下班回家借了铁锤、铁钻，回去对里屋那块凸凹不平的墙角石叮叮当当地敲打起来，那样的用力和节奏，发泄着我以劳代读的复杂心绪。我挥汗如雨，不顾劳累，充满神奇，终给自己隔好了一个温馨的写字小屋。我把这些写进了我的第一篇文《分居情朦朦》里，发表在当月的《成都科技商报》（总第675期）。我激动不已，忙用稿费买了一支钢笔和许多信封邮票，我就这样踏上了新路。

由此看来，还有比自考本科更重要的事，虽接下来的更难，也未必能成，但我坚定了自己今后宁肯要好文，也不要本科（如两者不可得兼）的人生方向。

（2010. 1. 10 写　2021. 5. 30 修订　新城）

坚　守

成绩考倒数

孩子读书本不忧人。入学之前他就先把自己摆了进去，每经幼儿园门口，他都说"我们幼儿园"如何如何。进入小学，他成绩一直靠前。在小学期间，他曾代表学校去广元和绵阳参加足球比赛，县体育局给他颁发了优秀运动员证。数学竞赛，他获两班唯一的全校三等奖。他数学中考149分。

得到县一中录取通知书时，我情不自禁地进屋找出一套古代文选，大声朗读《中山狼传》："赵简子大猎于中山，虞人导前，鹰犬罗后，捷禽鸷兽，应弦而倒者不可胜数……"

想起孩子幼时，每晚睡前随我大声朗诵李白《梦游天姥吟留别》"海客谈瀛洲，烟涛微茫信难求……"这首百余句的长诗，他们母子俩跟读成诵。我的用意明显：给他潜移默化的熏陶，激发他的读书热情。

可是初二他成绩急剧下滑，一度成为年级的倒数……

一

周三晚上，我没睡好。睡前醒后都在想一件事：孩子的成绩竟然考倒数第一！这确实出乎我们意料，也简直是一个惊人的坏消息，但我知道这绝不是他的真实成绩。

我一夜都在猜他为什么这样。我想，这无非是表明他的厌学、不满和示威情绪——因没答应给他买一辆摩托车。

我们和老师一致认为：这非他的真实成绩，而纯粹是他读书的态度有问题！

由于和家中电话联系不上，周四早上上学时间才打通孩子电话，我问了两事：一是这次咋考的？二是到底要不要好好念？口气平和，孩子的回答不软不硬，这使我很不放心，于是我同孩子妈商量，干脆给他请假回家调理几天，胡老师也同意，于是我告诉孩子别到校了，已向胡老师请假了，我马上回来。

从后大门出去，搭个布包，提上塑料袋，走在清冷的新城大街，有几个清洁工和建筑工人，偶有汽车驶过，两旁是未竣工的高楼，矗立在清冷的辉光之中。往日此刻我在这条道上晨跑，今日有些异样：往日轴心在后，此刻惦记着家事，恨不得一步赶回去。

路上我一直在想回去该怎样处理和面对。

近两周我读《成功素质教育》，明白了自己先前的一些方法不当，我正尝试并努力找到新的教育良策。

按老婆后来的话说，我进屋先给孩子来了一个下马威，厉声责问：你为什么不起床读书？为什么这才起来？接着我边吃早饭边对孩子提要求：我做什么你做什么，比方买菜煮饭、洗衣扫地、下街上山、读书写作……内容主要是围绕劳动、阅读和参观，目的是通过劳动而树立信，好了下周一上学，不好再说。

上午我们搞室内卫生，将东西堆码整齐，把地板扫净。然后打着雨伞下街买菜，一人持 10 元钱和 1 个塑料口袋，先买素菜，再买肉，接着经他妈上班的药店回家。回屋擦头上的雨水，各写一份中午要交的请假条，接着煮午饭。

请假条

胡老师：

　　鉴于梁路目前学习和身体状况（头昏），经家庭研究并与学校商定，决定请假暂定 2 天，望批准。

家　长：一　冬
请假人：梁　路
2004 年 3 月 18 日

　　中午的菜由我们一起准备，干煸青笋肉片，由路操作，我只在一旁指挥。炒好上桌，味道不错。

　　饭后我们到校请假。

　　我在班级门前的坝子等，路执假条去找老师，说好胡老师来了就喊我，没来则交给班长，顺便取出语文、数学、外语和作文。路出来又回去取作文本，再次出来没走几步又回头取钢笔。

　　看他飞快地跑来跑去，联想他上午积极和我搞卫生，我给他妈打电话说路很积极，配合不错，我感到满意。

　　回家先看他最近写的两篇"双优"作文，然后进行了点评。他的第二篇写出了自己的真情实感，我大加赞赏，并进一步指出我认为写好作文的三要素：一要想写，二要会写，三要多写。"会写"中我提到一要写出详略主次，二要写出个性特点，三要写出真情体验，四要写心灵感悟：见闻+体会。

　　然后，我们下街去何守荣家给路看病，路的头昏属鼻炎所致，开中药并成药辛夷鼻炎丸。回家时在翠云商场隔壁看了普天牌翻盖小灵通。

<h2 style="text-align:center">二</h2>

周五上午先各自看书。我读鲁迅的《孔乙己》，路读《英语》。电话联系老陈上午 9：30 在街上小夏处见，我们一道去看小灵通。

小灵通的情况是：座机担保，一年半内不停机（记费交纳），或一次性付 850 元，一年内用完后自由充值。

我们犹豫：前者不划算，后者数额大，孩子用咋限额。本来是调整其读书状态，别因贪玩而影响精力，最后决定一次性付 850 元买一部，可惜那时近中午 12 点，电信下班，无法开通。

中午回去，孩子提出不想耽误下午的数学课和物理课，随后又提出下午去上课，我半戏半真地说，想去了？我还不同意哩，谁叫你当初不想好好念的？

午后我们穿过后公路，登石阶上普安中学。校门紧锁，我们从侧面绕校背后，见一间教室只有三五个学生在复习，一间寝室传来打牌的吆喝声，路说是休息的老师在打牌。学校操场上的空气稀薄，雨后的地面湿润，有几个孩子在打篮球。回望校舍陈旧破败，厕所旁的垃圾早清除了，代之而起的是一排小围墙，乒乓台旁比先前干净了，有三五个孩子在打乒乓。我边走边对路说，这里念书咋样？他点头说可以。与一中比呢？他没回答。我说要差些吧。出口处的铁门正好打开，没立即上锁，我们紧走几步，跨出门去。

南禅小学的周末无人，有几个孩子在地上玩耍。我们望右上方的高楼，此处原为寺庙，名南禅寺。我们出去，从门外的一侧登上一空操场，往前走至一角，站定观景。后山是雪白的梨花、粉红的桃花，前面是静谧的城市，远处是朦胧的山脉，上方是清冷的雨后晴空。我们很想在此多留一会，试图解开什么，获取什么……孩子提出，我们下去，然后沿路上塔子山。

我电话告之他妈我们的位置，也说催促开通新购机子的事。

路上我们谈读书。我说了两点：一是关于读书的兴致和质量。主要提到他的信心和耐力，遇到学习上的困难要如何解决；二是关于家庭配合。我提到了善于借力的问题，问他对家庭的教育配合上有什么要求。他诚心地表态：一要上课认真听讲，二是认真做作业，三是遇到问题多问。当然他也提出作业太多，要抄题。我说可以抄快点，做快点（写到这里，我专为写完作文站起来走动的孩子题写了几句：一、听课要认真。要专注，积极转动脑子思考和记忆。二、作业要一丝不苟。懂的做快点，重复巩固的要快速完成——但要保持基本书写，疑难重点要攻关，要彻底解决和做完做好。三、要重视复习和预习。复习有利巩固和提高，是温故知新，预习是提升理解能力和自学能力的关键）。

我不放心他会做到什么程度。我也讲了自己读书的事，望能鼓舞和激励，给他有个示范和参照。可是，如今想来，可能我错了，我的再好也只是我的昔日辉煌。孩子要的是现在，要的是自己的真实感觉，要的是"我能行"。

下山后我们先回家，抽查复习了函数图像。原来路把函数"$Y=1/2X^2$"当作一个方程两个未知数无法解，而不知假设描点绘图。

三

周六清晨下雨。滴滴嗒嗒的雨点，阻止了我们的晨跑。早饭后我读《鲁迅文集》，路写作文。之后下街去换小灵通号。

出来我们取钱还夏（小灵通款），去邮局汇款邮购那本选有我散文的《生命的风景》，之后去菜市买蒜苔和肉圆，回家。

中午的干煸蒜苔肉粒仍由路炒，我在背后指挥。

连续两个中午他都炒得很地道！

简短的午休之后，我们起来洗衣服。我洗，他用衣架挂上庭院的绳子和横杆晾晒。洗完不久，夏打电话说晚上买水饺，请孩子外婆和春成来吃饭。

晚上看奥运会亚洲杯足球预选赛中国-××，中国先进一球，最后是1∶1保至场终，就此宣告了国足奥运梦的破灭。

我们和春成一道去老李家看音响。铝合金柜上放着29英寸海尔新电视。小金的作文《小狗》里狗的习性描写很形象：

"我"给小狗"欢欢"喂一杯奶，它叭哒叭哒地吸；啃一块骨头是用"双脚按着"，然后爬在上面"偏着头啃"，生怕被人抢去似的；睡觉是"我"用两只枕头放在一只纸箱做的窝里。感人处：一天我放学回家"欢欢"不见了，问妈妈，妈妈说："楼房里不准养狗！"妈妈于是给买回来了一只假狗，也取名叫"欢欢"，可塑料狗毕竟是假的，于是"我"又想念起"欢欢"了，不知它现在还好吗？猜想它肯定长大了，可它现在到底怎么样呢？……怀想之情油然而生。

写得好！我要奖一本作文书。金说他自选一本科幻作文书。

晚上回来小结。认为路一是培养了劳动观念，表现很勤奋和积极。二是学习了知识，3门主课全有所得。三是调整了身心，看病吃药，思想疏导，信心培养……最后就小灵通的使用提了些注意事项。

四

好不容易盼来一个晴天。早起，我们跑三江口。路还在对摩托车感兴趣。我说你这么有兴趣，大了就买一辆。他说，哼，大了才买——看来还是没全忘。

过三江新桥，下坡，过河，经县二中，沿河返回，小跑。

上午我看《成功素质教育》之三，他写作文。他的小灵通充上话费了，给他妈打过去，告之该事，说他外婆去帮卖了旧书纸。

中午我们一家3口去桥东小店吃砂锅。很挤，没空桌，就先去买漫画，看了3家才在中医院的门口买了两本。

我们点了肥肠、火腿肠、粉丝和啤酒。饭后等孩子回去拿书下来，我送他到学校。进大门时，我拍拍他的肩，说，就那样吧！他"嗯"了一声，进了大门……

(2004.3.19　老城)

回读县一中

一

孩子从县五中辍学回来，要么成天闷家看电视，要么上街去找刘可伟和叶松林玩，但这两个孩子不久就要去学厨和打工。孩子回来后的感慨是：还是一中的老师好！

我们最大的希望：他能吸取教训并彻底走出来。

该"走出"指走出迷雾，朝正确的人生方向前进。对于他的迟缓、犹豫、模棱和迷茫，我们倍感伤心、痛心、揪心和沮丧，只因是我们自己的孩子，我们也决不言弃！

我对孩子说过，你好与不好，都是我们的孩子，我们永远爱你并永远关注你帮助你支持你，我们不会从心底歧视你，但我们也许因心灰意冷而责备你数落你激发你，但这些都是直接或间接的鼓励，我们为你付出的再多都无所谓，因我们的一切都是为了孩子。这就是为人父母，这就是天下父母心。

二

尽管如此，孩子还是无法理解，声称誓不与我在一起。我每周回去，他喻为"黑色星期六"。

我的泪水汇成了一条河。从剑州古城，一路流滴至正在开发建设中的新城下寺，流滴在我上班、吃饭、歇息的分分秒秒和角角落落。每天清晨，傍晚，每当我跑步或行走在清江河的时候，我总是感到两脚沉重，两行泪流……

猛擦泪水。其实，重振旗鼓和东山再起于我不难，我已历尽艰辛、坎坷，可是，孩子不同，他那幼嫩的身躯、脆弱的意志，能抵挡得住这些挫折风雨的肆虐么？这也是最令人担忧的地方。

据说孩子近段已归家，中午还协助蒸饭。周一下午回去，孩子正在家听音乐，一会儿后他出去，没回来。晚上孩子妈及他外爷上街找，孩子在他外婆家打电话说下街逛了一圈，然后上东门亭坐了一会，就回去了。我感觉他还是不正常，对我有意见，但又不知意见在哪里。我不会更加怨恨孩子，我只能更加关注孩子。可是，他在他外爷家三请不归家，我便去扇了他两耳光，把他强"请"回来。

他外婆外爷也送他回来。

回来就开始了对他的训导。

我抓住他三请不归家说事。他外爷冷静地指出他吃亏只为了那张嘴，他外婆苦心叮念"好好念书，长大轻轻松松挣钱"……

三

两天后的上午我们开家庭会，主题是"家庭建设——献策献力"。每人都谈，启发孩子发言，他总说没说的，我们帮他。

下午孩子神态正常。我们先去县医院看病，然后给孩子理发。从街上抓药回来的母子俩买了抄手。孩子心情特好！

周五上午我们过去找他外爷商量，下午去学校联系读书，过程不顺而结果满意。我向年级组长邵老师表明了态度，一是我的孩子去北京上海读书的条件不具备，在剑阁目前只能选一中；二是我们开展了一系列帮助教育，目前状况是他可以读书了。邵说你们先找胡老师，再汇总决定。我们对班主任胡老师说：一是尽管千难万险，但我的孩子必须要读书，不读书干啥，换学校目前不现实，初三还是希望在这里读完；二是怎样读好书的问题，只有我们共同努力并尽力而为，至于出现的问题，只有靠我们一起及孩子自身的努力去克服，我们愿以实际行动配合好，管教好。胡说考虑好，建议初二跟班走，决定好后，周日晚到校。

四

昨天下午我写日记，孩子去里屋看漫画。17：00 我准时去大门口打豆浆，回来煮稀饭。17：10 他妈回来，我们饭后一同去学校。他们母子走石级去学校，我分道去鹤鸣索桥。20：00 夏打电话说胡老师在上课，脸色不太好，恐怕是不想接收，想走了，特别是孩子。我说再等等吧，等他下了课再说。

我上公路，走后大门，进学校。

上楼刚好下自习，见夏坐在年级办，我上厕所出来，迎头碰上刚下课的胡老帅，我拍其肩进他的办公室，只问了两句：如已决定不收，我就不再多说了，也不为难你个人；如有商量的余地，我认为孩子比以前好多了，可上学了。能好则好，不好下学期我们再作打算，反正两年都过去了。

胡老师谈了孩子的纪律表现及成绩问题，认为孩子的改好和成绩提升，除非是奇迹发生。

经胡老师这么一分析，我们一下都没了把握。回来我们唯一的希望是能够搞好纪律，调整好心态。分析：读初三，纪律学习压力双重，但前者是重点，老师熟知情况，有好转就会受到鼓励支持；读初二，老师不熟悉情况，稍有差错即会受到责罚。两相比较，最好读初三。

老陈在电话里献了三策：上策读初三，孩子只要有进步就行，不可能一夜全改好，老师的工作要疏通做好；中策读初二，双重问题同样存在；下策是转校读书。

孩子和他妈的意见是读初二。我说那怎么读呢？如何提升成绩是关键。路一听就生气，直进屋写保证。写好我没签字，让他考虑好明早再签吧。

晚上我醒了几次。孩子咳嗽，起来喝了止咳糖浆。我走过去轻轻问他想好了么？他说读初三。

于是我签字：

希认真履行上述承诺。认识自我，挑战自我，走出、战胜和超越自我。遵守校内外一切纪律，学习全面进步，实现自己人生的重大转折和大步前进！

（2004.8.22写　2021.5.30修订）

转　学

试读县五中

　　孩子一意孤行，执意读五中。我们谁也劝不动他，便去找老乡唐副校。唐副校信誓旦旦，满口答应，说，可以，可以的，我们先调好他的纪律，把他的读书心态调好，哪怕他成绩考零分。他又具体说，我们先弄一个针对他的特殊纪律，全校他一个人执行的特殊纪律……

　　8月5日五中的初三开学，这天我在下寺，孩子妈在家联系学校、买箱子等作准备。6日上午我忙完工作，9点坐客车回去。电话里得知，他们母子在五中操场正欲回家。孩子对下午报名必须交保证有意见，不想写，我说没写好保证就不准再去！

　　8月7日下午去学校报名，交补课费100元，学费500元暂不交，一月之后正式开学视孩子情况而定。8月7日下午孩子被代班主任领去编了座位（第四排），下午余下的两节课和晚自习孩子没本子没笔更没书，晚上我们给送去。

　　8月8日是孩子上学的第一天（实第二天）。中午我们送去箱子，孩子没在，另两位同学在午休，据说孩子当日既违反班主任的化学课堂纪律，又与语文老师顶了嘴，唐副校很生气。

8 日中午孩子妈送钱去，孩子嫌 55 元（含语文辅导资料 12
元）少，没接，只接了同去看他的婆婆的 5 元，晚上他外爷送去
35 元，顺便察看了他的情况，回来说，"正常""可以"，我们下
午研究的不成熟的计划取消。当晚与唐副校通电话，唐的语气挺
硬，提出"能否读取决于孩子同老师的配合"，这口气明显变了，
知唐的态度已变，没多少商量和挽回的余地，我说了一句："好，
你已经尽力了。"

9 日学校发新书，没给孩子发（没收他学费），他妈准备去
书店购买或向人借。

10 日下午孩子已辍学回家，原因是他再次与语文老师冲突，
说他上课睡觉（因感冒发烧），这位再次受到冒犯（顶嘴）的语
文老师直接找到杨校长，杨校长找唐副校，要求将接收的学生
退回。

回去就回去吧。离开本不该去的学校没什么后悔，了了他的
心愿。也许孩子还在天真地幻想：这下该叫我去一直想去的四班
了吧（那班有他的同学）。可惜，连校门都进不去了。

孩子进校 4 天，实读 3 天，住了 3 晚，就闪电般地结束了就
读五中的历史，这应是他读书史上刻骨铭心的印记。

（2021. 5. 30 修改　新城）

转读县四中

一

新年后的新春，孩子不想上学，这是去年以来的延续。

我们深感意外而惶恐。万没想到，我们一向视读书为人生之至要，孩子却认为可有可无；我们觉得不读书没前途，孩子认为路就在脚下。孩子沦落至此，这跟他跟上网、早恋和贪玩等导致的厌学有关，也跟他成绩掉队和 14 岁发育期有关……总之原因众多，深刻而复杂，有的还要过些时候才明白。

为此我们说过，骂过，打过，学习过，咨询过，征求过，寻找过，研探讨……只要能想能做能试的我们都尝试了，效果不理想。这令我们伤心，他妈也因此而失眠近一年，他的爷爷也带着遗恨走了……但没办法，只好听之任之，但头脑的底线仍清晰：书还是要念的，大不了就转读。

孩子提出不在原校（一中）念了，这本是费力才考上的当地最好学校，现在说不念就不念了，我们情感上难接受。可他现在这个样子，我们苦口婆心地说好话，老师才勉强留下，可是这次他又主动提出不去了，我们也不好再说什么。

二

换校的事由他妈办，很快就有了结果。

县四中在房背后，不隔河沟，三五分钟即到。校舍环境差些，没一中那样的大球场，师资倒不必说，综合素质才重要，教学方式和责任心才关键，教一个初中孩子，老师的水平绰绰有余，关键是看方式和责任心，还有孩子的适应程度。

结果一个学期未满，孩子又提前一月辍学。

一向平静的老师突然宣称他有 8 次"违纪"，如一次下课把一叠角票从三楼纷纷扬扬地抛下楼去，引得学生们上前哄抢，老师说这是"侮辱"人格……为此我们找校长和老师谈了许多无果，我们所有的努力都无效，因学校铁了心要撵他，我们也没辙。

这事让我想起了临走前县一中年级组长邵老师的一席话，他用根木方敲桌子，沙哑着嗓子说，可惜你的孩子，他不笨，似有某种慧心，他的特长是足球篮球，特别是足球踢得好，几次代表学校赛出了好成绩，但他确有"孩子王"的迹象，成绩一滑再滑，读书厌学，教育无效——不适合中国目前的应试教育，你的孩子最适合在北京读，或者在欧美读，那里实行素质教育。

邵组长的大段讲话听得我们热泪盈眶。我们折服这位历史老师的语重心长和渊博学问，但我们送去北京、深圳读读还勉强靠谱，去欧美就只能是比方。恰好当时我孩子历史只考了 5 分，给他开了天大的玩笑，他的脸上挂不住了，虽然谁都知道这非他真成绩，但一公布就会算数，学校也可作为劝转的理由，故我专门研读了陈锋的《成功素质教育》和王宏甲先生的报告文学《中国新教育风暴》，望能从中找到开启我孩子厌读症结的金钥匙。

上西读初三

一、奋勇争先

那早，下寺的大街小巷都在下雨。我下班回去吃早饭，返回在单位大门口碰到岳父，他急急地走来，说，快，梁路和他妈跟同学去广元读利州中专了！我心里咚地一下，难怪，我打不通他们的电话，昨晚就好像有点不对头，只是我不敢确定。我说，你等下，我上去请个假，然后我们立即去广元。

搭上单位去市年检的小车。路上我和一生取得联系，问，夏华他们来了吗？回答来了。我说先不要去学校，等我到了再说。我们在市委门口下车，在雨中等了很久，才打到车直驱城北市场。

该市场的一处建筑工地，大厂房里坐了很多人。这时大雨哗啦啦地落下，我们打开了沉闷的僵局……

我的声音和着雨声倾泻。我也不怕惊扰他们，他们似都同情，有的还帮腔。这时我已全无羞耻，不顾颜面，当众分析他们的选择为什么是错的。孩子和他妈都哑口无言。不久，来了一位老人，他把孩子领到门口的值班室，他摸摸孩子的头，然后掏出手机晃晃他女儿在重庆当兵的照片，再自我介绍。他原为某部团长，从班长干起，那次上前线，全班只剩他一人回来……他说你这个孩子好聪明，一看就是个能读书的人，你为什么要那样选择呢？听大伯的话没错，去读普中，今后万一不想再读我就送你去当兵——我有个亲戚在部队当师长。

几天之后再去广元。中午一生做东，请谌新夫妇、文安老乡等一起在上西坝一家餐馆共进午餐。席间只谈一事，即孩子读书，学校选在上西中学，也可看看中区中学、东坝中学和广元中学。下午我们先看上西，孩子一眼就选中了上西。

谌新已联系好读上西中学。我们带去报名，测验结果，任副校长说考得不是太好，我解释道，他主要是读书不在状态，需要调整。任说没问题，暂放特优班，如不行，再调别班，可以流动。

用老师的话说，他纪律上能适应，读书也刻苦，任副校长甚至在全校大会上都公开给他开"绿灯"，他讲：梁路晚上可以加班，其余的不允许！据说那段时间他刻苦到次日凌晨都还在灯下读书。

随后他调到初三·四班。班主任廖老师经验丰富，他乐呵呵地鼓励孩子好好念今后考个好大学。他看似漫不经心，啥都好商量，其实他有办法让学生服气，乐于受其管理。路后来盛赞廖老师说：人对，好商量，没老师架子，遇事不急躁，厚道，学生们佩服。总之，虽有过磕磕碰碰，大的矛盾出现两次，但总的来讲路在那里一年安心了，成绩保二争一。路说廖老师在班上讲过，升学考第一名者奖50元，他要挣这个奖金。我们听后十分高兴。

结果，孩子年终升学考试考了全班第一，考上了市外国语学校，为班级争了荣誉（全班只考上了2个）。

二、致孩子

孩子：

你好！

原谅我还是这么称呼你。其实，在父母的眼里，孩子永远都是孩子，这不是一种居高临下的架势，而是一种自然的亲切称呼。

你虽没常在我们身边，但我们却可以经常想到你高高大大的体格，你健康、青春、活泼的面容。我们现在看你跟往常不一样了，觉得你特别醒事和懂事了，在逐渐成长为一个真正的男子汉。但我们还是经常回味你幼小时的情形，一想起这些，就特别感动。

我一直在想：父母为什么总是千丝万缕地牵挂自己的孩子呢？后来我大概想到了，这其中一个重要原因是血缘亲情；另一个原因恐怕就是把孩子当作了自己的影子吧！不然天下多少父母，为了自己的孩子，不惜损失一切，又该作何种解释呢？

我以为那只有一种解释，即孩子是在延续自己父母的生命。如果明白了这一点，那剩下来的，父母对自己孩子的反复叮咛鼓励呀，殷切教诲希望呀，恨铁不成钢呀……都比较好理解了。

真的明白这一点很重要。

当然，孩子也并非仅仅为了自己的父母才活着，才珍惜自己的生命荣誉和大好前程。从深的意义说，孩子是为自己活，为社会、民族、国家和人类活。总之一句话，是为了更好地生活。

如果想到了这一点，也就比较好理解自己活着为什么要奋斗、拼搏、发愤、自强了。

话又说回。人要想生活得幸福一点，轻松一点，那怎么才能幸福和轻松呢？基本理解是能较好地驾驭生活吧。这驾驭生活的功夫来自什么？是不是勤劳和智慧呢？

在学校，在农村，在军营，在商场，在我们的各行各业里，不都是靠勤劳和智慧吗？纵然你是国家主席、商界大亨、奥运冠军，你也得靠勤劳和智慧。

这勤劳和智慧来自什么？来自我们对生活的把握和态度，来自我们对生活的日积月累，来自我们对知识的学习积累体悟，所以，有求知的机会是难得的。事实证明，没有人为自己曾经多读书而后悔——即使是百无一用的书呆子，那也只是会不会用、是否融会贯通、学以致用的问题；相反，任何人都要为自己荒废学业而遗恨终生。

读书好比是上战场，做难题好比是战斗中的攻克堡垒——希望你空时读点军事书，或看点战争片。在攻坚战中，靠什么？靠顽强的攻坚精神（军人的战斗意志如《亮剑》精神），靠灵活机动的战略战术（技巧方法）。所以，无论战争，还是学习，还是工作，从来都是意志和方法的事情。

具体说到读书，我认为一靠理解，二靠记忆。理解上首先要冷静、细心（多深呼吸，止住激动），要思考（深思，体悟），要比较（找出区别和异同）；记忆上我认为靠千百次的重复较好（这是自然记忆，不是强记，也是勤能补拙），它甚至可以成为你一生的永恒记忆。

……

我很少写信了。现在这种方式也太陈旧。我觉得今天重用它有我特别的含义。你天资聪慧，一说就明白。就至此吧，祝你天天开心并学习进步！

爸　一　冬

2006 年 10 月 30 日深夜　于下寺宿舍

转读县三中

一

把昚兄找来，怪他说你那个烂电话，一早都给你打不通。他说没费了，才充了。——读书的事要考虑好嘛，要这边念我好早联系。说着他举起电话就打，喂，兄弟吗，呵呵，是我，对，嗯，没赢，输惨了，好几百，呵呵，哪有你潇洒……嗯，一个朋友的孩子，对。听筒的回音粗重，孩子匪不匪？昚说不匪哟，比女孩子还平易。

给家人打电话，说，考虑好，定下来，学校，科别，现已被动，原校（市外国语）回不去了，人家已满员了。

翌早。老陈电话说，他考虑了一夜，认为还是读高一好，读高二万一赶不走，钱又不能退，岂不更冤枉？

电话问妻子。妻说，念高一。我说那好，意见都集中统一了，那你们准备好立即过来。

11：30，我们同去县三中。这里原为一所区级中学，因县城搬此而升格。学校规模不大，但正在完善，入学容易。

我们在张副主任的一套二居室落坐，他正在安置家具。在路上遇见李主任，昚兄互作介绍，我们寒暄握手，李让直接去学校缴费报名。

下午去报名。在回来的路上遇见单位张主任，我说明情况，他建议念高一算了，你也好管，我说也正是这意思。

我拍拍昚兄的肩膀说，想不到最终还是落实在你这里！

晚上，我们宴谢昚兄及汪老师等，也邀同城上班的两位老乡作陪。一会耷兄被一再催促的电话邀去打牌，剩下的几个，我们共同举杯齐贺：为我们取得的阶段性成果，干杯！

二

来到三中，许多都是新的。我们希望孩子有新的起点，正如邓主任说，不看你的昨天，我们只看你的今天和明天！是的，我也告诉孩子，昨天去了，今天来了，明天会更好。

那晚从三中回来，我想了三点：一是坚持用发展的观点看孩子。这也是看待大人和一切事物的正确法则。否则我们会被一些表象迷惑，被他的一些不良反应所误导，从而对他产生错觉，找不准教育良策。以前这方面的教训太多。我在许多场合讲过一句话：无论如何，孩子总是要长大的，书也总是要读的。二是坚持保护和发扬孩子的个性天性。从某种程度上说，个性是一个人的创造性、创新性，是艺术性的先决潜质，是将来成就个人、有益社会的重要品质基础。所以我们既要克服和改掉孩子身上的不良习惯，鼓励其求知上进，又要让他个性得到保护发扬。我们要坚持传统与现代教育相结合，中西教育相结合，要因势利导，抓大放小。从大处着眼，从影响和激励他进步入手。三是坚持使孩子知能获得同步增长。我一直希望和倡导孩子德智体美劳全面发展。当今社会，人类获知在其次，能力提升才最重要。我们应有长远眼光，以获取知能的同步增长。具体就是要启迪孩子，激励孩子，让其开动脑筋，提高兴趣，能动学习，挖掘潜力，做一个知能全面进步的人。

当然，我的孩子在三中没读下去。这回非他不读，而是老师总在说他的问题。一会是他没完成作业，一会是他纪律不好。这样的电话我收了很多，或清晨，或晚上，很烦，也很苦恼和无策。老师的意思，还是觉得没办法。你不好好来求学，那你就走吧，甚至是，你不适应这里，那我就没责任教你，我又何必多讨这些苦吃。经历的老师，大多如此，很少有老师放下身段，拿这块"顽石"，作教育转化的攻坚对象。当然我也理解他们的苦衷，说到底，他们只要听话的乖生或成绩优生，因这些人教起来省力，见效快。当然，三中的老师采用了一些措施，如给他换班，谁知所换的这班老师要求更高，很快就通知我去，说孩子纪律不好，有早恋倾向，转走且必须立即转走，没商量！

我们懵了。我们的请求也只是请求，我们的表态配合也只是表态配合，反正孩子转学多了，也不差这一回。此非我态度消极，而是我真的觉得，反正孩子也只是我们的孩子，于老师而言，只是他们可教可不教的匆匆过客，不好教的，教不了的，费力气的，他们都可不教，不要，赶走。而我们不能！我们是孩子的父母，不论是棵秧，还是株草，我们都得要，都得无条件接受，都得劳心去关爱。实说，我对这位新转去的老师素不相识，无甚恩怨，但我也觉得他太草率，才转去几天，他说不要就不要了，而且态度生硬地说让走就让走。我们也只象征性地找了下校领导，然后走了，去别处求学去了。

三

[新学年赠言]

一是静下心来。"静"指冷静，克制，沉静，即不慌乱，不胡思乱想。在所在之地脚踏实地，安心现实，面对现实，突破现实，超越现实，一步一个脚印，实实在在做人，安安心心读书，做个沉静、冷静、自醒、奋发的人。二是顺应环境。面对新环境，尽快适应、顺应和安心。这既是自己的选择，也是情势逼迫。要"突破壁"，首先要"面壁"，即面对环境，顺应环境，融洽好，做能动的主人。要在环境里有所思索，有所创新，有所作为，要面对环境，掌握环境，熟悉环境。有个说法：要想超越，你先要研究，做到知己知彼。三是奋发进取。前两者是为此作准备，这是落脚点。既要站在小集体上，又要立于自己的人生大局，积极思索，不断探索，奋发进取！

（2007.9.7）

[第一次月考后寄语]

一是珍惜读书条件。二是注重学校纪律。三是大幅提高成绩。要特别注重弱差课的突破。

（2007.10.23　周二下午）

[对孩子读书的思考]

一要站稳脚跟。做到一个萝卜一个坑。树之所以能抗风雨，是因为根扎得深。二要思考人生。三要务实求真。

（2007.11.18周日下午　塔子山腰）

[元旦赠孩子读书]

一、数学英语保优；二、政治地理跟上；三、语文历史不放；全部课程优良。可为整个学年的读书战略方针。

（2008.1.3　新城）

转回县一中

孩子在三中还是没读下去，开始的班主任说他不做作业，后来的班主任说他谈恋爱，总之是不要他了，好说歹说都不行，一学期还差几天，他只得提前回家。

回去他还是想读二中，但插不进去。一中有个同学教书，他说可以帮忙，只是学校要收2000元择校费，我说他原来是从这里自行转出的啊，可不可以少交点，他说得问问校长。

校长的意见是可以转入，但要先考试，成绩通过，就不多交。这不是反而多事吗？算了，干脆就不提少交了，我们立即下街取钱。可是孩子一听考试即想走人，我喊住他，问：你想去哪里？二中是你想去就可以去的吗？他才止步，众人一顿好劝，年级组长说，只要钱交了，考试的事好说，一会校长问我就给应付下。

仍读文科。可是课程耽误太多，有点力不从心的感觉。关于补课问题，奋起直追问题，我说得口干舌燥，当然这也是拿我当年的好来说事，于他根本就不可能！如此，不要说上好大学，连专科都成问题。这个矛盾，有一天终于爆发。

不知何事我又说了他几句，他怏怏地出去了。那天刚下过雨，河里洪水滔滔。天快黑了，我有些担心，吩咐妻打电话，不通，又打给她妹妹妹夫，托他们找。最后，找到了，孩子妈去接。他们在街上吃串串，叫我去，我没去。

孩子回来请我去。他和同学不断给我夹菜，我有些感动，为自己的又一次发火歉悔。眼见高考近了，难道说，我们所有的努力都付诸东流？我显然不甘心。他的同学说，冬叔，你别急，路真要不行，就跟我去学艺体，明天就去找老师，报体育。

我稍心安。

翌日，我找汪老师来研究。汪老师指导过许多孩子读书，他的意思是顺势而动，转报美术。

孩子也同意。

可是孩子从未学过美术，不知能不能学好，眼前的说法，能否考上大学。

这问题后来也解决了。

他和同学请美术老师喝茶。这位美术老师给他面授机宜：像你这样从没学过，要在短短的半年内见分晓，那唯一的办法就是出去参加美术特训。

我们同意。

托人找到了成都川师大美术培训班，再次完成了他读书的重大转向。当然，也幸好有这次转读，不然，即便再在一中读，也很难读下去。

（2021.5.30 改　新城）

成都特训并考上大学

一、成都特训

要改学美术半年内考上大学，就必须去外地美术班特训。有人介绍读川美培训班。又想去绵阳，他外爷外婆在那边好照管。有人还说不如读成都，反正费用一样。最后是通过成都同学联系了读川师大东校区美术班。

我们送孩子去成都。

那时高校放假，学校空旷。吃住都在大学，条件不错。不过我们还是很谨慎，交1万多元的学费，有没有诈啊？孩子想好了没有呢，会不会安心读下去？我们先去看了他们的教室、办公室和资质，晚上住校外旅舍商定，翌日上午去正式报名。

请两位任课老师吃饭，希望他们带好孩子。

第三日我们返家，走前去看孩子上课。一大间教室，墙上挂满了艺术作品，地上摆满了各种道具。老师让孩子先画几个简单的模具，可他还不会拿画笔，老师就手把手教他，指出看画是远虚近实。我们出去小坐了一会儿，窗外的楼下是空阔的广场、运动场和人工湖，我们的心底有了一些安慰。

二、考上大学

如说我对孩子做了一件最不可能的事，那就是将他送入大学。如说我对孩子伤害最深的，也是硬把他推入大学。

我有我的想法，我有我的道理，我有一时难以说服他的难言之隐。

对于他的成长，我一切都顺他，唯读书这事没让他放弃，为此我与他进行了顽强的搏斗，导致了两代间的重大裂痕。但我可以自豪的是，我问心无愧，我终于让他实现了人生的最低目标，尽管代价惨重。

我想过，他必须上大学。至于他大学后做什么，那又当别论。

孩子读书受尽磨难，历尽艰辛，道路崎岖，但终于考上了大学。也许，这于别人是件轻而易举的事，而于我的孩子，他已属万幸中的万幸。

孩子被成都东软学院影视动漫专业录取，那天我们很惊喜。真的，我们很惊喜，就为他考上的这个艺术专科。孩子考上了大学。自此，实现了梦想，了却了我们的心愿。

毕业实习期间，他又进修了建筑运用专业。毕业之后，被实习单位荐至重庆一家公司上班，开始了他新的人生征程。

（2013.4.6写　2021.5.30修改　新城）

艰　难

一本难念的书

一

孩子中学期间有了明显的变化。首先是身体一下长高了，长壮了，其次是有了自己的思想。面对前者，为人父母的我们感到欣慰，正像许多热心人感慨的那样：嚯，长这么高了！面对后者，我们很惶恐，这本来是一件好事，可是我们很担心，常为犯错的孩子捏把冷汗。

在校遇到了麻烦。老师一次又一次请家长，每次都没啥好事，这样的事多了，尤当孩子的成绩和纪律每况愈下，家长每次去学校开会都如坐针毡。

起先，老师说孩子表现不好，我们不觉得有多严重，认为只是成长中的问题，直至后来的屡禁不止，严重影响了学习，我们才感到了恐慌。

请假回去，让孩子参加家务劳动和大人的一些活动，从艰辛的劳动中谋求生命的营养。

这样的活动我们进行了 3 次。

可是，老师的意见仍是：换学校，换环境。

我们想让他就地站起。可是孩子初二纪律不好，成绩下滑，他上网、早恋、拖欠作业、考试搞"恶作剧"……我们不得不给他永无止境地转学。

孩子为此出现过坚决抵抗。

我们把他送到京城散心。可他回来还是照样和那些人在一起，甚至要转去同校。我们不许，他就和我们对抗。最后由他，去了也没读下去。首次转县五中，试读 5 天就拖着航空箱回家了。

这就是我的孩子。

我不是没严管过。我呕心沥血地关注他教育他，他不但不听，态度还很恶劣。孩子外爷在京给我们打电话反复叮嘱"要耐心"。他回来又给我找来关于 11～15 岁儿童成长期易出问题的资料，还专门买了《关于加强未成年人思想道德教育若干问题》的书送到我手里，他买的教育名流陈锋先生的《成功素质教育》还在我案头。我给孩子写过感人肺腑的激励信，也多次和颜悦色地鼓动激励他，当然也在他态度粗暴时斥责过……

真不知他到底想怎样！他想买摩托车上学我反对，他也不和我们交谈，一说他就不耐烦。我们的关爱、容忍、热情和鼓励他不屑一顾，相反，还怨声载道、牢骚满腹，根本无视我们为他所做的一切，不知他这样的"恶作剧"几时才休？

孩子真是一本难念的无字天书。

一是难在他不听话。他很叛逆，以致人人无辙。有位老师发自肺腑地说过，我宁肯另教十个，也不愿教你这一个。

二是难在他难教育。我们的方法全失灵，所有的努力全白费，所有的教育全失效。按老师的说法，他根本就排斥传统教育，可惜我们又无力送他去北京和欧美等地接受素质教育。

三是难在他不自悟。他省事太晚，心智未开，糊涂愚钝。对此我们只有靠环境的改变和时间的流逝而促其渐变。

好难得的宝贵时光啊，初二末初三始，他怎么就没好好想想自己的未来呢？我一直在想，也许这世上没什么书可以难倒我，唯孩子这本无字天书，搅得我心神不宁，寝食难安，孩子真是我一本难念的无字天书！

（写于 2004.8.11 凌晨 1：0）

二

摊上十分棘手的事，也是空前的烦恼，即如何教育孩子。

当然，我还顾不及使他性格健全和全面成熟，也顾不上自己多年倡导的德智体美劳全面发展，仅正常上学就让我们头痛，简直是苦不堪言、一筹莫展和无计可施。

不知是因我们没有察觉或忽视的量变引起质变，或事情因了某种特定因素而有了转变，总之孩子忽然变得霸气霸道，又不思进取了，这一点老师头疼，无奈，一再恳请家长给孩子换学校。

悲剧就在这样的重压下发生，幸能处置及时。可它给人的伤害却惨重！他的行为无疑是在向我们的教育管理方式宣战！

他从京回来后，继续与厌学的孩子在一起。因三请不归家，我从高烧中起来，去他外婆家，扇了懒洋洋地跷腿坐在沙发上看电视的他几耳光——随后的第三天去县一中联系上学。因假期的 5 天里两天不归家，我于 9 月 1 日上午回去，关起门来脱掉他的胶鞋打他——随后的第二天晚上我们托人联系他上学。

我不想让他所有的打白挨，如果每次之后都能促使他变好，有所认识和提升，那此代价也基本值得。

回想孩子的成长经历和读书坎坷，我感慨万千……

幼时胖胖的，要我背着跑跳；稍大些，不是戴上我的财税大盖帽提着玩具冲锋枪"冲啊，杀啊"地抓我当"坏人"，捆在树上，靠立墙边，就是骑一把棕扫帚权当快马满院奔驰；1.5 岁开始漱口刷牙，2 岁开始学下象棋，整个小学一直名列前茅；一次午饭后脸都没洗跑到学校，期终数学考了 100 分（据说考后还违纪罚站）；一次哭着想放弃下午的数学竞赛而随同学上塔山游玩，结果得了两班唯一的三等奖……

孩子成绩下降的原因：一是从 7 岁开始一直未隔断的网上游戏，二是初二就有的早恋倾向，三是交友不当造成的连锁反应。

征求了许多意见。自考学友年吉老师建议：一是希望并定位于孩子做平常人，二是读书受阻可考虑换环境（最好离开本城），三是特别注重培养健全的性格人格。他强调：一、书还是要读的（包括大学）；二、给孩子灌输生活是美好的，未来是美好的。他还进而释之：如今读书就苦，读不好将会更苦，孩子会怎么想呢？

身为中学高级教师的孩子外爷特别强调说：一、即使千难万难，我们也要找到一条适合孩子的教育之路；二、狠抓学习进度——赶课和补课。为此我们进行了家教分工：孩子妈及他外婆负责生活后勤，我和他外爷负责学习，我包语数外，他包其余，他新来上高中的表哥包他全部综合。

我在最后一次恳请老师收下我的孩子并"救救孩子"时说：一、路得一步步往前走；二、孩子也总要长大。我多次强调我的孩子终会战胜困厄并学有所成。

转读求变

"读书千古事"。孩子的读书之路充满了艰辛，他的思想发生了偏离，读书没状态，排斥教育，书读不下去，不承认是自身原因，但有一个事实：要是换了别人，早辍学了。而我们考虑他小学成绩不错，就要他重振旗鼓，坚信环境能改变人。后来的事实证明我们终成功了！对此我说过两句：一是想不到他中学那么厌学不听话，二是想不到他大学那么懂事听话。这难道是大学本身的影响？或是成长中的必然？今天，孩子俨然换了个人，但我们不会忘记他走过的道路。

转学非你想转哪就转哪。家长操碎了心，说尽了话，找尽了人，也不见得有效果，且还要承受质疑。从好校到一般校，会认为是"差生"来了；从一般到好校，门难进；平转，认为是"问题生"来了。学校初招时怕生源不足，开学后人满为患，转来的不想收。数次转学，我们受够了白眼，极其被动和难堪。

"转学"成了头疼的一个词，一想起就恐怖。转到三中时，孩子不想再转，想在那好好读下去，也愿改正老师提出的缺点，但老师铁了心撵他走。我们一面问明情况，规劝孩子，一面恳请老师再给次机会吧，不行我们再走不迟。可是老师只有冷冰的一句：一切都取决于孩子的表现！其意是说：你听话，我教你；否则，你滚蛋！所转之处莫不如此。好一点的不外是，你不听，再给你一次机会；否则，你还得走人。我随后渐明了：来了就是比分数，谁还和你谈别的？呜呼！精英教育的现状如此。悲剧是：多少人终生都在为自己的读书失败而懊悔。那么何为读书的成败呢？读王宏甲先生的报告文学《中国新教育风暴》后感慨不已，更加坚定了自己的认识。

回想孩子的转学历程，我不知说他的艰难摸索呢，还是说我们的思考。总之，那些年他冥顽、混沌、迷航、沉沦，现想起来，一个人丧失了信心是多么可怕！自信没了，动力没了，方向没了，一切都谈不上了。最可怕者，孩子把别人的讥讽当作了仇恨的种子，却没催生出发愤图强的新芽；倘若有志，何至于此？

好在历史没假设。一个人的经历不容篡改。孩子的现状就是厌学，不想读，没完没了地转学，直至他转学的"劫难"期满，考入大学。——这着实有点难为他了。自己没上大学，而硬逼他上，为此我们已付出了沉重的代价。好在他后来有所反思，向我敬酒时说，感激你把我硬逼进大学，不然也没我的今天。对他这个认识很赞赏，但我已麻木，不想触碰往事，让一切都静静地消逝吧。

（2021.5.30修订于新城）

情
感
篇

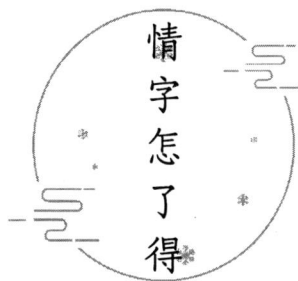

情字怎了得

一

优美的女子永远引领我们上升！ (德·歌德)

二

父亲是山，我们的精神因之而坚韧。母亲是海，我们的心胸因之而宽广。兄妹是手 (足)，我们的身体因之而平衡。爱人是家 (庭)，我们的生活因之而温馨。儿女是福 (分)，我们的生命因之而延续。

三

树高千丈，叶落归根。风筝连线紧，游子念故乡。
同学一届，情谊一生。

北风那个吹

一

"北风那个吹，雪花那个飘……"该曲最先听自一位小学女同学的歌唱。它响彻了整个校园，也飘荡于我的一生。

她是学校的歌王，她的演唱，每次都成了欢乐的海洋。

冬天学校举行文艺联欢，报她的幕时，台下掌声雷动。她上台清唱"北风那个吹……"歌声悠扬，飘过广场，回荡山谷，震落了天上的雪花，从孩子们的脸上滑落。

与她同桌，我不自在。她冰雪聪明，优雅大方，洋溢着少女的青春气息，有着张扬《第二次握手》里丁洁群一样的美丽眼睛。

我不配她，又不肯放弃，只好藏匿于心。这是我的隐情，也是我的执念，更是我的忧伤。这样的心境，盘踞着我漫漫人生。

二

我在散文《北风那个吹》里，叙我们同桌时的心情，尤对她的优美歌声麻木无知，我被热烈的掌声包围。几年后重逢，已时过境迁，终在一个北风吹的夜晚，我们踏上了各自人生的征程。

这是人生的残忍，我写下了这段绝望，以小小说的形式，参加了1986年全国首届微型小说大赛，得到的评语："缓慢的基调，浸着深深的感情，叙说了一对青年男女来不及爱的故事，较感人……"该文选入《中华当代散文大观》，这是我初涉文学的发声。

新千年编选自己的同名文集。有人建议改为《风过绿地》，我没采纳。我在该书序里说，我以写情介入我的文字，我的视野扩大了，我的生活更厚重。该书以真情为基调，以真事为主体，以真人为对象，以真谛为追求，定位于"高品位、精品质、礼品型"，是我多年写作的结晶，我已联系过多家出版社，进书店比较过，决计做成想要之书。之后我放慢了脚步，慢工出细活，誓用毕生的精力去打磨，使它艺术精湛，熠熠生光。

多次追怀，以此告一段落。可是，当我一个人静看北京卫视的同名电视剧时，吓了一跳，以为看错，近前细看，果然是竖排的"北风那个吹"，我激动地给妻打电话说，看到没有，完了完了，这下彻底地完了！妻忙问啥事啊你那么激动？我喜极而泣地说，我的书出迟了，同名电视剧都出来了，你看嘛，北京卫视！妻哼哼说不是吧，怕是触动了你某根神经吧。我搁下电话，细看下去。

冰天雪地的北国，知青们在战天斗地。尤当同名主题曲响起，我沉寂的心被拨动，沉睡的冰山开始融化，滴落成点点文字……

错过也是美

错过也是美

以前爱回忆。回忆给人一份消闲、一份激情、一份动力、一份史迹的重整。

如今怕回忆。回忆困人、倦人，不想面对那些时过境迁的逝水年华，那些暗淡褪色的影像，以遮蔽我双眼，影响我心灵和行动。

可是，那些令我趋之若鹜、今又退避三舍的情缘，我能躲过、厘清并走得出吗？你为何那么迷蒙？难以捉摸？又令人痴迷？

人生中要结识某个人，似乎天注定。以前我对此质疑，认为是消极遁世，现觉得有道理，甚为颠扑不灭的真理。但此人我们事先不知，不认识，也没戏，谈不上什么缘分。从小认识一个人，动心，爱上，却害怕、紧张，自觉不配，反差太大，岂有缘分？大人却常在我耳边提起，说我们是如何地般配。当时母亲就问，人家看得起你家的成分？父亲不以为然地说，咋了，贫下中农都看不上，还看得上谁？这话烙在我心，我当了真，影响了我的心情。之后我们同桌无语，同路无声，形同陌路，这时我突然明白，命就是运，运就是缘，人生无缘，命从何来？

没有放弃，内心穷追，企盼时运，愿能重逢，乃我心声。

两家隔条小河，人生隔条沟壑。招工预选，全乡只有我俩通过，天赐我们同路进城，是个千载难逢的机会。

骑车人捎信叫我等，其实我一路都如蜗牛爬行，这时我索性停下，等她来有话说，可她没来，时间在静静流逝，下午我要返回，而她在城里有歇处，结果我们就成了一幅你追我赶的图景：崇山峻岭之下，一条蜿蜒的盘河公路上，一前一后地走着两个青年男女，前者望眼欲穿，后者紧追慢赶……但终没能同路。

　　上苍惋惜，
　　山河垂泪。

命运嫉妒人间的完美，历史忌讳良缘的结成。

美总是美。我们可以隔空畅谈：她说她一直在关注我，还记得初中毕业时老师为何唯独没扣你分吗？我使劲地摇头。她嫣然一笑说，是她在老师面前据理力争，说我的成绩是真的，这才保住了我的高分（考试时严厉的数学老师借故走开）。我说我高中一直都想帮你，却没法走近，还说毕业后写的信你看了吗？她顿了下说，看了，但只想通过自己的努力……

听说要来我镇，老乡跑来提亲，我闻之惊喜，没想到会相遇于此，乃我人生之幸，可是，时过境迁，我们还有可能？

从此我意乱情迷，再也驱散不开，满眼都是你的身影。然而，我陷入了无边的苦闷。谢谢老乡的美意，但让我烦恼，陷入了苦海；你也是可笑啊，知我们间多少，竟如此盲动。更难道说，我们间还需别人这样劳心费神？太见外了，难以接受，绝不容忍！故我宁肯放逐，也要心守，绝不亵渎心底的这份永远平衡。

我充满神经质地反问——

以前咋没说呢？

以前？——迟了吗？

也不。——也许她有了。

是有，但离谱。

……

一个人心远时，不再想了，让一切都过去吧，没缘的就没缘。

老乡哟，你太蠢，即或你没听出弦外之音，也可动动脑子，这种事，对我们，只能委婉含蓄，哪能那么直截！你如此，真是轻薄了我们的感情，也只能生生了断我们间的前景。

缘与我们无缘，天缘地缘人缘在我们这里都被击得粉碎。

不久她从容而至，我们若无其事地相处，我的隐秘压在心底。之后我们再别，结束了一生中的短聚。

常想一件事。我妻也是一见钟情，初识之后也没交往，后经人介绍才走拢。也进而想，执着的信念，也需外在的机缘。倘若当初我再坚持一下，尊崇老乡的意思，今又如何？这真是难测的事。我阿Q式地想过，没有此失意，哪有今期许？缘可遇而不可求，人们大可随遇而安，只要我们的人生有期待，就会有希望，也就有生活的底气，如此，错过也是一种美。

人生最美的风景

过去的时光难忘怀，难忘怀。

小时的暗恋，今首次提起，需公开承认的勇气。

暗恋出自喜欢。她的脸盘俊俏，眼睛迷人，身材窈窕，成绩优秀，令人倾慕。

同桌读书，紧张压抑，桌间刻一条线。她本子划破，就抓我衣领，我攥她头发，老师来了，我们才松开。

之后谁也不再理谁。

一天，替她拾起地上的橡皮擦，她感激地回眸一笑，被后排同学看见，笑说，看你两个好的，我们的脸刷地红似灯笼。

夏日午休，先去的睡桌，后去的睡凳。她家近，睡桌的时候多，但我无悔。首次挨一个女孩睡觉，倍感温馨，我在想：长大就这样多好！进而妄想，她会成为我的妻么？她睡凳时辗转反侧，竟把头伸进了桌框里，更让我想入非非……

我们的成绩同飞。

她青春焕发，光彩照人。

她不喜欢自己的男友，但她躲不掉其穷追。

结束了，美梦破灭，一切都结束了。

人家步入新婚，我却孤守残梦。

时光难忘，启励我人生奋进，感激我人生的这笔财富，也是我人生的美景。

（2021.5.20修改　新城）

相隔一条河

两家隔条河。我住河之头，君住河之尾。

上课时同桌。几乎能听见对方的心跳，闻到对方的气息。但我木讷、拘谨，吃穿不如，成绩逊色，故而心生卑怯。

排练节目。同为列队的第三排，穿错走队，耳鬓厮磨。她的身子柔软，收放自如。她的嗓音嘹亮，飘扬四方。内心在告诉我，我迷上她了，陷入了情感的深渊。

我们同进县城。

这是我的美梦成真。在我的生活里，常拿她暗自打赌：事成则有缘，事败则无分。常数自己的姓名笔画，以代表自己的年龄，看笔画相差是否吻合国家的法定婚龄。默念其姓名，以激发自己的斗志……如今，我们就要真真切切地同路了，这是我此生的奢侈，修来的福分，也是众人没有的权利。那个年代，一对青年男女同行一段峰峦叠嶂的沿河公路，那是何等的风景！

一个放学回来的孩子把捎回的纸条悄悄塞进我手里。简直不敢相信，这张字条，就是她的亲笔字：

明天进城同路。

　　　　　　　　　　　　　　玲宇　即日

攥紧字条，我心发抖。像个小偷，神秘兮兮地藏紧，怕人看到，也不对家人说。我撒腿跑到山下的小河，对着哗哗的河水大喊：小河啊，小河，你的水波是那样清澈，你的流淌是那样悦耳！

那时我们刚刚经历过一场人生的重要考试，同乡数十人，只我俩过关，这意味我们离成功更近。我想，此刻她肯定激动，但也隐忧自己因偏科而前途未卜，但只要她稍开金口，我会鼎力相助。

彻夜无眠。不敢相信，真就这么同路了么？咋这么突然？出乎意外，毫无准备，简直不适应，明天咋同行？

翌早我激动不安地来到她家门前，约莫她在静静地等，笑脸相迎，然后我们一起过河，上坡，同路。可是，我傻眼了，没人！只有她的母亲站在院边跺脚，急说，背时娃儿，女儿走下河了，你快去喊她吧！下河？咋去了下河？下河有拦河坝可不涉水，难道她以为我会走那里？我不置可否地应声走了。

这是她家门前的一条河，河水汤汤，直下嘉陵江。踩在水里，不冷。咋去叫她？我心里七上八下。该死的几十米街道呀，我咋过得去？似有万双毒眼，正在不怀好意地等着我，要看我的笑话：哼，看你两个如何大模大样地公然走过？霎时，我身如芒刺，浑身打颤，恐怖，停在岸边的草坪上直搓脚。

潜意识说，这条街你去不得，更不敢与她同行。同桌几年，从没交流。有次周末放学，路上只她一人踽踽而行，我倏地绕道野地，逃逸。

这是我一生的纠结。我一直想：没那条街多好！我就可以大大方方地去叫她，然后我们轻轻松松地同路进城。可是，这一切都不可能，当时我只能猛跺一脚，转身说了声，走！

我就这样从前面走了。但走得很慢，以等她追上我，我有话说，这是最好的机会。多少年来，我们没越同学一步，现在大了，有些事，可挑明，不留遗恨。在那等待考试成绩的漫长冬季，我被大队请去她家院子的队会计家清账，每天在坝里的熊熊柴火边打算盘。有天听到两个女子在我背后高谈阔论，一个指着我的后背问那是谁？某某，给队上清账，每天1元钱。一个说，可以嘛，比耍了强。这是她们的对话，我佯装没听见，心无旁骛地打我的算盘。她们在紧闭门窗的屋内谈话，一会就窃窃私语，最后销声匿迹。几天之后，她来问我考试成绩，我也摇头不知。

边走边等，思绪在奔流，最后我索性找一块路旁石坐下等。一辆自行车叮铃铃地驶来，骑车人说，玲在后面来了，你等她！我心头一喜，但有个疑问：她对我什么态度？我们之间可否自由地交谈？她会对我如何呢？

可她没来。我又走了一段，在半道路边的一块大石上长等。

山林幽幽，溪水涼涼，太阳暖暖，我浑身燥热。这里，是我们县城读书的必经之地，我们常在此歇脚。多少梦里，我都和她同进密林……父母多次说过，两个娃儿般配。是的，这我相信，也越来越觉得我们就是人称的"天生一对"。可我一直不敢接近，觉得我的身家不如人，我们之间有鸿沟，她爸在外当乡头，我爸只是个队长，她活泼阳光性情开朗，而我性格内向暗淡无光……这于她不公，我不敢奢望。

日上中天，头皮晒得发麻。她仍没来。突然想起，不行，下午我得原路返回，而她可到城里上班的她爸那去。于是我蓦地站起，抖掉身上的尘土，昂首向前，直奔县城。

我们的同行，就这么结束了，留下了无尽的遗恨。

只要她需，我会鼎力相助，共度接下的考试难关。后来的事实证明，这完全有可能（我助过别人）。有个疑问，为何后来她调龙镇前夕老乡专来牵我们的线？我深感意外，莫名惊诧，也深受刺激，想，我们之间竟还需这样？当然，这事她事先知不知我不知，但多少年过去了，都在干啥？故我心事重重地反问老乡，她不是有了吗？老乡说她不喜欢。为此，我们还为其男友身份争论好久，最后老乡斩钉截铁地说，这个你就别跟我争了，我在那乡管教育多年，指头数得过的几个老师，哪个我不知情？这倒也是，可我还是疑虑未消，只好模棱两可地说：以前说就好了。这句是自己内心的秘语，却易遭误会：还以为我心里有了，或不想说了。其实谁知我心？正因锁她太深，故难以突然面对，心底的执念难改，接受不了老乡的直言不讳，就只有痛然否决，来维持内心的平衡，可是谁又知道这是自己的言不由衷啊？

压抑悲怆，克制忧伤。我独去门前的小河，望断流水，长吁短叹。《在水一方》的曲子在耳边响起：绿草苍苍/白雾茫茫/有位佳人/在水一方/我愿逆流而上/依偎在她身旁/无奈前有险滩/道路又远又长……留存的是记忆，记忆的是美好，美好的是伤感，伤感的是永恒，永恒的是留存……这是一个永无休止的轮回，我走得出这个悖论的怪圈吗？河水你告诉我，我从依旧的涛声里苦苦寻觅着答案。

（2021.5.20修订　新城）

重走人生精彩路

我的脑海一直都在重现——我生命中一段不灭的精彩路，它不仅是为了填补遗憾，也是为了破解迷惑。我总在问，是我牵着命运，还是命运在牵我，抑或我们彼此互牵？该题也许终无答案。人生中的某些缘遇，也很难道清，却往往锁困了人的记忆，影响了人的心智，改变了人的行动，使人行思两茫，陷入难堪的境地。

我与一位女同学的缘遇，也大抵如此。

小时我们同桌。然而，我们各自的心已微妙。虽她处在师生看好的核心，她很陶醉，而我自卑感强，有着冷面的旁观和孤独。我无法和她接触，交往，更不能有何亲昵。然我已患上了对她的臆想症，想象我们之间是如何的亲密，还同台唱戏，入高等学府，成双入对……这样的场景一幕幕，这样的戏情一出出，浇得我满头迷雾，惹得我浑身火烧。这是雾与火的交映，我几乎迷失了自己。

我们熟悉了彼此的气息。午休一个睡桌，一个睡凳，衣襟相挨，汗腺相闻，一不小心就会翻滚其上，惹得同学坏笑不止，各自也面红耳赤，酷似一对无辜受气的"小夫妻"。毕业之后我们参加大队汇演，同为两列的第三排，走场时身体相触，脚跟相碰，我们都脸红心热，哑然失笑，但无怨悔。那时我想，我们就是一对亲人！招工考试，我乡赫赫几十人，唯我俩胜，多想来个互助督战，却不可能。——最后她托上学的孩子捎口信，邀我翌早徒步进城，去填一份什么表格。

闻讯我心跳加剧，在飞快的挑水中不慎闪了腰，但不知疼；晚上我心里忐忑，不知接下该如何料理，不敢相信这是真的，人生之缘，咋说来就一下来了？我更有理由坚信，我们都有美好的人生前景；但论考试，我的把握较大，她的功课参差不齐，面临着考试危机。但这不难，只要她稍开金口，我会倾力相助；如能借此增进我们间的关系，这又何乐不为？

家乡距城 40 华里，道路蜿蜒崎岖，两岸的崇山峻岭，夹条弯弯曲曲的盘河公路，一对妙龄男女在此穿行，这是何等的风景。这时我又开始了患得患失：怕这段路太长，局促的我咋能走完，忽又嫌短，还没尽兴……

咀嚼这些。仿佛还没发生，逝去的会重来，精彩的可重现，我是绝对的导演，也是男主角。各种假设推测都合理，但最终难剧终，结尾有太多的悬念，留给人遐想。我想得太烦太痛太累，就索性定格为一个"缘"字。因我明白，人们无法释清面对的严酷事实，科学离我们遥远，在强大的无知面前，我们就简称一切迷惑为缘吧。一个简单的"缘"字，它掩盖了多少诠释不清的事实真相，稀释了多少事实的内部本质。这正如快刀斩乱麻，抽刀断水，一针见血，淋漓尽致，但这难免不是困惑者们的惰性、托辞和人生宿命。

那早经她家门前，她却走了，说在下河的浅水坝上等我。相隔一个大弯，穿过一条街道，前行几十米路，即可见到等我的人，我当立刻前去，然后我们同行。可在那一刹那，我脑子迷乱，心虚胆怯：这万恶的街道，众目睽睽的毒眼，胜过了横挡在道的巨齿钉耙！我若走过，就会戳穿我的心思，让我无地自容。我就这样磨蹭了一阵，终猛一跺脚，转头而去。心想我可以慢走，哪怕她是只地上的蚂蚁，也能撵上。可后来的情况却非如此。

这次错过也许于她不算什么，最多只是一次普通的结伴而行，于我则不同了。也不知到底为什么，无论我怎么等，甚至后面又有骑车者叫我等，但终没等上。

一次错过即成终身错过。结果她那次没考上，之前也未得我任何复习帮助，我们之间没联系，我不好主动去找她，她也没有求于我。我以名列前茅的成绩考上了，报到那天，地上有霜，父亲送我，经她家门前，一切静悄悄的，没一丝响动，不知她在哪里。

我们默默描画着各自不同的人生轨迹。

先后都参加了自考，却还是没联系。我仍沉浸在那段同行的山路里，都在以各种离奇的想象去填充完整，最终画上完美的句号。——可是多年都没画圆，我还在预测，假如那次我们同路，建立了互助，结果会怎么样呢？对于各自的人生将有何影响？这实难想象，凭彼此的性情，有太多的可能，但有一点可以肯定，在奋力拼搏的人生路上，我们能鲲鹏展翅，比翼齐飞。

我在前面慢行，慢到了啥程度，不知者还以为我在路上找针。我歇息于半途路旁的一块大石上，头顶晴空万里，身处幽深密林，我拣块石子写写擦擦，时间在一分一秒过去，她还是没来。我等得焦急：她到底在咋走路？想起我们进城读书，每当家里母亲或妹妹来给我送钱粮，都要去那她挤住。这条路上，我们许多同乡同学往返，而她是我心里驱不散的"魔影"，时时刻刻都附着我的魂。冥冥之中我们并肩前行，到这自会找个地方歇脚，或在这块石上，或去林荫深处，火热的我们目光交汇，热血喷涌，激情燃烧起我们的青春岁月……我早暗定，她就是我心中的最美。可这，都是烟云，藏在我心底的个人饿痛。见时不早，下午还要原路返回，而她可去她城里上班的爸那，为此，我在大石板上猛划一笔，丢了石子，昂首而去。

她的命运周折。先当临时教师，后找零活，最后招聘，听说要调到我镇，一位老乡跑来说亲，意欲撮合我们。我愕然，欣喜。面对来者一脸的憨厚，诚挚，我强忍住暴怒，压着怒火，只摇头否认。我很纳闷，难道我们多年的关系，竟还如此生分，还得找一个知情不多者来促成？故此我忿然说道，以前说就好了。来者不知何意，他只有些不快地走了。也不知她知不知晓，该事从何缘起，我都无从探明。我又回到了缘上，认为一切是缘，相信命运一说的真实了。

我们相处一般。追求者她一直不喜欢，但还是嫁了，我束手无策，只恨命运的安排，但我无奈，慑于她对我态度的模糊，我自卑之极，相思成病，如无后来情归，我定会沉沦。

庆幸自己终从情感的沼泽里走出。她的处境渐好，我的忧虑渐消。她忘了我，甚至还微露不屑，这令我痛心，我更坚定了自己必须摆脱的意志。从这点，我谢她。不管她有意无意，客观上帮了我。

憧憬这段路，补上想象的空白，它属我人生迷茫中的幸福路，它承启了我的人生，成为我生命的重要转折，开启了我未来人生的光明。

（写于 2010.4.10　清江河）

驻进梦里

一

这些年来，总有人自由出入我的梦境，以致别的都成为稀释、放大和延续这个漫天长梦的注脚。

即使有人知这梦象，但也未必知其究竟。

梦里的众人都行色匆匆地赶路，行进在一个如烟似雾的人间仙境。从哪来，到哪去，都朦胧不清。但人多，纷至沓来，身轻如燕，心腾如飞。仿佛身前、身后、身旁都有不苟言笑的玲。一旦有她，我心释然，眼前的行走、事务，不再是先前的光景，顿然有了新意，不知将会遇啥，此刻是啥。

梦醒时分，吧嗒下嘴，想把刚才的纷乱理清，却不甚分明，前前后后，都不太清晰。有一些影子，但无头绪，只有片断，一个不太清晰的横截面，足够我咀嚼回味。

该梦我挨不近，揽不得，似压根就不属我，我只有观望，被动介入的份，身处一种若即若离的游离，有点甜，却淡，像一杯糖水，只是水掺多了。也恼不得，你恼也没用，她不会理你、顾你，只我行我素，按自己的固有脚步，一贯的行事风格，该干啥还干啥，想怎么就怎么，在你熟悉而陌生的生活圈里，偶遇的场景里，保持一定的距离，按自己的心思，按原有的形态，各行其是地忙着，你抓不住，逮不着，你恼，她离你会更远。

二

我常被这样的梦境切割。把梦象分为两半：她的前世今生。

玲是我从小梦寐以求的人。她美艳、泼辣、善歌舞……她拥有优异女孩的一切，令我高山仰止，为之倾倒。因她震撼着我，让我神魂颠倒，欲罢不能，我为之迷幻，为之激奋，涌起股股潜力，这激励了我的人生。可我没走近，没交流，没交往，我只寄寓于梦，在梦里相会，完成我们的人生相聚。

如今，岁月的风霜让玲褪色，生活的磨砺让她消融，她已改变了先前的模样，虽仍风韵犹存，但在众人眼里，她已物是人非！八面威风的我，固执的我，初衷不改的我，心存美好印象的我，仍守着昔日，惦着初念，怀着残梦，誓让之圆满，誓让之壮美，虽历尽悲苦，却是一种别样的辉煌！

三

常梦见玲。

越过同桌，携手同行，我们遨游在求知的海洋。

走过身世的隔阂，我们阔步在崭新的时代。

有了相互的吸引，进入水乳交融的世界。我们联手创业，成了众人崇拜的楷模。

这样的场景接连出现，令人应接不暇，眼花缭乱。

身着戏装，我们同唱梁祝。字正腔圆，仪态万方，众人倾倒。我们互相助力，手心握紧。

四合院的一角，我们相拥而息。我们心心相印，珠联璧合。——人心，总是隔肚皮啊，你的，终属于我，我们没了距离，不再设防，我们的心灵沟壑，轰地通了，一股生命的泉流，滚滚向前。我们互诉衷肠：此生，我们生命与共，才情叠加。唯有如此，我们才能发扬光大，事事有成！

在一条通往圣山的崎岖山脊，我们奋力攀爬，云山雾障之间，锯齿山峰之上，我们相间攀援。劳而不累，因为有彼此的照应；历险不惊，因为有彼此的鼓劲；艰难不惧，因为有彼此的陪伴。

陪伴是一首歌，一首抗拒孤寂的歌。互敬是一首诗，激励自信的诗。互爱是一支箭，射中身心的箭。我们就这样互望互守，穿行时空隧道，通向无垠的远方，直到生命的尽头。

这只是梦，是我理不清，斩不断，欲罢不能，欲说还休的人生长梦。我驻在这样的梦里，出不来，也不想出。我生怕一块石子，丢进我幽梦的平湖，生怕一声巨响，惊飞了我们的长梦，更怕出现什么人间妖孽，斩断我们的梦丝。

在我的梦里，你逃不掉了。我已注定，把你圈进了我一生的梦寐。

（2019.3.14 下午　新城）

毕业照片

照片里没你，是我一生的迷雾。

——题记

我有一本精美的相册，经常拿出来翻翻，看看自己当年读书时的模样。可是，1998 年 9 月 16 日，我地遭遇了一场千年未遇的特大洪灾，冲毁了我的家园。房可再买，家可重建，证可补办，然而，这张毕业照片，再也找不回来了。

高中复读插班的毕业照里，有我一个"热眼"的女同学，她的名叫小雪，常让我想起北国的冰天雪地……我们那时没交往，甚至连对方的名字也没喊过，但我们心里"默契"，"心有灵犀"，但都深锁内心，属于彼此的隐秘。时光飞逝，一年过去，我们终以一张毕业照的形式，来结束我们短暂的同学岁月。可是，照片里没她，全班同学就只缺她！这为什么？我不明白，又没处打听，终究解不开这个谜。

小雪是班上的漂亮女生。按当时的严厉校规，同学间不能交往，在繁重的升学压力下，我们也无暇顾及，而情感这个东西，却来之自然，不以人的意识为转移，然我们只能压在心底。结果就是，我在心底默念对方的姓名一万次，还要压住看她的目光，但她的形象在我脑海里反更清晰：白净的脸儿，清澈的眼睛，窈窕的身材，只有一素一艳的两套衣装。

我们不约而同的目光交织不知始于何时，这不重要，重要的是我们已不可阻挡地开始了目光对视。开始是窈窈的，隐讳而间接，继而变得大胆和直接，最后竟"肆无忌惮"和"一发而不可收"。上课铃响，老师进教室前的瞬间，下课离座的前夕，在校园的过道上迎面相遇，在课间操的站队前后，我们都有异样的目光投射，这些目光具有特殊的穿透力量，我的心在颤抖，但我读不甚明，也难准确描绘。

作为一名复读的插班生，我的升学希望大些，而她成绩一般，但这不妨碍我们的目光交流。我眼睛近视，虽只间隔三五张桌，但望她也觉得迷蒙，可越这样我越不能自制，趁学生上下课的嘈杂，她的目光也坚定而勇敢地相迎，霎时，彼此脸红，心潮澎湃。在楼阁，我们迎面走过，似不认识；在操场，女体育老师让我示范跳远，我穿一双紧脚的黄胶鞋，远退，猛冲，踏板，腾空，轻落沙坑的远方。"弹跳好！"女体育老师高喊，3.8米、3.9米、4.0米、4.1米，"好！"她大手一挥，手起笔落，在摊开的本子上刷刷地记下我的成绩，这是高考前的体育终考，我达到了国家锻炼标准，我无比欣喜，因还看到一张熟悉的面孔，围观的人群里，有一个穿着绿底白花格子布衣，褪了色但洗得干净的蓝布裤子，脚穿一双平底绿花布鞋的女子，一直躲在一个女生身后脸色绯红地瞅我笑哩，我心一惊，热血沸腾，眼睛一闭，全是她的美。

不再顾忌别人的感受。看，在操场集合的瞬间，一对男女低头各踢自己脚下的小石子；在校园的橱窗前，一个男生挤进了围观的人群，见挨着的竟是"她"，他没退却，相反更靠紧了，她没回头，但已闻见身后的气息，那次，他没读好张扬的长篇连载《第二次握手》，而她一动没动，读完一声不响地走了……睡梦里，周末，两个人相会于校后的山包，各执一书，遥望天际，畅想未来，忽然有人走近……

这是连绵不断的梦境。可在眼下，无力改变，不得不收场，这是否就叫"有缘无分"？

毕业照出来了。我很清瘦，但衣服干净，中午才洗的头，眼睛炯炯有神。照片里没小雪，我睁大眼睛寻找了多遍，还是没有！是她有意不照，还是另有原因？不得而知。照相的头一天见过她，当时我帮同学抬木箱，路过女生院时，她正站在院前一棵梧桐树下，像在等谁。我看着她一路走过去。她穿件红色小西装，灰色的卡裤子，脚下的皮鞋锃亮。当我原路返回时，她不见了。谁知，那就是我们今生的最后一见，也是她留给我的最后一个倩影。

毕业照里的女生们神采飞扬，男生们精神抖擞，老师们踌躇满志，唯独就少了小雪，故我觉得这张照不完整，没意思，只算张残缺的毕业照，可是，谁又能改变这个既成的事实？

多少年过去了，毕业照印在我心底，成了我永久的回忆。照片里该有的没有，成了我永远的遗恨，最后，竟连这张残照也不幸被凶猛的洪水卷走，这真是残缺中的残缺，沉重中的沉痛。毕业照没有了，它却牢固地永存于我记忆的深处。

庆祝国庆

一

那时乡镇的国庆很简单。

"这下我们看一冬的！"高大魁梧的镇党委年书记把筹办国庆的光荣任务交给我这个新来的团委书记后，他如释重负。

"好，就看一冬书记的了！"龙镇办主任陈老庆也说。

我心底有一丝紧张，但更多的是坦然。我在城郊任团干一年多，也有些经验，但这次不仅要搞象棋、乒乓和篮球赛，还有文艺晚会，助手是镇文化站站长汤明、镇农技员王银和镇计生干子超，由赫副书记负责。由于没活动经费，镇上开场镇单位负责人协调会，要求场镇职工每人捐资 1 元，共庆国庆。

汤明每天都来找我议事。他负责棋赛和镇文化站的川剧演出。我提醒说川剧规格别高，意思意思就行，时限半个小时，虽我不知一台川剧最低需时多少，但我知晚上节目很多。他唯唯诺诺地皱眉答应，似对我这个新来的团委书记表面上尊重而内心并不咋当回事。

一切都在有条不紊地进行。

赫副书记给我们分工：王银给我当参谋助手并具体抓篮球

赛；子超负责乒乓球赛；汤明具体抓象棋赛并配合我抓文艺演出。

当一位绝色女子站在我身后时，我浑然不知。我和王银正在核对晚上的节目单子。王银笑得越来越不自在，我猛回头，一个辫子姑娘已在我身后多时，我忙起身让座，搬凳子，她说别客气呀，刚才我不想打搅你们。

这是王银荐的报幕员，果然形象颇佳，气色非凡。我把一大摞单子交给她说，你先看看，重新调整编排一下，各单位要错开，川剧放最后，我们去电影院落实场地及晚上的电影等事。女子接了单子，脸红似灯笼，默默地点头。

呃，咋样？路上王银挑逗我说，我给你选的女子。我听出了他的弦外之音，骂他这个已婚的粗俗男人，啥话都敢说，但心底仍高兴，就答非所问地回他，人没说的，但不知其主持效果如何。没说的，简直是没说的！王银激动地说，她在中学就是有名的报幕员，不信你随便去问，我咋会骗你。

二

国庆是我们伟大祖国的节日。在此 35 周年来临之际，国人所有的庆祝都在有条不紊地进行。我们的一切都已进入了深化阶段。关于评奖，我们决定，评委由随机抽取的部分观众代表组成，奖品有绿色铁制茶盒、小巧戴帽茶缸和鲜艳的红色毛巾。

1984 年 10 月 1 日，秋高气爽。龙镇庆祝国庆的三项比赛开始。

按照分工，我和汤明组织象棋赛。报名者 14 人，因时间关系，大赛采用单淘汰赛制，就需绝对的大偶数，才能每场不轮空，临时，我去硬拉了两个人"凑数"：一个是镇一把手年书记，一个是"一把手"林业员子渊（他的另一只手因工伤折断）。他们平时都爱下棋，年书记一请即到，子渊却推辞，我说现在只差你一个人了，年书记也喊他，他才答应。结果子渊获得了冠军，道班的康班长获亚军，饭店的万经理获季军。

晚会前我想到一个问题，就是这次劳烦这位报幕女子，却没什么酬谢。于是我找她来，说这次没酬劳只颁奖，要不你出个节目吧。她说奖不奖无所谓，这是年轻人的爱好。她还不无委屈地说，这次国庆本去绵阳走亲，听了公社广播通知和父亲的动员才来的。我闻此更感动，进屋抱出厚厚的4卷自考教材《外国文学作品选》，说要不你选首长诗在晚会上朗诵吧。

晚会场上座无虚席。报幕女子蓉一出场，全场爆出雷鸣般的掌声。明龙独唱《木鱼石的传说》，悠扬婉转的嗓音至今还在我耳边响起。清英是位中年的村妇女主任，刚从打谷场上赶来，轮她上场，她直接从舞台中央跨上去，放声唱起《草原升起不落的红太阳》，场下虽有嘘声，但她仍面不改色地坚持唱完，她的精神得到了大家的热烈鼓掌。浓墨重彩的镇中心校和区中学轮番上阵，使演出变得精彩纷呈。

报幕女子蓉款款登场，自报自诵抒情长诗《中国，第三十五个生日》。她的淡妆，衣裙，标准而流利的普通话，声情并茂的朗诵，打动了全场的观众，把晚会的气氛推向了高潮。

报幕员女子蓉来我办公室领奖品。我说，这次你不辞劳苦，幕报得好，节目太精彩了！我代表镇团委和组委会，隆重向你颁奖！她接过奖状和红白相间的精致小茶缸，激动地说，谢谢，没想到你们考虑得这么周到，一个年轻人的爱好而已。她瞟了一眼我凌乱的桌子，说，你这么多书呀！我笑笑，不好意思地快速收捡了下。呃，她说别动，你手上那本是什么？《红叶在山那边》，哦，可以借给我看看吗？我痛快地递给她说，拿去吧。

　　那是我在城郊时买的书。当一位县医院护士无意间发现要借时，我没答应，称自己还没看完。可是，这位报幕员女子蓉轻易就借走了，仿佛在那刻，我的心随那本书被带走了。当我后来一遍又一遍审定自己的心思时，确实感到被她给带走了。之后，她风尘仆仆地来过，说是去场镇她姑姑家顺道这里来小坐一会儿。在我的眼里，她代表聪慧、伶俐、美丽。秋天的晚上她穿身丝袜裤，脸上红扑扑的。冷不冷啊？我给她倒开水，去场上买刚出锅的油炸馓子，停电时就点两根红蜡烛，她忙上前吹灭一根，说太浪费。那时她在村小代课，后放电影，每次来走走。久之我就有了一种特别的依恋和热切期待，感觉自己已经喜欢上她。那时我的婚恋真是大海里捞针，因大海里本没针，但只要有一根针，我就会心有灵犀。我们就如此平淡地地交往了些日子。

　　国庆结束。一切都结束了。蓉后来移情于他们全家人给她选的更有"前途"者，惜之其交往更短，最后她嫁进了城里。

　　汤明来要剧团演员的路费，我说没有，资金全花光了。我反问他，谁让你去县川剧团请人的，给你30分钟你却拖了1小时，影响了后面的放电影。他笑笑说没有就算了嘛，年轻人别发火，我们的川剧你没看场上那么多人在鼓掌吗，我如不去城里请几个老师来，会这样？没钱算了，我只是问问，好，我自己想法把他们送回去。实说，那一刻，对这个比我长10多岁的男人，我一下肃然起敬了，感觉他够朋友，是信得过的好搭档。

村长之女

我不敢太实，是怕最终虚了你。

——题记

一

村长女儿的事我给老婆说过。

这是在她之前的恋情。诉之是信赖，交流是分享。男人借助于女人才真正了解女人，女人之间才真正心通。妻现已不再为我重提这些而挥舞拳脚。我为这些女子吃尽了苦头，然又十分乐意，因这是我挥之不去的内心甜蜜。妻表情复杂，和妻欢娱时我也口里念念有词，絮叨村长女儿的名字。我醉此虚幻，打通了我忧伤的关节，驱除了我心头的暗影。

村长女儿属我心灵深处的隐痛，也是我终身难忘的私情，之所以反复书写，意在用文字来咀嚼、念想和体味，以绵延我们的不灭情丝，求得内心的片刻安宁。

村长是村里的二长官（一长官是村支书），因支书的老婆不喜欢任何外人进她的家门，支书为此而颜面丢尽，但也徒叹奈何，故我下村就住村长家里。好在村长家干净，老婆贤淑，又有一个如花似玉的女儿。当然我和村长之女要好是后来的事，不仅因她清秀端丽，更在她对我的体贴细心，每次去时，她都主动给我存取手包，其动作之娴熟，脸色之羞红，都令我怦然心动。我的包里只是些书本纸笔，她却当作珍宝一样爱惜。

一次我和支书去找村长，我们半道遇雨，被淋了个落汤鸡。一拢她家门，村长女儿就给我拿出一条新毛巾揩水，在一旁台阶上刮泥巴的支书没人搭理，就阴阳怪气地偏头呶起嘴问，呃呃呃，帅小子有人接待，我们这些老家伙就没人管吗？她的母亲忙出来解围，说，嘿嘿嘿你闹啥闹，难道还和年轻人争风吃醋不成？村长女儿羞得趁机跑进屋去抱柴火，出来给我们烧火烘烤湿透的衣服。

我的心一直暖到了此刻紧握的笔根。我快要掉泪了，多好的村长女儿呀！这个动人的情景，我幸福感激，再过万年也不会泯灭！

二

村长的女儿来镇上找我，然后下午我们一道返村。蜿蜒的山路，茂密的山林，一前一后地走着满腹心事的我们。静静地走着，漫不经心地遥望着天上的流云。林间有个令人心跳的神秘幽洞，我常梦见，我们就在此幽会……这事我没有告诉她，现来到此处，我们可否好梦成真？喜欢已久，我们心心相印，只差互诉衷情，说出那个关键字。一天晚上，我去隔壁换鞋，她在里屋找东西，我情不自禁地上前从背后抱住，她没拒绝，只紧张地回望门口，我忙松开。又一晚看电视，村干都在楼上打牌，我和村长的女儿，还有一个缩在屋角的老村长看电视。漆黑的屋内，没有开灯，我俩紧挨着看电视，但我的心思全在她那里，最后触其手心，滑至其腿……昏眩，身后的角落有"电灯泡"老村长，电视里的荧光闪烁，楼上的打牌吆喝，惊飞了我们的好梦……

世上没有不透风的墙，我们的隐情终被人猜疑。一次镇长和我下村，村长老婆熟视无睹地背上背篼咩咩地上山找羊去了。事后我问，何不搭理镇长而借故走开？她忿忿地说他以为他是谁，哼，屁大个官儿，居然瞧不起人！原来有天村长娘子上街碰到镇长想问个事，但她连喊三声，镇长只顾盯着街上的不知哪个俏媳妇而顾不上搭理。我笑笑说那你肯定是误会，镇长从不沾惹是非，准是他工作上的啥事想得出神。村长娘子哦呸了一声说，别说得那么好听，正与不正也只有他自己心里才明！

镇长见村长娘子走了也没生气。他看到里屋走出一位飘逸的出浴女子就悄声问我，她是个老师吧？我说，村长的女儿。镇长狐疑地问，她是你女朋友？我红着脸说哪里嘛没有的事。镇长狡黠地笑说你别骗我，我都看出来了，她看你的眼神不对！这时披散着头发的村长女儿径直去场边放声吆喝：爹耶，爹，家来客了——她的嗓音尖细清亮，划破长空，回荡在寂静的山谷里。

一次我下队检查农房。一位女子诡秘地问我，你和小芹的事？我笑笑问啥事？她嫣然一笑说，你就别装了吧，小芹从小就是我好友，她都跟我说了你还不承认。以为她在诈我，但她顿了下又说，不过呢，这事她大人有顾虑，担心以后不在一起总不是个事。我惊其辣，叹其直，沮丧而伤神，预感我们的缘分将尽。

一次天下大雨，村长夫妇外出赶集，屋里只剩下我们。没事我就去里屋的床上蒙头大睡，村长的女儿坐在门口扎鞋底。我睡不着，满脑子尽是她的身影。到底能不能娶她啊？我们有没有戏？我一直都疑虑，甚至事后后悔，那晚村干在楼上打牌，我和村长的女儿看了会电视就一前一后地溜至后山，月光映照下的山林，我们轻轻依偎……我问，冷不冷呀？她说不冷，有你在我不冷。我感动地说，你真会说话。她问，你多大了嘛？我没回。她半晌才说，我是说你也该考虑下自己的事了。我仍没吱声。她又意味深长地说，谁对我好呢，我也会同样，她顿了下，咬牙说，不然——不然怎样？我想问她，但没问，也知她分明是在暗示，我不好向她承诺什么，怕自己万一失言，就会伤她的心……之后我们匆匆回去，村干部们还在楼上打牌吆喝。

我唤村长的女儿过来，我给你看看手相，我刚买了本《手相学》很灵验。她没动，只说，你过来看吧。我起身走去，抓起她那扎鞋的粗手，看了看就放下，出门去望山长叹。

不久村长之女出嫁。这出乎我预料，事先无征兆，一直以为她还未到谈婚论嫁的年龄呢，咋就匆匆嫁人？她母亲来请我去参加她女儿的婚礼，我茫然应了却没去，泪洗着自己的伤悲。

想起这些快乐与忧伤的情景，我总是很陶醉。我想过，既无以为报，就心灵承载，这可否令自己轻松一点呢？倘若村长的女儿有知，或心有灵犀，将会是何种表情？是否同样缅怀我们的旧情？其实，我与爱人每次重温这些，感激她的理解宽容，让我心灵释怀，获得了一种精神飞升，仿佛那刻，村长之女就是老婆，老婆就是村长之女，两者完全融为了一体。写完这句，午饭已冷，我的眼里噙满泪水。

那次邂逅

妻不悦时骂我是"情种"，还牵扯到早恋的孩子身上，说那是"遗传"。我反诘妻，说，你就别一箭双雕了，骂我就直接骂我吧，别扯到孩子，更不许影射我上代。有时也盛赞妻是幽默大师，言简而意赅，精练又经济，还一箭三雕，一句话骂我们三代。妻闻此一笑，侧脸问，是吗，我咋不觉得？其实这也非妻错，是我们男人的错，男人为何总喜欢美女——俗称"拈花惹草"，而我称之爱美，或艺术审美。妻哼哼说不过名字好听罢了，还不是一回事。我赶紧说，错了，妻，这是有分野的，粗俗男人总想美女的性，优质男人总想女人的情。妻说你巧言令色，这分明是托辞和狡辩，但我相信，谁敢担保一生都不沾点跟情色有关的事呢？

人可以和有些女子交往一生而坐怀不乱，而有的则一见钟情，生出电光火闪的情感烈焰，原因何在？我解不开。世上许多事都无解，只待我们去寻觅答案，带给我们生活的扑朔和丰盈，从此意义上说，每次的缅怀都有意义，每次的掂量都很幸福。如此说时，一位邂逅之女向我走来。

妻让我把两岁的孩子带回家托他婆管。6月的车站冷清。发车时还有空位，司机赖着不走，后面的车已抵拢，他才慢腾腾地开出站口，仍磨蹭着等人。

一个眼镜姑娘闪身上车。车门砰地关上，离站。

女子满车搜寻，最后目光落我身旁放着孩子的空位。她怯怯地走来，又爱怜地看了眼孩子。我忙抱起，拿起手包和一束粉条。她试探性问，我帮你抱孩子？咋好麻烦人家，我把一束粉条递她，客气地说，你就帮拿下这个。她稳稳地坐下。这才看清她的面容。眼镜之下，清秀的面容，稚气未脱，但已有些阅历。她端正的身子，白色连衣裙衬出她的清丽，散发出一股迷人的芳香。平时我不和这样的女子贸然搭讪，今天不同，也许是山顶的空气新鲜，久别回乡的心情愉悦，车内的声音嘈杂，我们正好寒暄。原来她是单位同事妹妹的同学，她知我单位院里有个圆门短墙，她在城东村小代课，要去柏桠看同学。我问咋没带上男友？她爽快地笑说还没有呢。我说不信。她天真地辩解说真的不骗你。最后我们谈到了她读的函授和我读的自考，都遇到了不小的困难，最后我们互相鼓劲勉励。

漫山遍野的嫩绿，令我们欣喜。她扶了扶眼镜，折弄怀抱的粉条，我移开目光，装没看见，任粉屑落下。她的脸似桃花，胸前两峰微凸，诱人心颤。她的长腿丝袜，更令人迷醉。我剜了她几眼，因再过两个山头，就分手了，人生能有几回搏，缘分可遇不可求，我有些不舍。

嘎地一声，车子刹住，车门大开，我跟跄而下，一手搂着背后的孩子，一手拿起手包，接过她递出窗口的粉条。她见我有些吃力，关切地问，你拿得上吗？我真想说拿不上，可否送我一程？但我没说，只微笑点了下头，扶下欲掉的眼镜，接过粉条，转头就走，她在背后目送我离去。走了几步，我回头，只见飞驰的车后扬起漫天尘土。

这是一场意外的邂逅，在我心底刻上了印痕。回家的路上，我遥祝这位清秀的女子你一路平安！祝美丽的姑娘你一生快乐！

一天，我情不自禁地走向了她所在的东郊村小，希望能碰上她，然后我们谈谈考试。下午的阳光强烈，我心情平静地前去。她的学校很小，我在窗前走动，后面是一排平房（老师的备课室），我若无其事地过去，希望在这里能遇到她，然后接受她的主动邀请，同去她的屋子坐坐。可是这样的情景没有，我的脑子里只有幻觉。我的双眼模糊，终没看到她的出现，之后我悻悻地回去了。

又一个阴雨天。教育局门前的橱窗前，张贴着一张最新的教师录用名单，我激动地搜寻她的姓名，没有！呃，这才突然想起，那次我忘了问她的名字呢，她父亲姓胥，在县一中任教，那她叫胥什么？名单里胥姓的有几个（没标单位），到底哪位是她，有没有她？我蓦地发现自己太大意了，真太傻了，同车十余里，交谈那么多，竟忘了问她的名字。仔细审视，胥姓的个个像她，又都不像，不便去里面的办公室问，怕心底的隐秘被彻底揭穿。

再去东郊，还是徒劳，根本没见到人。

几年之后，孩子大了。一种见不到的忧伤，一直在我心底发酵，吸引我以各种形式向她走近，虽终难抵达，但已心足，因为，这是上苍赐予我的可望而不可即的妙不可言的人间福分。

（2013.3.3 新城）

优美的女子永远引领我上升

优美的女子永远引领我们上升！

——歌德

玲

玲小时聪慧，才貌出众，黏住了许多男孩的眼球。

那时我衣貌平平，没人关注，没人喜欢。对玲的好感和后来升腾的情感只能压抑，成为愈演愈烈的单相思。时以读书为重，但我对玲的情感与日俱增，难以自拔，难以自制，越陷越深。

玲或有察觉，却只淡然冷对。她平静如镜，安之若素，这令我快要窒息。她对我冷，更加重了我的煎熬和愁闷。我一面拒而远之，一面又发誓穷追。

沧海桑田，时过境迁。我的勇气没了，信心没了，自卑心重，不敢奢望那样的美丽聪慧，担心上天也不会答应。

后来我们出现了戏剧性变化。她平淡无奇，而我鸿运当头，但我还是不敢对她表白，认为这样的"乘人之危"是不道德，故我只好在自己的心海里开始放逐。我想过，每人都有自己的一片蓝天，每人都会找到自己的光明前景，也会有自己的美好人生，我也坚信，好人终一生平安，即使上天还没眷顾，那也只是上天会有更大的赐福。

她不会属于我了，我不会因自己的后来居上而奢望她改变主意，我无法也不想改变她的意志和决心，她理应保持人生的初心，我们间不应也绝不允许有任何的商业投机，即使她未来一生平淡，但只要是她能够接受的真实生活，从本质上讲也是幸运。

情思没了载体，心灵又难磨灭，就把她藏入内心，书写成文字，承载我心底的一片赤诚。

这些她知不知？也许不知，但不影响我的心境。

萍

网聊凭文字的语境揪人，文字敏感者易结为知己，所以网上有着太多的一见如故和相见恨晚。

认识萍始于聊天。她活跃，浪漫，对生活充满憧憬。谈及生活，我们有许多的精神认同，她在电话里的声音爽朗纯净，句句真诚感人，解我心忧。

遇此网友我心悦诚服。

互不设防，敞开心扉，日久生情。爱人讥讽我的这段是可笑的"网情"。

萍要来看我，我惊恐万状，坚决阻止。岂料她意志坚定，不容置疑，我怨其"横蛮"，断然回绝道：你不要来！

这几乎是命令，没人能接受。萍的表情我不知，只静默了几秒，就退而改口说不来了，请我来也不来。以为事态就此平息，因我从不喜欢心理受制于人，即使相约，也要从长计议。可是随后她还是悄悄来了，看了眼我的城市，与我地的熟人一起登上城外的峰顶，一览我城全貌，感天宇之苍辽，揣人心之难测，然后静静地离去。

事后她电话告知我这些，我愕然而平静。

我们的聊天结束。她的生活后有转折，但与我无关。我们不再联系，但我不会忘记她在我心灵困惑时的理解、开导和鼓励，这将载入我美好记忆的心灵史册。

静

静是我偶遇的网友。她刚毕业走上工作，却有出奇的平静。她迟迟才回应我怕久不说话而掉线的随意呼叫："刚才不在，这才回应，真对不起！"她是网上首个呼应我的女子，深深感动于她的礼貌娴静。

我们的聊天轻松，似淡淡迷雾里的云，我们真切地容身其中，这种感觉很真实。

她说自己未曾恋爱，虽读书时有人喜欢，但她没答应。知道自己是过来人，言行要有分寸，但感到了她的美。

都知网聊虚拟，但我们都认真。我们的淡雅交谈，互拆倾慕，也触动了彼此的敏感神经。我们的沉重和轻松，快乐和忧伤，都毫不隐讳地敞露给对方。

她忧郁地说，哥，我恋爱了，却是一个没有结果的结果。

知她想说啥，我故意不答，而给她讲了一段自己的梦境。

一天，我们同行一段山路，步入一条小溪，上行，穿过丛林，登上山顶，找一草坪停下，过起无忧无虑的生活，这里超离凡尘，无忧无虑，我们成了分不开的一个整体……她闻此无言，只说只要你心里有我就够了。

之后我们停了交往，没再联系。我们的聊天结束了。电话也结束。找知她在躲我，但也无辙。她快乐吗？也许并不。直觉在说，她在静养。

当然，也许，也本该，她在生活上遇到了知己，这时疏远我就显得十分必要——反正也是迟早的事。

我们共同改过的一篇文，入选了《中华散文经典》，她不得而知。我就此而写了她的文，选入了《一个世纪的经典》，她还是不知。我想如有机会我会告诉她这些。这是为啥？我也不知，只是想告诉她。但后来否定了：她既不知，我又何必再寻烦恼，于人于己难道有益？

三个女子，刻印我心，激励我前进，引领我上升。

（获2004年"圣贤杯"全国诗文大赛一等奖及"创作之星"文艺称号）

父亲长逝

送父回家

一

阴天，飘着小雨。沿河是条弯弯曲曲的泥碎公路。我的心紧缩着，妻在副驾驶，表弟与我在车厢扶着父亲，我们一道回家。

父亲，该回家了，我们送你回去，再不会出来。不论我在乡镇还是城市，以前你每月都出来一趟，这习惯保持了几十年，可你这次回去，就再也出不来了。——除非有一种情况，即你的灵魂安在。——人死后有没有灵魂呢？我多希望自己的父亲有灵魂。父亲，此刻你的心跳已止，但你胸口还有余热，故我一直认为你可以活过来，准会活过来，简直该活过来！

说到这，我有太多太多的依据，但也不知该从何说起。

二

写父亲的文章，是在父亲逝后一月才写出，之后每隔些时候都会写。我也是在用这些断断续续的文字，来连缀父亲的生活线条，来构筑父亲的人生图景，来呈现我们之间的父子亲情，来消减我的悲痛心情。人靠不断的行思来缓冲度过。父亲，你走后我们不习惯，就是靠这行思和不断的忙碌，来慢慢消解我们对你的思念。

你那天上午从家里出来，眼是直的，嘴里哇哇地吐白泡，像在抱怨，又像充满厌恨，有什么要事交代吗？我们一句也没听清，也顾不上，只一心想救你，且坚决而彻底地治好你，我们立即把你送进县城医院。后据母亲说，当时你本能地抓了抓床沿没抓住，这是否意味着你不想去，认为没必要了，或已来不及了，或别的什么？当时我们没有看到，也只想送你立即去医院，救护车在河边等候（因下雨路滑上不去），而且我们也有这个责任、义务和信心治好你，你硬朗的身体何尝不具备这个康复的条件！

我还当是你上次吐血。我们催你出来，给你检查治疗，回去持续用药，不到一年就好了。这次我们动身前先问过，医生说，不要动，平躺或平抬。可是，家乡人不懂这些，当然他也是出于好意，怕你在寒冷的外面冻着，就把你从摔倒的院坝边抱回火边，给你枕了袋粮食，这就加重了你的脑出血，所以医生说出血25毫克，无法做手术。我就不明白了，你起那么早干嘛？一个七老八十的人了，还早起喊一个中年人去赶集，人家有摩托，还用你去那么劳神？"出事"前一天你还在电话前叫母亲问我，要糊炭不，背一袋下街找客车带来？我当时怕麻烦你们，就故意吼道，不要，我们不要，你们不要一天操心这操心那，先管好你们自己吧！因你们年老在家，3个孩子在外，你们能照顾好自己，就是天大的事了。显然你那天心情不爽，就下街打牌，晚上回家还高兴地向邻居炫耀自己赢了6元。这说明你一向输，也说明你找到了一丝弥补的快乐。我们为你生前有这个高兴而欣慰，又为你因这些"蛛丝马迹"的缘故而感到难过。父亲，或许抱你者，特别是厉声拒绝的我，才是造成你麻烦的真凶！是啊，人成于细节也败于细节。虽说人的生死祸福多由天定，人算不如天算，但我更愿相信，父亲的病患已久，只是在那一瞬间集中爆发，也许这样想时，我们才好多少减轻一点自己良心上的自责啊！

现在说什么都晚了。我们只好随坑洼泥泞路上的摇摆之车，一路东倒西歪地送你回去。表弟扶你，我拔掉你手上的输液针管，空空的液体瓶掉在车板咣咣当当地滚动。之后由我扶你，表弟去车后一路抛撒纷纷扬扬的纸币……父亲，我们接你出来时还有生命，送你回时却这样了，我们不愿但也万没料到是这结果！

这时想啥都多余，脑袋是木的，潜意识支配我按程序走，也无所畏惧。我心底很清楚，没什么比死亡更可怕，没什么比生命突然不在了更忧伤。我们生者的职责是什么？就是活供死葬好这些我们本当负责好的老人啊！

父亲，你到家时天色已晚。细雨落在身上很冷，心里却热，嘴里冒出热气，大脑似无知觉，像某事突然散架坍塌。是邻里的三位大叔给你入殓，有远方的直系亲戚勘验，他们神态自若，说你老了是喜丧，我听了却别扭。来不及给你新添衣服，只好给你多穿些平时的旧衣，符合你一生的随意简朴，你一生只重内心的强大，常为此而奚落责备你的母亲，说，"嘿嘿你看我穿这一身出门还是要请我坐上把位呢"，又说"赶场也没人把我撵回来啊"。是啊，父亲，你一生淡化穿着，也有经济拮据的原因，可这是你最后的衣服了，我们实在来不及为你换新，但我们决心要给你办一场轰轰烈烈的丧礼，这个你最看好，相信你在天国也会眉开眼笑。父亲，这次办丧时间足有 10 天，实在宽余。这 10 天里，我俨似"司令"，把几十人指挥得团团转，也只有在这时，我全然成了生前的你啊，用北京赶回的妹妹的话说，哥哥越来越像父亲了。

我闻之没多少豪气，而只有沉重。也只有这时，我才感到有父亲的可靠、稳实和放心。以前多有误会，总觉得父亲碍我，我不好做事和发挥自己，总放不开手脚。父亲一生对我"高压"：总嫌弃我，不放心，在骨子里小瞧我，认为我不如他的豪气与强壮，更没他的胆识与胸襟。故我们恐惧父亲的高压，诚服于母亲的柔细，而自觉抵制父亲的强势，与他"格格不入"，甚至"势不两立"。他也确实对我够严和狠了，怕我长不成参天大树，更怕我出现人格缺陷，就对我打骂相加，以征服我，让我屈服。可是父亲，你想错了，哪知道我的心？我是在顽强地抗争，虽形式隐讳，我在暗暗与你"决斗"，只求生命的平等。可是我们实难对话和解，你也不容我据理力争，而视为冒犯你的天威，因在你的眼里，没法的老子没法的天。所以你对我防意如城，而我又对你反叛不止，我们就这样艰难地相处、僵持和耗损，我也这样畸形地成长。名人说，儿子，是在与父亲的对抗中长大的。闻此我特别感动！可是，当年幼小的我哪知这些，没读过书的父亲（只上了几晚夜科班）更不知，不然我们父子也不会如此艰难相处。

这当是我们两代之间最大的遗恨。

我与父亲之间基本没交流。原来父亲是在按他的思路来强塑我，而我又是那样顽强抗拒，似"哪里有压迫哪里就有反抗"的"阶级"恶斗。我曾"恶毒"地抵他的"后门"，对他的不实言论针锋相对，毫不留情，让他自尊受损，颜面扫地，根本不怕他妈的爹的骂人打人，因此我学会了逃逸。我成功了，我渐渐长大而父亲越来越老了。他撵不上我了，打不了我了，我获得了空前的胜利！我不再顾及面子，我可往无人的山上跑，我自信我是在坚持真理和捍卫自尊。也想让事实告诉父亲：他可以且必须用理性的方式待我，我要获得人格的平等，他没有权利如此对我。我抗衡父亲，天意让我考上了一份工作，远离了父亲。

三

在送父亲回家的路上，在给父亲办丧的日子里，我天天忙里偷闲地想这些。深为父亲的死有憾：我一直天真地认为，他可以不死的。他一生只害过三次病，这次的小小中风于他只是个"小意思"，大不了就是瘫痪；何况他还有话没交代呢，以致后来我们发动了众人猜测：父亲到底会留下什么遗恨？我们都猜不出来，也许就差那么一点点，可这一点点就是猜不出。因我们思虑过甚而心烦意乱，再说父亲的特点就是关键时话少，总是干净利落地说几句就走了，也不听别人的解释。可是父亲这次实在走得太快，我真的有话要对他说，难道我从小挨的打就白挨了？我还要和他融通勾兑，相信我们之间没啥不好说的，几十年过去了什么都淡了，唯生命才珍贵，活着就是最大的幸运，一切恩怨都只是人生的过眼烟云。我说这话，也非拿自己今天的人生成就去光照自己的昔日，也非拿自己的超越去轻视他的老迈，我只想平心静气地和他面对。也许有人说你这个没必要，而我不这样认为。因我们需厘清一些东西，扫除我们前进路上的阴云。如父亲在，我想这一切都不难解决，因他人老了学会多栽花少栽刺了，性情变得很随和温情，可因他的溘然辞世而让这一切都变得遥不可及，且随他的离去而永远地带走了。

这就是我心底一直耿耿于怀的心病，成了我一次次书写、缅怀和"讨伐"父亲的原因。我要达到什么目的？我要通过这些对父亲的"面对"与怀念，来还原父亲的真实灵魂，我不会忘记他当队长20年对人民群众和国家集体的功绩，也不会忘记他辛勤养育我们三姊妹的大恩，但我也要"数落"他教育方式失当而给我造成的心灵阴影，我想在他有生之年把这一切都和盘托出，与之交流勾兑，成为我们两代之间的一部心灵史，成为于人有益的教科书，可这都已来不及，只成了我的一厢情愿。

与灵魂尚存的父亲对话。我为什么在与你生离死别之时不像别人那样彰你功德，铭你一生数不胜数的艰难伟业，而反复历数你与我之间的冲突矛盾？这个问题我一开始就有质疑，我也试图通过这些平缓的叙述来找答案。我这样写"恶"而避善，是否意味着我违背了客观辩证？是否说明我是一个不孝之子？谁给我这样的胆识、勇气和权利？这点我可以坦率并自信地回答，只有阴暗之人才怕曝光，而磊落者才敢揭丑审丑，因任何卑小邪恶都于他无可奈何，他无私无愧就无惧。敢于并善于解剖自己，是一个人难得的高尚品质，唯如此，阳光才能穿透天宇，洞明无垠的心空。父亲，我对你如何你知我知天知。今天我以这样的方式来缅怀和迎送，完成你生前的一些心理及精神打量，给你一个我心底的盖棺定论，你乐意这样吗？怕不怕我如此"折腾"？因在我看来，一个人的生命极其有限，即便你到了人称的高龄，但谁又说你活得长呢？凭你一生硬朗的身体，我一直觉得你至少活一百岁，但一个人的精神可以永存。父亲，我虽无法说你就能光照这个世界，但至少照耀了我们儿女及全家。特别是我，为什么母亲一生没打我骂我，但我对她还没写你的多，不全是她健在的原因，而是一种东西，我反复想过，这就是你永恒的精神！父亲，你有永恒的人格力量，所以你无惧、自信、"残暴"甚至不惜牺牲自己的这些别人对你的恩情，而炼狱般地成全别人。而这一点，是我养了自己的孩子，遭受到不可避免的类似问题才想通的。所以我送你返家的同时，也送你回到精神的高地，去好好地安息！

在那些阴雨的日子里，我的心情一会洒满阳光，一会遍布阴霾。我把所有的情思与悲怨，都种进对父亲办丧的日夜操劳里，我不惜用一切奔忙去消融自己的痛苦，还不可抑制地像父亲一样威风凛凛，祈求所有的帮忙者都尽心尽力，来弥补我对父亲的遗憾与表达我的赤诚。因我需这个轰轰烈烈的效果，来结束父亲波澜壮阔的一生，让父亲永远安息，与他一生都没走远的青山为伴。这时，我们之间的所有误会遗憾都微不足道，甚至都会随那隆隆的炮声，熊熊的火焰，与袅袅升空的烟云，一起灰飞烟灭。我这是为了忘却的纪念，留下一份珍贵的人生遗产。父亲一生都不怕死，这回我真的领教了，那么慷慨痛绝，竟没留下一言。父亲一生也不爱计较，诸事善忘，其胸襟是何等开阔。好了，那一缕缕飞升的纸灰和阵阵响炮，已把一切阴云都驱散了，只留下父亲人格精神之旗的高高飘扬。我很多时候都在想，我还没超越父亲，父亲在我面前是座大山，我需用毕生的努力去超越，这也是他对我的最大希望。现在我什么都不说了，父亲，我送你回家，把你安顿在精神至上的灵魂高地。

（获 2014 年"红尘有你"杯全国征文大赛三等奖）

我的父亲溘然长逝

任泪水汹涌澎湃，涮走我的悲伤。

——题记

父亲去了。匆匆的，没一丝遗憾，没一点怨言，没一句遗言。他活了78岁，人称是高龄了，我却一直觉得他年轻，因我心中有他活的希望：至少是100岁！

我不是随口说的，也不是凭空说。他一生健壮，健康，印象中只得过三次病：第一次在我读小学时害背疮，很严重，又值自家烧瓦，他赤条条地躺在窑边的空地上，身下只铺了一张席。那时他年轻力壮，不知怎么后来就好了。第二次是肺结核，前兆是吐浓血，我知情便请他进城，他却执意不肯，我便态度强硬，意为不容迟疑——我想我反正是为他好，也不怕他一直对我凶。他来了，看了，却要回去，在医生和我的共同挽留下，他输了一周液，在城里过了年，回去又输了一周。在我的苦心劝导下，他服药一年，奇迹般地好了。给他检查的郑老专家说，你好了，别抽烟喝酒，活100岁。还问你听清了吗，记牢了吗，说着拿过笔要写在他手心上，憨厚的父亲会心地笑了。这次是第三次，早晨我正要起床，老家来电话，说父亲摔倒了，我们忙起床打电话，找医生，请救护车，一道回去将垂危的父亲接回医院。

父亲一句话也没说。据邻里的乡亲说，他嘴里翻白泡，啊啊地什么也说不清，但神志很清楚：用手拍胸脯，示意母亲掏出他上衣口袋里的号码，给我打电话。

他危急时想到了我这个唯一的儿子。

说来父亲的命真苦。生在旧社会没上过学，大了有工作没条件去不说，一生贫困火烧三次房子多灾多难也不说，养三个孩子都是中年才开始的，所以年过六旬才开始安排儿女的婚事，至今也没多享清福，还不停地想事情，做了一点土地，生前还不时问母亲：我们明年（2006年）是否不做了？母亲说做哟，不做点又干啥？真的我不觉得父亲老，虽年近80——这是他死后我们才有的这个自我安慰，但他的心力体力都很年轻、豪迈和超脱。

两个女儿在外打工，闻此噩耗悲痛不已。尤其是大女儿。她自回娘家住，去年赴京才3个月父亲就长逝了，她身感意外和歉悔。当时只知父亲病重，她假都顾不上请，回去收拾了行李便扬长而去了北京西客站。她一路闷闷不乐，当得知父亲已不在了，她泣不成声……回家呼天撞地地号啕，令全场的人都动容……

万没想到父亲竟没说一句话。可我知道他并不是没话说。他一生要求我们极严，生怕我们不争气不成人，也生怕我们落于人后。他在别人面前是说手，是马列主义的信徒，因他受过党的教育，是基层的好领导好干部，是群众公认的热心肠；他在家里是母亲的"官"，训斥母亲，如同孩子……他怎能没话说，从担忧，有幺女的贫困生活，有大女打工的成效，及与女婿的口角少了吗，有孙子是否听话了好好上学了；从心情，因他从小就破坏了我们父子间的亲密和谐，我们的怨恨至今未消尽，几个儿女一直给了他不少难堪的脸色——这些虽都是随意的，好在他一生大度，好理解好接受，但作为我们儿女，希望他活一百岁，或至少再多活几年，我们尽可以弥补啊，让他多点笑逐颜开，心情舒畅，好好地享受人生的晚年啊。

可是父亲毕竟去了，像留不住的逝水，一去而不回头。我最遗憾的是自己孝道还没尽够，我的许多设想都未实施，他也未必知晓。因他打牌老输，平时给他的钱少，家里财政捏在妈的手里，正准备今年开始对他增加，谁知他竟匆匆离去了呢。

我重生前不重死后。但我还是要热热闹闹办好他的丧事。我用长长的一个月时间，在各个方面都下了最大功夫。十路的亲友全请，厨席要办成当地之最，孝堂灵房花圈要做得最好，香纸火炮要成当地的最大规模……

父亲，那晚的追悼会开得很隆重，悼词写得极好，全村有 9 位党员代表来给你深深鞠躬（这是他生前要求一定要请的）；孝礼行得很好很长（百人白帕阵容）；火炮放得震天动地（百元炮弹 5 颗）；厨席无论规格还是品位毫不逊色城市；花圈堆满了院坝，蓬布、纸花、标语、松柏、挽对、唢呐、哀乐，走动的人群、雪白的孝帕、声声痛哭……这一切你都听见了吗？去世的那天晚上，你平静地躺在灵堂里，给你穿衣的三工三朝文清三位大叔说你静静的，身子很活络；送葬的那天，揭棺的时候，都说停枢 10 天的你居还那样清爽安然，面容很清瘦，仿佛刚入睡，一点也没变样。当盖上棺板，合拢，在师傅的处理后，凄厉的送乐声声长鸣，送葬的火炮一声巨响，纷纷的冥纸漫天飞舞，袅袅的烟火徐徐缭绕，随一抹土，你永诀了我们，而深埋于地下了。

人生于土归于土属于天然。我们畏惧，你却似乎一直不畏惧。你说自己死后葬在哪儿哪儿，你说得那么泰然，我们每次听了都很难受，不想让你再说下去。这次，你的愿望顺利而美好地实现了。你的死，激起了我们儿女的无限伤悲，我们也只能用最能表达我们心情的方式，多做点做好点来弥补我们欠缺的尽孝，来弥补我们心情的遗憾，来弥补我们的报答养育之情。

我对你的外孙女儿兰兰说，爷爷匆匆走了，升天了，当神仙去了，再也没痛苦了。兰兰鼓起眼睛天真地问，爷爷就在我们头顶的天空吗？他看不看得见我们所做的这些？我们几个儿女的福气是你给带来的。你养育我辛苦一场，送我读了几个儿女中最多的书，今天我也有能力写好你，以此来表达我自己的感恩之情。你辛勤养育了好儿女，儿女也尽了拳拳孝心。

人为什么要死？这如同人为什么要生，生生死死寻常事。可是，人死的意义不同。父亲，你一生最大的价值是无愧于党和人民，无愧于儿女。从县到村都有花圈送你，邻里的家族百姓都自始至终忙完你的丧事，儿女的殷殷之情难以言表，这不是你死重于泰山最好的表现吗？作为一个农村党员，底层干部，你已经很荣幸了，是应该知足和满足了。虽然县乡的慰问跟你儿子的工作有关，那也是你精心哺育而应得的回报啊！你当无愧地领受。

多少年的风风雨雨，多少年的烽烟尘土。父亲你在当地是很红的，很知名的，父亲你的足迹踏遍了许多的山山岭岭，你的音容笑貌留在了多少人的心间，你的亲手所作，你的亲切教诲，你的土胜洋的朴素唯物例子，铭记了多少人……可这一说消散就全消散了，一说没就全没了，当这一切彻底不复存在，眼看快要彻底消失的时候，我们是多么地珍视和想挽留你再多活一些日子，可是，这能够并可能吗？

人死不能复生。可是，父亲你毕竟去得突然。我的直接感觉是，你没有死！因那天我亲临了在医院抢救的全过程。别人说不送医院我说要送，医生说要死我说不会，医生让我走我不走，甚至死了我还逗留了好几分钟，以致医生和同房病人都先后离开了……路上和回家之后我都希望你活过来……感觉你像平时一样出去了，去赶场了，去看庄稼去了，去打牌了，去上山砍柴了……也许不回来了，也许明天就回来，像我们小时在家里等待的一样，出去开会的父亲，晚上或明天一早准会回来。

父亲，一个人在时可怕可憎，可一旦突然消失，又是那么怅然若失和孤寂惋惜，这时我们看到的你咋又全是优点和好处呢？

父亲生前有遗愿。他想去北京，想看看新县城。两个女儿先后都请他上京。那年冬天，在下街的路上，他兴致勃勃地告诉我，他想去北京，我说行啊，如要去，全程费用我出。他说不不，把家里的肥猪卖了够了，不吃肉。我知道父亲爱吃肉，喜欢猪油。我说猪不卖，肉你照吃，只是你不能一个人，必须和妈一道去。后来没去，不知是父亲想省钱，还是不想同妈一起去。关于去看新城，本只一小时车程，我的意思是说，现初建伊始，没啥看头，吃住也不方便，不如再过些时，等一切都好点了再去……可是谁知，这竟成了永远的遗恨呢？

父亲，我一直想写你，却熬了一月写不出。我不知写你的劳苦功高呢，还是写对你的思念，这时仿佛自小一切对你的怨恨全消失了，只剩下写你，想你，望你长眠安息地下，灵魂高升天空，音容永驻人间。如真有来世，我们还是父子。在 2005 年清明的凌晨，我含泪写下了这些字。

父亲，永别了，安息吧！

（获 2006 年中国散文学会、《影响力人物》联合征文全国二等奖）

父　祭

父亲走后的 3 年，我又忙又累又操心。恍惚之间，我变得更加稳重、成熟和坚强，按姊妹们的话说，我更像父亲了，按渐长的孩子们的话说，我更加苍老了。

一

为父亲做点事，化解我内心深处的悲痛。

写一篇悼文，以缓解我心灵的沉重。办丧期间，我说不出话，写不出字，脑子被掏空了，没有完整的思绪，感到了人生的迷茫。这与 20 年前婆婆离世的情形不同，那时婆 84 岁，已"死"过多次，许多话都说过；而这次是父亲一直都对我们凶，但又极其支持我们的成长进步，他老来性情温和，他一生信念坚定，意志坚强，身体强壮，我们不信他已离去，如我文中所说，"父亲没死，他好像开会去了，或赶场或打牌或上山砍柴去了，他晚上就回来，或明早拢屋就唱起'6-5-1'的轻快调子，昂首走向我们。"

此文写于 2005 年 4 月 5 日，即父亲逝后的第一个清明节的黎明。我披衣上厕，回来突然想写，就一气泪成了这篇后米获奖的文字。

2006 年 5 月，该文荣获了中国散文学会和《影响力人物》杂志联办的首届真情人生全国纪实散文大赛二等奖，我去首都人民大会堂领奖，实现了首上京城领等级奖的夙愿。我沿途想的多是父亲：是你的精神激励我获此殊荣，去我从没去过的神圣地方，这也是代你去看你生前还未遂愿的向往之地啊；回来该文又得了县年度精神产品二等奖。我把这些荣誉都贴在你住过的屋墙，与你生前的床相对，让你的灵魂可见。父亲，我也仿佛看见，你那发自内心深处的微笑，让我欣喜万分！

父亲，是你的力量，让我产生了新的力量。我的身上，延续着你的生命余热。

烧好 3 个周年，表达我们隆重的纪念。

一周年我们回去给他烧钱、化纸、放鞭炮，让他在阴间有钱用，不受穷。

家里空空荡荡，没有人住，门上了锁，这一年母亲都在我这里。我们回去一一开房门，晒被盖，烧火，挑水，洗灶头，除坝里的杂草……再去屋后放柴，最后准备来客要吃的饭菜。

远客稀稀拉拉地来了 5 人。人们不太注重头周年。反倒是族人除 2 户之外户户都送了纸炮。对河的文清爸，街上的星雨、星又两堂兄都送了纸炮。

那下午我们点香、祭酒、焚纸，把我这篇获奖文及证书也复印一份烧给他，我们把所有的鞭炮连起来足足放了 10 分钟。10余人在田埂注目观看。我留心下这些人：大都是父亲生前最亲的、最恨的。我注意到一个现象：三共爸他生前一直不太看好，死后却是他和另外两位大叔给穿的寿衣，也是他一直经管香灯和事后看门；两个妹婿他恨，大妹夫在他死后很孝敬，尽义务，二妹夫周年给买了万响大炮，安葬时也花费了不少，很虔诚；尤其是星雨、星又和星益三侄子，不论生前死后都一直不缺席，并没受前辈多年隔阂的影响。这既是父亲生前坦荡为人的作用，也是父亲当年推行了我的建议"要团结大多数，孤立少数"的结果。

我把送礼的族人都请来。尽我最大的努力做好饭菜，犒劳他们。那晚的天黑如锅底，劳累一天的我还专程跑下去请在自家屋后挖柴的星龙去吃饭，只因他父亲朝爸家有瘫痪病人而执意不去，迁移户的杨婶不知躲到哪里去了。

来客坐满了两大桌。

饭后我照父亲生前的习惯，积极为他们安排活动：一桌长牌，一桌麻将。现福在打米放柴和组织活动中帮了大忙。晚上两人一铺，共6张床。一切都安排得井然有序。我前后挑了8担水。第二天早上我用了两张大桌子吃饭，除我们3人外全上桌。

父亲一走，家就显得空旷。再也见不到他的威严和震怒了。想当年我们多么害怕他回来；如今家里没他，静得让人胆寒。其实后来人老了平和了，多栽花少栽刺了，日子却渐渐少了。

父亲千辛万苦地养育了我们，走后我们把他埋进土里，有人纪念和怀念。

二周年因两个妹妹在北京务工，我们和母亲提前回去，拢屋即除坝里的杂草，晾晒晚上要盖的被盖，洗缸和别人"抢"挑水，去后山放柴，备好饭菜，把一切都安排妥当。

第三周年我们原想简办，因父亲的葬礼我们办得隆重，两个妹妹又远在北京还没回，但最后还是决定办好，故给京城的两个妹妹下达了指令：你们的安排太迟了，太被动了！没买到近期的火车票，那提前在干啥？结果，她们即刻辞工，换购了即可动身的高价车票，甚至连饭都顾不上吃，一路饿回到家里。

十路客全请，免收礼金。买烟花，请厨师办酒席。当晚，我们的 70 人长队，去给父亲烧了一大背篼纸钱，给父亲坟前浇酒燃香，我们兄妹三家人都去父亲坟头祭拜，然后 3 个烛头同时点燃串好的鞭炮，震得天摇地动。这时我的孩子飞奔而来，说是刚考完试，就请假租车从学校赶回。我笑笑拍其肩，问，去给你爷爷磕个头不？他点头并走进麦田，我陪他去祭拜。

晚席之后。四厢烟花分放在房屋两头依次燃放。还是机敏的阿中哥点的火，顷刻间弹头冲天，呼啸腾空。空中的炸响，鲜艳的礼花，表达了亲友对父亲的隆重纪念，宣泄了我们对父亲的深深怀念，象征着父亲走后我们全家及亲友的繁荣兴旺。

父亲，你人走精神没走，被人牢记着，感念着。观音堂 4 人乐意来表达对你生前支持他们工作的谢意。那颗颗腾空炸响的烟花，分明就是你生前善待他人的张张笑脸。

在父亲坟前扎一道堡坎，让他的灵魂安息。

这道石堡坎的规格是 32.3×0.8×1.08 米（长×宽×高），施工却遇到了麻烦。原本承包给邻里的匠人，没想到他联合外人蓄意抬价。故我们不得不征其同意后另外换人。然而城里的匠人又嫌简单，幸好有人撮合才成。那次还是我们 3 人回去，积极配合，顺利完成。这道堡坎，使父亲及祖先有了一块完整的墓地，让他们能够躺在一个宽阔的视野里。我想过，父亲生前高瞻远瞩，胸怀宽广，恩泽四方，死后也该有一块利于人们祭祀他的好地。

二

为父亲延点德，这是我必须要提升的品质。

父亲生前为人正直高尚，是一位优秀的党员干部，而且一生与人为善，具有高风亮节。这次三周年里有位昝老汉说，田老汉这个人不简单，如果不是他和我们昝家河的个人私交好，那个

"七一水库"，它甭想修得起！光凭它王家坡的那几个"猴子"，做梦去吧！是的，这我知道。我从小就知道父亲和昝家河的几个头面人物要好，他们常在一起喝酒打牌。所以修水库涉及占用土地柴山等棘手问题，于他就容易解决，加之乡党委书记才成是个铁腕人物，他背上药罐子亲临水库指挥，所以建成这个县上挂名的小二型水库就不在话下。

昝老汉又说："这个人怪，他啥人都打得拢，你看昝人在昝家河是个啥人，可以说昝家河没有一个人看得起他！"他板起脸孔说道，"他却不嫌弃，还托他照看水库。"我也说，是的，过去父亲和同祖后裔的年大叔闹矛盾，他扬言人多势众，根本不把父亲放在眼里。为此父亲听了我的"团结多数，孤立少数"的意见，他与几个侄子相处融洽，啥事也没有。有趣的是，我们从没给他们的父亲做生，而他们每年都来给我父亲做生。昝老汉插话说，你就别提那鸟人，要不是你父亲当年收留他，他就真成了无家可归的野狗，你看他后来以怨报德真是丧尽了天良！

父亲一生过许多于党于国于民有利的事，群众都不会忘记他。我托父亲的大力支持，读书之后有了工作，有幸为国效力。父亲逝后，我没忘了他的优良品格，誓做一个德行高尚的人。

家乡人纷纷卖树给邻里的私贩，生态破坏严重，我和一些家乡的有志之士商议，既让当地群众受益，但又对那些盘剥商贩进行限制。我对无证盗伐我家山林树木者进行了严厉批评，对擅自在我家后山开路的行为进行了坚决制止。我的想法，可以让群众得实惠，但不许盗毁山林和破坏生态平衡。

这件事棘手。我想公了怕伤人利益，得罪族人，想私了怕商贩太贪，后果不堪设想。我只好对他们中的一些人说，我是保护自家森林，也合大多数人的利益，可让历史来检验谁是谁非吧。

三

为父亲分点忧，这是我义不容辞的神圣职责。

父亲离世前的忧虑没说出，我冥思苦想3年，发动了众人没猜出，我们只好估摸着进行，让他在九泉之下放心。

我主持召开了几次姊妹会议。一是解决了二妹夫的好逸恶劳问题。二是支持几个孩子读书。现在孙子们都长大了，各有自己的前途。2007年春节，5个孩子轮番敬酒，我心里感慨：他们都长大了，在渐渐懂事了。就连我一向最担心的自家孩子，也忽然长高并知道好好念书让父母放心了。料理丧事和举办父亲三周年祭祀活动，我和大妹协商，没有争执，想来都令人感动。三是幺姑去世后我们再次研究了母亲的照料。我想过，父亲在时，我们三兄妹很融洽，今他不在，我们同样很齐心。

在永恒纪念父亲的活动中，我在学习父亲的优秀品质，但我更多的是想走出父亲，正像他曾说的："养儿要强过父。"我想过，假若父亲是一座山，不管他有多高，我都要奋力超越！

父亲是公仆

　　父亲在我眼里是个多维的形象，他表面上严厉而凶煞，内心却慈善。父亲一生务农，当过多年村组干部，是位人民的公仆。

　　父亲一生热爱党，坚信党，坚定共产主义理想信念。他曾自豪地对我说，他1952年参加工作，1958年入党，他作为一个5个小组的乡场边队长，他最痛恨那些假公济私者。他常说，有些党员还不如群众，可惜党员给他当了！他坚持原则、秉公办事、光明磊落，一生痛恨那些败坏党的声誉、损公肥私者并与他们作坚决的斗争，他表现得最坚决、勇敢而大无畏。他总说自己是党员，群众利益高于一切，共产党员就是为人民群众办事的。

　　我的家乡地处山腰，栽秧只靠少许的河堰田。为解决全队栽秧问题，队里决定在小河上游的昝家河修一座水库，但人家不受益，还要淹没他们的农田、柴坡和荒山，这是一个棘手的难题。作为队长的父亲如何去破解？据昝家河的兴孝老人讲，"田老汉真行，他凭着和昝家河一些头面人物的关系，硬是解决了这难题。"该老人吸口烟后有些鄙夷地继续说，"嘿，要不是他，光靠他王家坡的那几个猴子，做梦去吧，想都别想！"

　　昝老汉的这番话没错。当年父亲41岁，他一心扑在工作上。一个400多人的小队，外加受益队也超不过1000个劳力，怎能靠肩挑背磨而修成这样一座县上挂名的小二型水库？这里除了艰辛劳苦，日夜奋战，想必另有蹊跷。据说，父亲不仅凭坚强的实干，坦荡的为人，赢得了全大队劳力的支持，而且还搬动了公社党委才成书记。才成书记戴个布帽，眯眼瘦脸，说话斩钉截铁，行走如风，人称"魏铁人""魏疯子"。魏书记调集全乡劳力支援，为了督阵，他白天坐镇水库现场指挥，晚上在公社广播作动员；他连生病都带上了中药罐子，还坚持和父亲一起抬石头……

父亲每讲到那一段都自豪，我认为也该他自豪。一库满满的碧波荡漾的绿水，它就是农民生活的希望。水库修成，我们两队满栽满插，甚至全可地改田，另两个队也能满足用水。可是，谁知父亲是怎么协调好库区占地的内幕的？说来也许有人不信，是因父亲和那里的干群关系好，他与几个社队头目成了最好的牌友，为了疏通关系，一生刚直不阿的父亲，除了上街自己掏钱请他们喝二两散酒，切一盘豆腐干外，就是有次父亲输了家里母亲辛辛苦苦养猪仔卖的钱。这钱原本是留给3个孩子的学费，可是，父亲为了化解矛盾，打破僵局，修好水库，他趁母亲不注意，"拿"去输给了那几个队社头目，差点影响我们3个孩子的如期上学。这事父亲瞒了多年，直到后来的一天，他酒后才吐真言，骂道，龟儿子昝丁（昝家河队队长），狗日的，他是个啥党员，平时人不错，关键时刻却卡脖子，硬他妈的像"九点"，眼看事情就搞不成，我才打牌"让他点"！

80年代初期，我高考到了"白热化"，父亲因年高而卸任生产队长改任大队治保主任，之后县乡让他当水库管水员，他愉悦接受。一来我家离水库最近，一早可跑个来回，二来每月可领10元（后升为20元）误工费，是读高中的我的"及时雨"。

父亲把水库当成了自家的孩子。为了管好水库，他招呼了库区的老友如正等替他照看，又特别叮嘱一向友好的兴福要时刻留心，甚至完全委托了水边居住、抬眼可见的岔人，要严密监视水库动向，一有情况即向他报告。父亲凭什么笼络这些人的？我想就是父亲的坦荡豪侠与豁达，就是善与他们打成一片的平近亲和，以及待人接物的真诚大方，为此他们都敬畏父亲的为人，都心甘情愿地帮忙效力。

为了多蓄水，确保300多亩受益农田的充足用水，父亲动员我们三兄妹一起跟他去扎排洪道，在闲置的荒坡上，他挖我们背，把土倒在排洪道的桥墩下，压紧夯实，蓄高水位。其实父亲此举也"愚钝"，何不水库出钱，请人做栏板？后来的管水员都这样，要么就懒得多蓄水。可是，父亲为了什么？为了给水库省钱，甘愿用一家人的无偿劳动，换来所有农田用户的多贮水啊！

父亲也曾抱怨说，水库难管。大热的天，两个组渠长，沿途损耗太大，在水库开两个半放水洞孔，到达几十里外的两个组也只剩小半渠水了。所以，争水、抢水、偷水的现象时有发生，为水引发了许多矛盾，即使像父亲这样德高望重的老党员老干部也很为难。他对时任异地乡镇干部的我说，怄人，我不管他妈哪×了！我知道父亲坚持原则，得罪了一些人，他吃苦又受气，我就给他支持和安慰。有天晚上，我家街檐躺了黑压压的一大片人，闹嚷嚷的，把我家还未脱粒的麦把子都压坏了，他们都是来要水的，想先放，说水不够，有的甚至揶揄父亲要掏钱买水。父亲放水是有计划的，事先都开过受益队的协调会，可是，他们都说自己情况特殊，有的喊爸喊爷喊祖（按辈分），都诉说不能不让人吃饭吧，看在什么什么的面上，总之都该解决。但别的队正在放水呀，总不能停下让你放，何况人家也不许你分水，都派有严密的看水监工。我见此忍不住说：嘿嘿，你们还讲不讲道理？我工作的乡镇都没水，在等天下雨，你们倒好，这么大的一库水，迟一天早一天有啥关系？别人心不知足！你们也要理解一下管水员的难处，都想一碗水端平，不过总要一家一家地放吧，如果嫌父亲管得不好，你们哪位就来嘛，反正他也老了。他们没吭声了。我继续说，别一天只跟着管水员跑前跑后，人家要吃饭睡觉吧，看你们这么吵闹，我们全家人还要不要休息？他们似乎全明白了，散了。

父亲管水坚持原则，大公无私，嫉恶如仇，大义灭亲。

一次他亲家占林因水渠穿越其地界而"近水楼台先得月"，偷偷挖了鲁公的水，被父亲察觉后沿河骂个狗血淋头。这时父亲忘了他是谁（眼里也根本不认他是谁），他挽起衣袖破口大骂……还是个共产党员，冒牌的，上过抗美援朝？白上了！总之，他那次骂得很凶，太"绝情"，但为了受水队的利益，他不怕得罪了自己的儿女亲家，因他是正义的，他不怕谁。

又一次，他为把水放下河而痛骂自己的侄子。该侄当过队长，村专会，正在乡皮鞋厂当厂长。他放水疏于看管，不小心把水放下了河，父亲巡查到了，他翻脸不认人（准确地说是他在原则面前人人平等），为此他大骂特骂（父亲不识字，说话有时很粗鲁），说，还当了你妈8年兵，3年生产队长，还是个共产党员，一厂之长，你长没长人心？这么天干火旱的，这么好的水，你放下河，你就是不该用水，不该吃米。然后他话锋一转说，啥？你不可惜我的水，那我也不可惜你的皮鞋，不信？那我就赶几条水牯牛在你皮鞋厂车间去跑几圈，看你是啥感觉？！

父亲心疼他的水呀，下了河，白白流走，没有流入那些干渴的农田。父亲是认真的，是严谨的，是兼顾了大小6个小组、几百户农家的利益。他怎么不疼心，不气壮，他作为长辈、老队长、老党员，也有权教训这些国家集体财产利益于不顾者。

父亲的管水库，终画上了圆满的句号。这个标志，就是群众的一句公道话，再也找不到田老汉那样的人了！

然而，父亲老了，再也不能为群众办事了。但他一直坚持正义，主持公道。他一生自豪的有许多，但他最看重自己是一名共产党员。他于2005年元月24日得急症溘然长逝，我们虽没听到他的任何遗言，但他之前说过"要把全村的党员给我请齐"我们已铭记在心。那天，来了9人代表全村（含患病和外出）的20多名党员；那天，县乡党委也给他送了花圈，家乡人民特地给他做了一朵最大的，敬献他这位优秀的共产党员和人民的公仆。从父亲的德行，我分明看见，他始终牢记自己是名共产党员，保持了一名共产党员的高贵品质。村委的悼词称父亲是位好干部，好党员，一心为公，为民办事，是人民的公仆。这就是父亲享受的最高荣誉。

（获 2021 年全市建党百年征文优秀奖　2021.5.20 修订　新城）

照料母亲

看妈，还是看菜花

一

周末休闲的方式很多，而我最重要的是回去看妈。

此"看"既含常回家看看，也有看好和照料之意。回家看妈是人之常情，而照料好她是我的神圣责任。因我妈年迈，中过风，腿脚不灵便，需我们轮流看护，所以周末我得回去看我妈。

可是却有人给我打电话，说，一冬老师，周末市上要举行文学赏花的采风活动，每地选派一名代表参加，学会推荐你去。

我一听就急了，说，周末？周末我要回去看我妈！见对方无语，我又连忙解释说，我妈88岁了，半瘫，需我回去轮流照管，所以周末去不成，你给他们说说好吗？

对方有些迟疑而惋惜地嗯了声。

我放下电话，心生了一丝酸楚。

我妈半瘫，这是她目前最好的结果。我说过，她得病时我们既紧张又担心，我们3人成天为她忙得都忘了时间，但终换回了她的生命脱险，我们为此感到欣慰。但出院时医生说她人老了，没别的措施时，我们却认为我们的妈可以例外，一切皆有可能，奇迹终会在她的身上出现。

妈出院后，我给她网购了一台专用治疗仪。这事我开始做得很神秘，待 3 个月后妈能生活半自理，且能慢慢走到她以前经常去的广场坝时，我们才告之世人，觉得这是了不起的大事，也是我们儿女们最大的福音。

妈从小命苦。幼年丧失父母，跟哥嫂长大，没条件读书，只在煮饭洗碗时拣些哥哥读的"女儿家，走人户，出门要跟娘一路"的语句，婚后在扫盲班学了"刀、口、手"等几个简单的汉字。妈中年就开始患病，是一年到头的"药罐子"，算命先生说她寿命 55，见不到孙子。我们也担忧她必定走在一生健壮的父亲前面。可是常言道得好，没娘儿子天看成，有一首歌也唱道，"有妈的孩子像块宝，没妈的孩子像根草"。现回头一想，草只是草，但生命力顽强，事实也终于证明，父亲中风没能挽救，而 10 年后妈中风却奇迹般地好转了。

这令我们惊奇。人生的命运，哪容人去轻易猜度。妈发病时我们惊恐，但她血压和心脏肠胃都正常，故她的病能慢慢治好，对此我们充满信心。

我按时给妈喝药，早上扶她去户外的坝子或大门口或屋后转转，每天坚持理疗，给她买营养滋补品，哄她开心，尤注意预防好不感冒，这就加快了她的病情康复。一次我下街去给她买药，她在背后大骂父亲。我回来问她，人家坟上的草都长多深了，你还骂啥？岂料她却说，他打我的娃娃！妈结结巴巴地说，你——你孝敬我，他老狗——狗日的，打我的娃娃！

我泪如雨下……在父亲的眼里，我小时"不是个东西"，而妈 36 岁才有了我（前面的一个孩子夭折，捡来的几个孩子也先后走了），故她视我为命根，一生都没打我，也一生都痛恨父亲不分青红皂白地打人（也打过她）。妈每次进城我不用问就知给她买胃舒平（或元胡止痛片）和木香顺气丸，她一吃就好，还说我买的是啥"神药"啊，这么灵验？妈这时除了吐词不清、记忆减退之外，大脑没问题，所以对她的照料也不是多难。

二

妈年前去二妹家耍了近一月，回来背驼了，只能走一小截，人也黑瘦（也许是高山强烈的光照和风吹吧）。还有一个更大的变化，即她以前绝不上大妹的六楼，去了回来就说天旋地转，害怕，再也不想去了。这次从二妹家回来似变得很"听话"，让她去她就去，我一上班走了她就让大妹接去。有次她不想去，经一旁的二妹提醒，她就突然想起了什么，立即就答应跟大妹去。

想到这里，我又觉得人老了真可怜，没人管更可怜，几个儿女转来转去也不便。老人这时也只有像个听话的"孩子"，不然"开罪"了哪个儿女又有啥好日子过呢？

父亲去世后，妈就来到我家（逾10年）。好在妈吃饭从不提要求，每次问她，妈，你想吃点啥呢？她总是说，你们煮啥我吃啥。如再问或换一种方式问，妈，啥饭好吃嘛？她还是那句，看你们煮啥嘛。她从不提什么过分要求。她每天出去后也按时回家，早睡早起，一生勤快。我在几十里外的新城上班，妻上班并兼顾两个店铺，故照料妈的事多由我和大妹做。

我下车即到妈常去的广场看看她在不在。太阳下的老人围坐了一大圈，我一一走过，没有妈。便电话问大妹，喂，妈在哪？大妹说，在家，昨天陪她下街可能走累了，今天她不想出去了。我说那我晚上再过来看她，这周太累，得先找人杀几盘棋换下脑筋。

这周我忙于单位的编刊。这份内刊编到了总第五期，也是改为正式杂志的首期，为了扩大影响，领导决定在省城印制，可春节放假、新年前后忙碌，稿子虽交，但校对和调整的工作量重。我临时受命做终校，事多，我的栏目设置和文字修改得到了对方认可，增添我的信心，最后是确定封二封三……这些事忙完，我已累得精疲力尽……

三

最好的放松就是找隔壁的薛大爷杀几盘。

我说，薛大爷，让你一马，但不准悔棋好不好？

他有些无所谓地说，随你。

我脑子一下没转过来，首盘不在状态，一盘好棋却下输了。第二盘又输。他有些得意了。这时我专攻他夹马当头炮棋局的夹马，造成他失马或抽车，于是他大骇，忙用手罩住子儿，求饶地说，不不不，还我马！还我车！马有时他可舍，而丢车他是绝不干的，要么还他重走，要么他一清盘，丧气地说，算了，我输了。如此，我连胜了几盘。

但他的棋风硬朗，无论剩几个子，拒不缴械投降。我赞之曰，你下得好，即便输也不难看。

他自信地说，嘿嘿，你看我下得咋样？

我赞之，好，好，不错，真的比许多人强多了，完全可在街摊下棋了。此非我假意恭维，而他真的注意开局，棋力不差。

我们一直下到天黑，直至我的脑子转向另一方向。

下街去接下班的妻和孩子回家。我们去羊三砂锅店吃晚饭。唉，我脑累心累，正需好好吃一顿。妻说，你累啥累，一人在那边多清闲。我说我这周一点也不清闲。饭后回家，我想看看对方做的杂志封二封三效果，但机子一时启不了，忙让儿子开他的电脑，下载 PDF。看到封面不错，就回复对方说，只需封面一个括号内的文字改下就好了，对方说进印刷厂换 80 克纸张时已改了。

OK。

我们穿过一坝又一院去看妈。上六楼，敲，没动静，再敲，门开了。妈睡了。他们正要睡，忙起来陪我们小坐一会。我去床边问妈我是哪个？她说认不到。我走进客厅后她又问大妹，你哥呢？我又进去问你认得我不嘛，她笑，含混不清地叨念我的名字。

这就是我妈现在的情形。

我太渴了。我早上吃米粉，中午吃面条，晚上吃砂锅，太渴了。烧几杯开水喝了我们就回去，说我明早来接妈。

翌早我接回妈就给她做电疗。之后我下街与老任去郊外走走，一路都是我在滔滔不绝。

在城东杜家公路边停下。金灿灿的油菜花儿在阳光下开得正艳，我们驻足观赏了一眼，想起我今天本有外出采风的机会，叹道，我今天本可随全市的文友一道去赏花，可我必须回来看我妈。

老任没吱声。

我说我想写一篇文章，题目就叫《看妈，还是看菜花》。

他说好。

我也同样问过妻子，看妈，还是看菜花？

她回答说你写嘛很好。

翌日我还是先给妈电疗。之后就开始疏通自家厨房的下水道。这事烦我家很久了，尽管我上周末弄出点成效，但没能解决根本问题。我借工具，找人帮忙，直至下午才弄好，较满意。我把母亲送到门外的坝里找石台坐下，让她通风并享受户外的阳光。我说我下街去下，你等我回来。

我回家后妈还在坝里。这时天还没黑，但太阳下去了，坝里的人都回自家煮晚饭了。

晚饭我煮。我怨妻道，你咋的，几十年了，煮饭水平一点都没提高，还为这生我气，你看看妈，连续三顿都没吃完，倒的比吃的还多，今晚我亲自上灶，看看我的厨艺吧。我每次总要在她前面刻意强调"亲自"二字，她不屑一顾地说，呸呸，但内心还是敬佩且顺从地回答说，随你，你想咋的就咋的吧。

也没煮啥好的。就绿豆稀饭里每人捞一小碗面条。稀饭里的面条细腻，香稠。妈不吃辣，但中午的菜汤可加点，再加料，给妈多捞点，估计她吃完面就够了，我们再吃点稀饭。我问妈，你吃完再吃点稀饭哈。她嗯嗯地应着，果然吃了面又吃了小半碗稀饭。

看看，咋样？妻恼我又不得不服我，说，你不外就是会煮个饭嘛。我说，是的，我煮了饭你就说我只会煮饭，我刚才安了下水道口的盖板，你说我退休后就当个木匠，过几日我编好了杂志，你又说我只会编那个"鸟"杂志……妻脸红，无语，却暗暗抻手掐我一下。她动手之快，我没躲过，忿忿道，你就只会掐个人嘛，这属你的专长，不料她又踢我一脚，我敏捷地闪开了……

我的周末一般就这么度过。周日晚上我给妈打好热水让她泡脚，然后送她回屋早早歇息。妈知道，翌早我就要去几十里外的新城上班，周末才回来。而她这时最舍不得我长久离开，翌日就一定早起，生怕没看见我就走了。其实她哪里知道，我走前必跟她打声招呼，并比划着自己的几个指头，说，妈，我上班去了，四五天就回来。她哦哦地应声并重复说四天啊五天，我这时会往她怀里塞一瓶丹参片药，说，妈，你这周就吃这个！

照顾母亲

此刻，母亲安静地坐在轮椅上，透过宽大的客厅窗玻璃，望着外面的风景。

这是我给她放好的位置，因她在自己光线较暗的屋里待久了，我就给她换个明亮的地方。虽这些于她来说的远景在这寒冬里有些凋敝，却也不失为她最难得的精彩。

窗外是我家的后院，后院的上面是一堵高墙，护卫着我们这排房子，但也挡了我们的一些视线。高墙之上的左为旧大礼堂，那是七八十年代最热闹的影院，现在冷清多了，它的整个设施已被老年大学所用。高墙右面是一个小广场，也兼做篮球场和健身操场，只是近来人少，倍显空旷。这个小广场边有一排铁椅，以前母亲常和一些老年人来此坐坐，聊些家长里短和儿女情长，我们老远就能听到她那高谈阔论的爽朗笑声。再往上就是高耸的原县委党校大楼，现已成私人住宅。我们当然不知母亲现在还有多少这样的记忆，但她来此居住了 10 多年，是不会一下全忘却（即或她是中风后的老年性失忆健忘），我们也唯愿通过这些观赏，能唤醒她的一些记忆，以慰藉她那孤寂的心灵。

一个人老来受困，到了起居都要人照顾，说话含糊不清，想表达的东西自己说不出来时，可想其心底有多难，可这又的确是实在没办法。但母亲是一步一步地走到了今天，这是她生命的自然衰老，这还算是她的幸运，总比那些突遇急病者好多了，至少于我们儿女心里好接受。母亲一生多难，从小就在苦水里泡大，她 30 多岁才生养了我们 3 个儿女，眼下有两个在身边照料她，一个虽远在京城但常有电话，还大包小包地往家寄她用的东西，这远比那些没有儿女或者只有一个孩子的老人幸运多了。但母亲目前的境况还是令我们担忧，主要是近来她双腿难动（以前只是一只腿，虽她每年冬天腿都难动，因她毕竟年近90），这个半瘫迟早也要转成全瘫，但我们还是要尽力让它来得迟些，再迟些，我也更愿她能恢复到拄根棍，自己或在人扶持下能去下面的政府广场……只是这一天迟迟没有到来，也很难或永难到来，我们只能尽力做好眼前事，让她好一点是一点，但我们决不会放弃，也绝不丧失让她康复的信心。

我们都有事，都有自己的工作和生活要料理，还得照顾好她，好在她很争气，不吵不闹不病不痛也不挑食，你只要每天按时把她扶起，穿戴好，饮食药品用好，她就闲静地坐上大半天。若有感冒，我们会及时给她防治，然后继续服她的舒筋活血药，故对她的照料也没多复杂（只是难在她的大小便失禁，我们正在寻找好的处理方法）。这于她来说，已是前世修来的福分，也远比那些痛苦得要命，吃饭进水都难的不知要好多少了。我也深深感激我的母亲，她60多岁才安排完我们三兄妹的婚事，在别人眼里，她老来得子，享福太迟。而实际上，如说她大半生都没做过重活是因她的体弱多病，那么近10年来自父亲去世后她来我这里就是完全享清福了。对于母亲，我总结了三点：一是她几岁就没爹没娘跟哥嫂长大，在别人眼里是个"遭孽"的孩子，常言没娘儿子天看成；二是她大半生都在吃药，有了较强的身体免疫力；三是她一生辛劳朴素却心地善良，她总会把人生的苦难化为美好的生活憧憬。母亲有此三点，所以她的老来即使再难，也自有吉星高照和神灵护佑，故此我们对她也深深祝福。

此刻我在母亲的对面，我们相隔七八米。我侧对着她的后背，在里屋的电脑前敲打文字。我目前的一切活动都围绕她，也建立在先安顿好她，即使我工作再忙，如需我也会立即停下，先安排好她再说，因这是我从事一切活动的前提。三年前她从医院回来，专家说她是人老了，没病，无需治疗吃药，要吃也只是防控性保健药，但我还是从京城给她网购了疗效很好的最新医疗设备。同时，我也坚持"只要能动就让她动"的观点，力驳一些人的单纯生活护理的简单做法。在我的眼里，那些只知单纯生活护理的人，未免太有些传统幼稚；若对别人是简单的拿钱做事，而对自己的亲人则是不负责任。我的逻辑是，既然你负责，尽心尽力，那你咋不开动脑筋，多想办法，防治护并举，这才是我们照料好老人的最高法则。

为此，我承受了许多的内外压力。在京的幺妹包括家人都怨我说：妈老了，动不了，咋不请个护理？

这话对，我岂能没想到，我岂不想花点钱自己轻松点，好去多上班挣钱。可是，事情哪有那么简单。我是这么回答他们的：我们三兄妹合力照料才如此，谁还能比我们一起努力的效果更好？他们自然回答不上来。我趁此表明：妈的照顾岂只单纯的生活护理？如今她还能动就一切代劳那岂不让她提早进入全瘫？

近来有太阳，我每下午都用轮椅把妈推出去晒晒。也有人多嘴，说，老人那个样子，活得多难，还不如让她回屋去睡。我气愤地说，她又没病，好好的，我让她回去睡什么？她每晚睡得很早，天不亮就醒了，我还让她去睡，人越睡越没劲，不能动弹咋办？

不咋办，那样就那样，也是没法的事，总比她现在这个样子强。那人还振振有词。

我更加愤怒，觉得这些人就是"眼不见为净"的自欺欺人，简直就是严重不负责任，我直言相告，你说的是废话！我又怕她老人家承受不起，忙补充说，不信你问下医生。

我们生活中的一些人，自己的事才关乎痛痒，别人的事就根本不算事。这种人，很难说，有的连人品人格人性我都深表怀疑。好在人的层次不同，就当成是一种反面的动力。对于这种，听不听，听多少，全在于我们自己。

上周，母亲的状况不好，我不得不每天清早坐车去新城上班，下午下班之后返回，为的就是协助妻子扶母亲早晚上下床和轮椅，当然我也亲自给她特制了尿布，还研究了尿布的使用、晾晒、烘干和更换方法。总之，我们都要找到并确立一套自己的防治护的有效办法，这个烦琐的事我们一定要做得有节奏有信心，并保持必要的坦然心态。

近日下午，我把母亲推到稍远点的地方去看风景，直到夕阳西下，我才把她推回。虽说我们住的是一楼，但有几级台阶轮椅推不上去，我得把她从轮椅上解下，扶她自己上去，这楼梯只有5步，可于她就是5里500里甚至5万里。以往她可以自己扶梯上去，眼下我得给她助力，上完楼梯，我让她抓紧栏杆（她紧紧抓住），我闪身进屋拿出她的坐椅，让她坐下，我将她连椅滑推进屋。这时我坐在她的床边喘气，给她做怪脸，她笑，含混不清地说，看你的嘴巴，像个撮瓢！其实我就是想让她开心一笑，以缓解她的郁闷。我也附耳对她大声说，我热得满身大汗，你热不热啊？

她一笑，吞吞吐吐地说，我不热。

那你冷不冷呢？

不冷。

她穿着幺妹给她寄回的新衣。她连续四晚没再湿床（晚上也没起夜），我们都为此高兴，感觉奇迹出现，真是黄天不负有心人。通过我们的努力，终有了成效，母亲比往日好多了。近日，她不仅没有湿尿布，今早居然自己坐了起来，并把双腿放到了床下。这也源于我们的工作越来越周细，越来越对应她的情况，每顿饭前或早起，我们先把她放上坐便器，我甚至在想，不知是幺妹买的新衣服给她带来的福气，还是我们（特别是我在家专护了她几天）近来精心照料的结果（给她换位置，出去晒太阳，不时更换坐椅），总之，她有如此效果，真是我们的幸事。

当然，我一旦去上班或妻去成都进货或大妹有事就麻烦，但我们总能错开，以照顾好她为我们一切活动的前提，为此我们需开动脑筋，共同努力，来照料好母亲，这是我们神圣而光荣的责任。我也会更精细，更周密，把她的事列入我生活里最重要的议事日程，因为，只有做好了这事，我才放心，才会坦然和踏实，也才会焕发出生命的激情。

（《剑门关》2017 年 1 期　2021.5.30 修订　清江河）

背妈晒太阳

人老了受困，关照好老人，是我们儿女义不容辞的责任。

——题记

一

每遇冷寒，我都会念及，背妈晒太阳。

这由妈的此情此景所决定。

医生说，你妈老了，属自然衰老，没药可治。

妈老得动不了了。始为半身不遂，俗称偏瘫，也叫半瘫。对于这样的结果，医生的意思，就慢慢养吧。多数人也这样认为，人生七十古来稀，何况，妈逾八奔九，垂垂老矣，有此无病无痛之老，已是前世修来的福分，属历经磨难（她一生多难）之后的老来福也。

当然也有说不好的。比如外人、邻里，说人老了，不能动弹，吃饭靠喂，穿衣要人，走路靠扶，上厕要人，连晒太阳都要自己的儿女背出背进，这活人何用，还有啥意思呢，人老了多遭孽呀。

说这话的，也含一些亲戚儿女。在他们看来，能跑能动才是福，能吃能睡才有幸，人老到了这地步，活比不活更难受。

不太苟同这些观点。我总是对一些人说，人的一生，小靠人，老靠人，中间的几十年不靠人，但又短暂，此属人生自然规律，我妈如此，属正常，算较好的结果了。

妈4年前的一天清晨，突然头重脚轻，几欲摔倒，我们连忙扶起。她行走吃力，站立不稳，我们忙去问医，开药，效果不佳。我们又送医院，检查是脑梗塞，俗称缺血性中风（她血压正常）。我们惊骇，因父卒于该病，我们唯恐救护不及，就让妈住院半月。出院之后，我们偏不信邪（医生说没特效药和其他手段），网购了医疗设备，治疗了几月，她终可以挂铁架行走了，虽慢，一步一歇，但毕竟可以走了。这是天大的喜讯，但我们也不敢大意，不停用医生开的舒筋活血药物，以待她更好，或至少稳住目前的状况。

妈的身体状况出现几次变化。

一是由不能走到挂支架勉强走。尽管走得蹒跚，夏好冬差，但毕竟可勉强走几步了。二是一年春节之后背更驼了。她去幺女家过春节，回来背更驼了，人称她老来不驼背的现状由此改变。

妈拄起支架走路也常摔倒，爬不起来，开始我们还坚持让她慢慢自起，后不得不去搀扶，这时我们已然觉得，妈再也不比先前，她已纯然变得我们有些不认识了，我们不得不承认一个残酷的事实：妈真的老了，进入偏瘫转全瘫的临界点了。但我们没放弃医治。尽管说，在许多人的眼里，我们的这些努力都属徒劳，但我们永不言弃。人生，不放弃就有希望。生命，不放弃就有新生。从妈的身上，我们看到了一个病痛半生者的老来坚强，也看到了我们自己的未来人生。我们全力扶助他们，实际也是在扶助我们自己，因为每个人的人生大致相同。三是一个冬天她陷入危急。她闭眼，不说话，入院抢救，面对看她的娘家人，眼眶噙满了泪水。那次，又住院半月，前后穿越了整个春节（中途回家过年几天），妈转危为安。那次，我们真以为妈难挺住，心底充满了无限的担忧。四是一个冬天过后她的双腿无法动弹。这次，我因维修旧房（孩子结婚）之需，妈须去大妹家暂住。谁知这次装修期长，一住就是4个月。这几月里，妈的身体发生了较大变化。

去前还可以左手慢慢吃饭（她一生都吃饭慢），4个月后，她得靠人喂饭，常常吃吃就不吃了，不咽食，很急人。我们去超市给她买爱吃的玉米粉。亲人看她，我们也不收钱，只要送点适合她的食品就行。妈的这个变化，跟她渐老、冬冷和病情加重有关，也和大妹的喂饭习惯使然。木已成舟，她既如此，再难恢复至以前了。

再也站立不稳。以前可扶她进出屋子，走上几步，现站立不稳。我几次扶她腋窝，想让她站一下，可她站不起来，双膝瘫软。

睡觉不能翻身（以前能翻）。还生褥疮，我们不断更替擦药。

妈的这些变化，无不显证：妈已真正进入了人生的冬天。

二

背妈晒太阳。这是我冬天看护妈的要事，也是我让她透气、开阔视野和接受光热的重要举措。

每次在家或周末，看妈成了我的特殊使命。我可以不去看菜花（参加市文学笔会），但不能不看妈。我可让妈一边观景，享受自然天光，我则一边看书写作，或与人下下象棋。寓苦于乐，寓烦于悦，这于如今的我来说，也显得特别重要。

看她主要是照顾她吃饭，给她洗碗，然后换地观景，或背她出去晒太阳。我住的一楼寒冷，她出去见见阳光有好处。我乐此不疲地做这事，以防她长期困居室内带来的早衰。我为她的恢复训练做了许多尝试，我深信妈定会因我们的精心照料而延缓衰老，甚至出现意想不到的康复奇迹。我从没因别人的疑虑而疑虑，也没为一些亲友的担心而担心，认为只要我们自己有信心决心恒心，方法得当，定能实现我们预期的目标。

倘中午的阳光不强烈，无风，我通常把煮好的午饭给她端出去，放在她面前的桌上，让她慢慢享用。我会慢慢观其用餐进度，以防变冷或有别的什么干扰。

若是中午阳光强烈或有风，我会把妈背回，放在她的座椅上，再搬回她的小桌，方便她放手或吃饭，也防她整个人体掉落地下。

为了移动方便，我常把妈放上轮椅，推至套房内的各处，或室外走走。下午太阳偏西，我则移至有阳光处。可以推她沿小院坝子绕几圈，或去外楼的大坝边晒到天黑。这样的事是我的基本功课。有许多的邻里老人帮忙照看，我也可趁此上街办些事情。

2017 年 9 月 9 日，我们正式腾房交人装修，妈则移居隔一坝子的大妹住的6楼。这次装修人手少，也有误会，致使工期拖了4个月，其实迟早关系不大（住熟人房没租费），而妈的照顾就少了帮手，故她出现了无法自食和睡觉不能翻身的情况。我们力争年后把她接回，利用大地回春这一有利契机，让她的状况好转。

三

冬天的阳光稀缺。每逢旭日东升，我都喜不自禁，嘿，今天的天气真好，可以背妈晒太阳！

这是我最激动的内心呼喊，也是告之并征询忙碌的妻子的意见。"你去呀！这么好的天。"这是她的响亮回答。妻对妈尽力，却有些怕脏，爱大呼小叫，也乏力。妈掉地上她扶起吃力，从床上抱上抱下费劲，称自己腰疼……她怒吼你们几个亲生儿女是干啥的？故她常因上班忙、太阳大而中午在单位吃饭不回来，晚下班或加班或外出进货而常不在家，照管妈的事务和责任全落在大妹身上，大妹也因此而辞了超市工作。我周一至周五在新城上班，也尝试了一周的早出晚归（主要抱妈上下床），故我每周去新城上班都希望早点到周末，好过去看妈，特别是背妈晒太阳。

2016年冬，妈因感冒引起病危而入院救治，回来我们特为之装了空调（去年大妹也为之装了空调）。她倒不冷，却连续几月身居高楼没去户外活动而脸色苍白，一副温室里的病弱模样，我赶紧背上楼顶，选背风的有墙靠的一角，让她晒太阳。一般是午后出去，下午四五点钟背回，同时带上她的毛毯、围巾等附属物品。

这样的事我坚持了一周。我上午忙房屋装修，午后把妈背出，回来继续忙事，忙里偷闲地瞅瞅门外的老头下棋，虽也不乏偷下几把，但主要还是做自己的事。下午四五点看天气情况，过去背妈回大妹家住下，回来忙完当天的全部工作。

那一段时间我很忙，很累，却愉悦而充实。因为自己的事终归自己做主，妈的事也是我的事，我兼而做之，合二而一，我感到了一种前所未有的充实。

腊月的阳光甚少。我总是抓住每次机会，只要暖和，无风，都是我背妈晒太阳的日子。

"喂，老大，在哪？天气不错，让妈晒晒太阳如何？"我总是在路上、街上、行驶的车上或自己正装的房里先打个电话。大妹若在家我即过去，如在外只要还没走远我会让她把钥匙拿回来。背妈上楼顶，拿椅子和附属物品，有时要跑三趟。我的腿有些软，脱了外衣都累得满头大汗，但我的心充实。

在我修改此稿之际，大妹突然来了电话，说，哥，告诉你一个好消息。我惊了下，心想会是啥事。她说你那最新提供的药我只用了一次就停了，改用了魏医生配的药粉，擦一处好一处，现已好了三处，今早妈在床上有些不安分了，脚蹬被子，肯定是想起来，现在我已扶起在椅子上吃饭了。我说好，注意防感冒，再辛苦细心一下，我们等忙完这边的老人（岳母生病住院），才有空腾出手来。

这事确实令我有些惊喜，但还远远不够。

上次，见妈的脸色因久不见阳光而变得惨白，我大骇。后知她头晚没睡好，第二天自然精神不好时才心安。像妈这样的人，精神及身体状况常写在脸上，感冒与否常写在呼吸和是否咳嗽上，我们都会及时用药，积极防范，防微杜渐，这于她特别重要。

今年春节后的头个周末，阳光满天，因事而迟归，错过了背妈晒太阳，心里甚遗憾。

我不想放弃一次让妈享受户外阳光的机会，因为这样的阳光无疑增添了她的生命体能。阳光，多好，你给了大地万物生机，也给了人生命。

（2018.2.24　正月初九　周六）

送母亲远行

妈妈，我们送你回家

妈妈，你出来好久了，自父亲去世之后，你就来了，来儿家至少也有 10 年多了吧。其实，你的家，儿女的家，本没什么区别。那时我们逐渐形成了一条对你的养老原则：想在哪，就在哪。目的就是充分照顾老人情绪并满足其心愿。因你受过父亲生前太多的束缚，老了就该还你完全的自由。

在我家，前 5 年你没事，每天出去与老人交流，老远就能听到你爽朗的笑声。你中风后住院，回来是漫长的恢复。医生说你没病，人老了没法治，我们却想法让你的体力慢慢恢复到能站起，最后终能蹒跚地走路了，虽走得不那么完美。

每年冬天你都难过。一次病危，入院抢救，半夜你苏醒了。这时我还守候在电脑旁查阅，大妹从医院传来信息：妈好了，她的手能动了，现在她让我给她抓背。我紧张的神经松弛下来。正如入住时医生所说，想不到这个病人瘫痪三年还是这个样子，这简直是奇迹。

之后，从京务工回来的幺女接你去过春节，回来后你的背驼了，拄铁架走路很吃力。

为了你的体力恢复，我一直坚持让你"自食其力"，自己能走的自己走，自己能吃的自己吃，自己能穿的自己穿，我们只辅助，想让你多动，迟点全瘫。我们通过兄妹会议作出决定：对于妈的护理，我们要改单一的生活护理为综合防治护。这面似不近人情，有点"残忍"，但都是为了她好。事实证明，我们的做法高明，也正因这样做了，才有这样的效果。

可是，去年装修房屋，你只有暂住妹家，她那有空调，没冻着，但由于睡多坐少，坐的大多是软垫，相继出现了几大变化：一是褥疮还没彻底治愈；二是不能自己吃饭了，要靠喂；三是身体全面萎缩，腿细如手，只剩一把骨头茎了。面对此情景，春节过完我们赶紧去接回：还是住我这里一楼方便，每天都可外出呼吸新鲜空气，用轮椅推着看四周的风景……可是，这时岳母病危，儿媳轮流去管。这次你回来不久，就出现过几次险情。

一天晚上，你眼睛泛白，转动无力，我们惊骇。忙边测血压边喊医生。陈医生来看后说，老人有四根脉，近几天还没事。陈医生走后，你状况依旧，我们又派车去接郑医生，郑医生来与我们一起测血压，时低时高，极不稳定，最后你血压正常，大家松了口气。郑医生走了，我们才安歇。

又一晚上，出现类似情况。我们还是测血压，一直不稳，眼睛泛白，转动无力，我喊大妹过来，决定送医院。我去后院推出轮椅，这时你血压恢复正常，人也有了精神，我们再次作罢。

春节还没过完，岳母病危，妻去医院轮管，母亲只有大妹管了。4月中旬，又该妻去，我请公休假6天，回来专护。

这时你只能进少量流食。疑虑：咋的，妈去了大妹家几月，回来一下不想吃了？我想，现状如此，也只好给她少食多餐了。

照管你的第一天没事，该出去我们还是出去，我搭上装修房子拆下的门板，推你出去，在小院转一圈，两圈，或几圈，在空旷处停下，让你透气，观景。离开这样的日子久了，那边楼高不便，但我们也尽量让你出去晒太阳，但也没像这边天天可出去。第二日，早上你起得迟，给你弄饭，换好褥疮的药膏纱布，然后出去在小院溜几圈，午饭后也出去转转，然后回来午休。下午天气好，妈的精神很好，认真地盯看每个路人，虽一个也不认得，隔壁的老太婆都在说，你妈精神很好！直到天黑了才回家。

我给自己弄饭，想到妈饿了，就给她冲流食，先给她削几薄片水果。可是她气息有点喘，我以为是支气管炎发作，可一会加重，有些吃力，气不匀静，我发觉不对，即电话叫大妹过来看看，她从正在照管公婆的县医院赶来，也觉得不对，我们一起用轮椅推送房后的县医院，可是医生说你没气息了，我简直不敢相信！

妈妈，我们愿你安歇

接下的几天，我们为妈办丧。

在任何时候，对于自己已逝的亲人，我都希望没死，或许还能活回。父亲去世如此，我希望他躺在灵柩，两三天之后，还能苏醒。这次母亲去世，洗梳穿戴完毕，入殓，我还用手摸其颈脖，我说，看看妈还有没有气息，恐怕还能活过来！

可是，在整整的 5 天办丧期间，妈都没活过来。

我的所有悲痛，迷惑，都被丧事的承办给压住，我必须快捷、准确而最好地完成对妈丧事的筹办，来减轻自己的沉痛。

当晚，来了许多人。深夜，我们带师傅去看墓地。需用木棒拨开人深的柴草，这本是一片良田，无人种了，悉数荒芜。

回来我们研究了母亲的丧葬。当着族人，我定了调：至少办得一般吧，一般偏上，理由：父亲当年急症，我们遗憾，故办得隆重。母亲比父亲多活了10多年，比父亲划算，规格稍低些，这样于他们都公平，想想妈也能理解。

我的族人喝了几口酒红着脸说，那好。

翌日，也是正式办丧的第一天。除了外出务工的，本族在家的都来帮忙，我们清除了院坝的杂草，收拾了室内的屋子，入装了将要带去烧井的书纸。

我们又安排了演绎队、锁呐队、灵房、灵堂、花圈等项。

客全请了。

水的问题、电的问题、天气的问题、酒席的问题、丧夫的落实问题、日常生活用品的购买问题……悉数解决。

有一点麻烦，就是这房子长期空着。多年没住人，也开不了门，钥匙被妈弄丢了，只好撬开。幸好，在父亲屋内的墙上，二妹找到了一串钥匙，一试，正好，但不是妈的，妈的是一大串，有那边4间的，这是父亲当年留下的，一直挂在画报边的墙上，没谁看见。房子可以住了，妈备好的老衣、孝帕也找到了。可许多家用工具没有，只好去邻里借用。那些天多亏了朱石林，他既是现任队长，本组人，也是我干爹的儿子，他跑前忙后，既指挥调度，又做了许多具体事。

丧夫是他帮忙联系找的。虽说是本队人，出点钱，但都是关系近的，做事尽心，效力，我们很满意。

路上的草是他回去拿自家的割草机割的。事毕，我们很感激，付他钱他不收。

总之我什么事办不了，找不到，就找他。

那些天我怀揣一个几页纸的小本，上面写着母亲丧事筹办安排的各项事务。当然，我的任务是督促检查各处的完成情况及进度。

老师傅要用的几件物品，我得亲手办齐。

堂屋的那只鸡，我得按老师傅的要求，好好地养着。

首先，我放养，怕久关在背篼里闷死了，但又怕跑掉，故用一根绳子系其腿，拴凳脚，让其活动。每天喂粮喂水各两次。

把三间屋子整理好，打扫干净，特别是存放香纸火炮及酒席用品的那间，我把所有的东西都归为三类，一类是靠右墙居中的木工用品含电锯刨床，一类是柜子上面的香纸火炮，我按大小品种归类，来纸即印，由一人专门负责，二妹负责收礼登记。还有一类就是靠里摆放米面酒水，这些原来堆在门上，我先清理了里面的杂物，口袋等分装进靠墙的几个箩筐，整间屋子井然有序。

由于是与大妹合办，所以许多事都要商量解决，这样就难免拖沓，好在我有言在先，不许争执。他们平生吵闹惯了，怕在这事上发生。那早有人想吵，我即让其离开去忙别的，后经人劝阻才留下。之后，我全权指挥，一切就绪。

我请姊妹进屋商议，明确宣布：一、哀乐放起，吃饭时间除外。二、全包上孝帕。奇怪的是，几天以来，三个儿女（夫妇），咋只有我一人长戴？三、遇事需研究，只在这间室内，做到内外有别，严禁在坝里大声喧哗。四、所有人员明确分工，各司其职，协力办好。严禁争执吵闹，违者驱逐！

这么一安排，我轻松多了。其实，早想这样，只是有人不配合。事越近尾声，越要注意细节。歇客的头晚，我醒了几次，操心安排上的闪失，发觉计划了多日的烟至少还差两条。翌早早起，我再次通知姊妹们商议，顺便讲了几事：

一是房屋布局。从左数，1号房，搭一桌，几把凳，备好茶水，到时作临时指挥调度室。人员有：老师傅、司仪、支宾、我、队长、两个孩子。接待工作由孩子负责。

2 号房，演艺队、化妆等使用。

3 号房：生活用品。

4 号房：备用。

5 号房：两间，厨房，办席。

6 号房：客人接待。

二是物品采购：差的立即补办，还需什么提出。

三是其他事项。

当晚，我们举办了当地风俗的孝礼。名单由我提供，亲生儿女养子孙子（含女婿媳妇）、叔兄弟、血缘亲人（侄儿外孙），不管来没来，到没到场，我们都备了孝具：4 对儿女全孝帕，侄儿女全孝巾，孙子辈全孝套。黑压压的一大片，跪听台上师傅声情并茂地哀读祭文。

我听得泪流满面。老师傅声调哀婉，情真意切，感动了全场。

整个演出放在祭文后酒席开始时，内容以歌唱母亲为主。酒席结束，30 多箱烟花次第燃放。冲天的火光，照得天空透亮，色彩斑斓。这一声声炸响，意味着我母亲的一生光荣而艰巨地走完了，礼炮在祝贺她一生的荣耀，也在礼送她安归山林，隐入地下。

妈妈，我们送你远行

那早，下了一夜雨，天还在落雨。我们的妈妈就要起程了，离开搁了她 5 天的灵堂，永远地离开她住了几十年的老屋，永诀了我们。

路上，刚刚用割草机割开修整过的路上，一行蜿蜒而行的长长队伍，在引魂鸡、王牌、灵柩、花圈、唢呐的引领下，在缓缓向前蠕动……走快点，还是慢点，我的心里很乱。

一位丧夫说，我们少歇会，让人家少跪。

我在心里说，你们慢慢歇好，没关系。

我想的是，妈妈养我一场，来世几十年，就这一会儿功夫，我有啥损失，不得了。当然，只要灵柩一停，我和前面执引魂鸡的儿子都得回头，齐刷刷地面枢而跪。天在落雨，地上泥泞，我们的膝盖浸泡在泥水里，我们无怨，再说，我也只是跪灵，跪给我的母亲！同时，我也想多跪会儿，让负重的丧夫歇好，让母亲在这段路多走会儿……我不想她这么快就走完全程。

这些力大无比的丧夫，抬着偌大一副棺木，那么长的百米直线距离，他们一路竟然只歇了4次，而且每次时间都不超过一分钟。他们真的是为我着想，不想让失魂落魄的我多跪，不想让我多难堪，其实我很麻木，自尊自有，但对我的母亲，面对一个人的即将永诀，我没啥可顾忌。我感激他们，我也感激我的母亲，你是有灵魂的，是你在逼他们快走，意思意思就行，别让我的儿孙都跪在这泥水里啊！

母亲用的是一副大棺木。本属于父亲的，是父亲那年病逝于医院，家族帮忙的人把棺木取错了，当时忘了问老先生是否可以换回，就只好将错就错，这是一点遗憾，让父亲吃亏了。倒也是的，父亲生前力大，辛苦，是家庭的脊梁，但他事务单纯，只忙外面，家里全靠母亲，他的生活也好，相比母亲，他大占便宜。所以老来入土之时，似为天意，母亲的棺木宽大，有余，而父亲的矮小，扁窄。这件事，虽有遗憾，但也只好随其自然。

母亲去的这块墓地是我家祖先的墓地。我的祖祖辈辈合葬于此，现在，我的父母即将合葬。这块墓地，我得佩服父有先见之明。一来，从家望去，一马平川；二来，虽四周的柴山属于别人，但自从父亲用一亩三分好田兑换了这一亩薄地后，就属于自家了。自此，我们随意踩踏，用土都很便利。

当年，为建好这块墓地，我回去请人在前面扎了一道石头堡坎，自此，这块墓地就已成型，并能保持平展。远望，掩映在一片绿郁青青的柏木林中；近看，视野开阔，采光较好，离家远近适宜，外田上有路道，静动相宜，这十分符合父母生前的与人为善、喜爱热闹的性格特点。

妈妈，你下葬了。据给你梳洗穿戴的女儿说，你盖了19张裙被。我说，这么多，怕把妈压着。你的媳妇说，她老了，怕冷，就给她多盖点。这是所有儿女、孙子、血亲们给你的添加，因你生前有德，愿死后风光。

妈一生爱好干净。即使在贫困的当年，出完工忙完活回家，父亲随身就上街了，妈总要换换，再忙也要换身干净的衣服才上街。

妈一生不服老。即使到了七老八十，她常讲的一句，就是我将来老了如何如何，这被媳妇引为笑话，逢人便说，人都80多了，还没老，她恐怕不到百岁，不会说自己老。其实妈是无意的，却被人误以为是她的心态好。妻子常说，这心态真好啊，人都活到这份上了，还说自己没老，你说，值不值得我们学习？

妈一生喜欢浅色服饰，特喜欢天蓝色，我们就多给她买天蓝色衣服或别的浅色。有年春节，我从邻里回来，妈穿着二妹从京城给买的一件黑花麻点寒衣，她站在街檐，瘪着嘴对我说，看嘛，像个龟鳖。我笑，街檐上打牌者都笑：妈的比喻太恰当了。确实像个龟鳖的外壳颜色，但我们不敢吱声，怕曲解二妹的好意，只说，颜色是深点，但厚实，绵软，暖和，质量真的不错。自此，母亲就很少穿这件衣服，但有时冬天需换洗（儿媳也戏说过当年健康的母亲像个"妖精"，一天几换），再说也是女儿买的，她是舍不得丢弃或送人的。后来，她半瘫后穿脱不便，我索性剪掉衣袖，当一个领夹，嘿，还别说，这是一个极好的改装。冬天，妈不管穿什么，正好套上这个领夹，既舒适，又保暖，还好看，起着某种装饰作用。我们常常笑说，妈虽一生在农村，没读书，但这么一打扮，城市老太婆的风度都出来了，一点也不逊色。

院里的老人夸她：你妈真爱干净；她都这么老了，还没驼背。

当然，更令他们钦佩的是妈的善良。还有一点，就是日日观察我们儿女对妈瘫痪后的特别照顾，她们常常不无感慨地说，看看你们儿女这么孝顺，不知将来我们老了，我们的那些儿女如何？我们异口同声地抢答，会更好！

其实，这些老人需要的，就是这样。人活在希望里，有希望，就有活的信心和勇气。为此，这些老人得知我们的母亲去世，都纷纷送来礼钱，表示哀悼，我们十分感激。

我不想把母亲的下葬一下写完，结束，然后砌起一个坟堆，摆上花圈香纸火炮，我是想让这一过程延长、漫长。因我觉得，妈实在不该这么匆匆就归入山林，化为泥土，驾鹤仙去。我还想用回味，来打通我的记忆，来复活她的生平，来惠及我们儿孙。

母亲生前与父亲爱争执，但在对待儿女上，他们是共同的。故此在父亲下葬之时，师傅问过母亲：以后老了要不要合葬？母亲沉吟片刻，才说：愿意。母亲的沉吟，不知她想了些什么，顾忌什么，她的心海里，不知翻江倒海了些什么。总之，她答应了。于是，这个墓堆，很快就被垒起，一座巍峨的墓葬。

走亲戚

一

人不可能没亲戚，因为人不可能没血缘。小时大人常说，亲戚靠走。那时我们也不太懂，还有些疑问、抵触和反感：亲戚为何要靠走啊？父亲也多次告诫说：啥亲都可以少，唯你舅姑少不了；啥亲都可以不认，唯你舅姑必须认。

这个"少"和"认"字，对我幼小的心灵有触动，也记得牢固。直至今日，我仍把这两亲放在首位，即使他们均已化成了一抔黄土，但仍烙在我心灵深处。小时舅姑家我即便不想去，父母也会诓诱甚至逼迫我去，仿佛只有去了，这些亲情才得以延续。当我真正长大特别是成家之后，方才明白其中的道理。所谓"三党六亲"，"三党"即指舅父舅母、姑父姑母和岳父岳母，这些全因了父亲、母亲、妻子的血缘关系。

人类以血缘缔结了姻亲，构成了亲情的疏密，一切生命体都不例外。常看《动物世界》者知道，一些动物为何只靠嗅觉气味或特殊的感觉，就可辨识并找到自己的血亲，正是凭了血缘的特殊作用，可见血缘是条不可中断的人脉之河。

小时常去舅家。他再穷，每年也要给我们一块两块的新年钱。每次离开他家，他会送我从后门出去，然后从他屋后的地窖里取出3根甘蔗，叮嘱我道，"路上别吃，回家一人一个。"我家有三兄妹，这是他送我们的特殊礼物。佝偻的舅舅那时脚穿草鞋，身裹旧袍，头戴道士帽子，是个地道的"不读即耕"者（旧读书人的自称）。他常给人讲经说道，颇受人敬重。他生了五儿一女，其中三个当兵，复员后两个参加工作，一个在乡场开药店。常言"一门亲戚一门幸"，舅舅的大儿曾在乡上任职，我读书时表上填社会关系，还引以为自豪呢。

舅父舅母相继去世后我们就疏远了。尽管母亲健在，有事老表之间还在走动，但那也是有事才走。有人称之"一辈亲，二辈表，三辈四辈找不到"，还别说，这也多少道出了血亲后裔亲疏关系的特征。老表既不亲了，其后可想而知。舅在时我就在父母面前预测说，他5个儿子，分家而居，到时我们去了走哪家啊？也许都可走，但是都不好走，走哪家都不便。这个担忧后来还真有所应验。更不要说什么投合。亲疏要讲投合，即便血缘再近，没有投合也亲不到哪去。但是舅舅的老三我们就走得勤，走得近，因他从小受苦多，母亲给过特别的关照，故他一直对母亲心怀感恩，父母也对他特别赞赏；再说他老来重养生，喜欢上网和写作，与我结下了不解之缘，许多事上我们不谋而合，谈得来。

二

姑姑是我的独姑，我也是她的独亲侄儿，她一生也只生养了一个女儿，没怎么读书，一直在她身边。我家人多劳少，贫寒，她就经常接济。她每隔几年给我换一身新衣，毕业之后她关心我前途，比父母还着急。那年的6月炎天，她上午收工后跑来给我传信，然后又匆匆返回。工作后又操心我的婚事，给我介绍了一个又一个对象。当然我没忘她，80年代化肥紧俏，我从工作之地给家里买了几袋，告诉父亲那其中也有姑姑一袋。她的孙子高中毕业之后，是我托朋友找的自费大学，毕业之后又给找了工作。这些，足以体现我们血亲间的相互关照。所以每年过年要是少了我去，年高的姑姑就会闷闷不乐，千方百计也要让我们前去。

　　亲人总是盼着亲人。我的舅姑如此，天下的血亲都如此。可是现在许多人不认亲了，即便"三党"血亲也不相认。有人说在家好吃好耍走亲戚干什么？有人说我又不需要他们去干啥？许多人认为有电脑手机了，有事在上面一说便知，哪还需什么走亲戚，有那些闲功夫，还不如多玩几圈麻将更"实惠"。不少人认为，长辈既去，人走茶凉，冷板凳谁想去坐等等，原因很多。后来我也少去姑姑家了，觉得去了人多嘈杂，吃住麻烦，耍不好（我又不喜欢打牌）。孩子也不想走亲戚，只想找同学一起玩。我纳闷并反思自己：或许，血缘不再像以前那么重要了？或许，血缘也疏远了。在一些人眼里，血亲哪有金钱重要。社会发展的趋势使大多数人更重物，精神只成了陪衬或少数人的奢侈。但无论咋说，缔结我们人类血缘的亲情，不是你想淡抹就可以淡抹的。

今年过年绕你转

一

今年过年，我有太多太多的愿景。因长大的孩子需要，买了一辆北京现代名图轿车，这下出行方便了，空了我们可以去蒲家河，去张家梁，去魏家，也可去嘉陵江截流后的江口或国家新建的亭子口，故此我们的心情也全然改观。

可是，就在这个毫不经意的腊月，一件事突然发生，打乱了我们的整个节奏，改变了我们的全部心境。

这就是我的亲姑突然去世。

那天，我正值春节头班。下午6点，同事们都下班回去准备自己的年货了，这时妻来电话，说，幺姑去世了！这个晴天霹雳，让我一震，有些不信，但又千真万确。妻说，电话是下午5点打给大妹的，说表妹表哥外出吃酒刚回家，发现幺姑已僵硬在自己的床上了。

我有些惊恐，连打了三次电话，才问清了噩耗的缘由。

他们说我们娘家必须去人，他们才好入棺。这么晚才知，我值班去不成，只好由在家的妻及妹妹们去，但我心不平静。

我许久都没去看幺姑。还是年前孩子提车回来的那晚，我们赶去场上给她做的生日。她原本不做，只因在广元上班的孙子带回了几个客人，才临时决定在场上摆两桌。那天我们在绵阳提车有耽搁（几经催促才拿到），回家迟，本赶不上他们的开席，可姑姑执意要等我们，我们也快速赶去。那晚，客3桌，他们连称提前没准备，饭菜不好，故不收礼。姑姑没上席桌，坐在一旁随便吃了点，之后步行回她孙子开的超市去歇息，快到时才上我们的车坐了一小截，可是谁知，这竟成了她生前留给我们的最后一个镜头呢。

人啊，世事难料。谁又知道自己的生前死后呢？

幺姑出生8天其父（我爷）就外出谋生而无影了。婆婆终成了女强人。幺姑和大她4岁的哥哥（我父）的成长，实际就是一个女强人及一个坚强汉子的成长。在我们那里，一提到父亲和幺姑，谁不知他们的强悍，一提到他们的母亲（我婆），谁又不知是一个坚强的母亲。可是谁知，他们母子三人，生前都轰烈而强悍，死时也慨然而悲壮。我的婆婆卒于1982年6月，即我高考的最后补习并随后考上工作的期间，给我的心灵抹上了厚重的阴影，也给我留下了永久的遗憾。因婆婆生前的预言我实现了，可她没等到并看到那天。父亲中风于2005年元月24日，我们急送县城中医院，抢救无效而离世。因他生前担心过自己的孙子，但他同样没看到他的孙子现已大学毕业并有了工作。幺姑虽最后走，重孙也见了，但她那天是一个人在家，孤寂而猝然地离开了这个世界。

幺姑成人后嫁给一个地主（婚后一年即解放，她的个人成分是下中家），那时的政治运动与她个人无干，但也受过连累。姑父交不了东西不好过关，幺姑就回娘家向哥嫂索要，母亲把家里值钱的都给了，最后连自己头上的一点金银头饰也交她拿去充抵，以减少姑父的受罚，减轻她心灵的压力。

幺姑对我说，不用写她啥，只要写好她生女儿的那段苦即行。

幺姑说的是她在月子里，那些激昂的人们吃五喝六地来了，背的背，撬的撬，抬的抬，硬逼他们给腾房子，谁管你月子不月子，都得马上挪窝，搬出去。

幺姑每说到这段就辛酸。她说那些"背架子"来了，一大群人硬是把她从月子里给赶走。

姑父解放后经改造折了帽。他一生悠闲，为人和善，篾编得好，爱打长牌，对幺姑谦让。他赞誉说：我一生娶了4个女人，唯三珍（幺姑名）给我生了个女儿。故姑父从没动过幺姑一指头，且对幺姑言听计从，在那男尊女卑的社会里，这实属罕见，故幺姑也活得潇洒、如意和自在。

她一生的功绩、辛苦和待我们及娘家人的好也一下说不完。

她带领全家人修房建屋搬家几次。在那缺粮少钱的艰苦年代，把家建成当地的一流。为供3个孩子上学，她每槽养猪8头。她即使高龄不是上街帮孙子照看商店，就是回家把房前屋后收掇干净。据说她80多了还经常早起给儿孙们煮早饭。幺姑，你是家庭建设的第一大功臣！

我的读书离不开幺姑的关爱和接济。70年代末，我读高中吃不饱，经常不见荤腥，更顾不上自己的穿戴。在我补习最艰难的岁月，幺姑给我缝了一件席纹布衫，让我度过了艰苦的最后三年，后还许愿给我一件不知新旧的秋衣，因我没去就一直没给我。

考上工作之后，我每年没忘去看幺姑。当年肥料紧缺，我在上班处买了几包碳胺也分给她。她的孙子高考失利后，我托人让他上了自费大学，之后又找了工作，幺姑对此很感激。幺姑总是叮嘱她的后人：这门亲，得永远认下去。

二

幺姑的猝然离世，打乱了我们的过年节奏，也改变了我们的过年心情。

值班不安。我忙联络家乡的现福来我处议事。幺姑轰轰烈烈的一生，我作为娘家亲事主，该怎样送她风风光光地西去。人生七十古来稀，幺姑八十有四了，俗称喜丧。我们就是要用热热闹闹的隆重仪式，送走轰轰烈烈一生的幺姑，也安我们悲切的心情。

唢呐请久负盛名的郭家湾的，花圈要在城里订最大的，这事后来几经周折才完成。火炮不仅数量要多，而且质量要高。

花圈有大的但不合我们要求。我们千方百计找人给专门加工。回信一个个传来：滨河路店说，已够大了，不可能再加大；三江口店回信，店员都放假过年了，特制至少要三天前说。我的天，三天前幺姑都还健在！后来满有希望的魏家店也说，老兄实在对不起，架子可做，可花没有了，过年进不到花朵。就连专营此业的金中侄子也说，过年了谁还做。说着咔地挂断了电话……

我们为何执意要给幺姑做最大的花圈？一是隆重地送她驾鹤西去，二是感恩于她对娘家的特别友好（幺姑不许当支宾的女婿收娘家人的劳务费）。

当然，幺姑作为家里一个女流之辈有些事也无法自作主张，但她可以用委曲求全的办法来促成。比如，当孙子受到当众严惩，引起了亲戚的严重不满时，幺姑就以绝食来抗争。又如，孩子不赞成修坟，幺姑就坚持用淹没区赔偿的自己人头金逼其同意。

幺姑，你的能量真大。可是，幺姑，坚强的你从来都宽容别人和克制自己。你总在夸自己的儿女能干孝顺，到了晚年，遇到委屈你也只是说说表象，绝不像一些老人成天数落自己儿女的长短。我一直在想，幺姑你真是个比男子还男子的伟丈夫！可以说，幺姑，你胸中淘尽了多少悲怆，你比自己的母亲都还坚强。

这就是我们梁家河的女性，永远值得骄傲的女杰！

那天在回家请客前我特地绕道殡仪馆，发现那里有人做大花圈，只是做不出我们需要的尺寸，不过这也是最大者了，为此我们还请了一辆货车来专运。

火炮有娘家的芙蓉帮忙，这为我们增加火炮的数量提供了保障。那天下午，我们的火炮放得惊天动地，那一声声铺地百米的炮响，宣告了一个人的庄严离世，也宣告了幺姑生命的完全终结。

幺姑，你在鲜艳的花圈簇拥和震天动地的哀炮中悠然而去。留下的是德行，留下的是亲切的笑容，我们永远将你铭记。

幺姑，两人高站台上，抑扬顿挫地吟咏你的功劳苦情，在下的满坝孝子匍匐聆听，虽为没念我们的姓名而不免走神，但我们只为表达对你的深切哀思，因我们心中只有你伟大的精神。

一个人何以有如此能量，能赚得我此刻的簌簌泪水？这不靠空洞的说教，也不靠花言巧语和虚情假意，只靠一个人长期积养的高尚德行。幺姑，这正是我此刻写你的原因。慷慨地说，这个年，我没过好，因你而伤悲，也乱了我的方寸。因你的离去，我的亲情天平突然失衡，我们基本绕你转了。幺姑，天地日月同在，你的英灵永存！

（写于2016.3.1　2021.5.20修订　新城）

特殊的年份

1982 年

1982 年是我最后一次冲刺高考，可谓孤注一掷，破釜沉舟。每次回家我都带上处理完的资料，这意味我自断后路，背水一战。

1982 年也是我国农村实行包产到户的第一年，农民通过生产责任制的改变可以吃上饱饭，可是，我那 84 岁的婆婆却在这年的农历五月突然辞世。得此噩耗，正在紧张复习的我忙给老师丢了张假条，然后抱一个小布包，丢下捎信并给我家购物的平爸而一路狂奔，泪水横飞，洒在了长长的闻溪路……

婆婆终前唯一的愿望就是死后别打她的 3 个孙子。那时父亲正凶，常打我们，婆婆就把我们拉在她身后，像母鸡咯咯地呵护自己的小鸡，让父亲打不着，她自己挡着。

婆婆终前我回去看过她。她大病初愈，穿件红袍，稳坐街檐，清瘦而硬朗。告别婆婆，我要去冲刺最后的高考，那时预选刚考了高分，老师寄寓我考重点。我过了家门前的水沟，即将转弯过田盖下坡，我突然返回，问，"婆婆，你说我考得上吗？"她以前问过我念得啥名堂了，我没回答，连续落榜，我的信心受到打击。

"你考得上！你的名是我取的。你不笨。"婆婆呵呵地笑说。

登上屋后水渠盖的父亲大声问我：你婆婆说的啥？她说我考得上！父亲嗯了一声，有气无力地走了，我也快快地回到了学校。

婆婆的去世，我非常悲痛，她还没等我最后考完，也还没等到年终粮食丰收吃上饱饭，咋就匆匆走了呢？当我快到家时，见邻里的两个婆姨靠在各家的街檐柱旁，怔怔地望着我。我强忍住泪，大步穿过，忽闻凄厉的唢呐声从我家传出，我扶住路边烤烟房的柱子泣不成声，泪如雨下……我再也见不到婆婆了，来迎接我的是姑姑和母亲，她们一把把我拉过去，坐在墙边的大板凳上，房前屋后到处都是忙碌的人群，父亲拿出一条白帕给我包在头上。

我的神志和行动已完全僵硬。

我也不知自己怎么捱过了婆婆入土前的那点惨淡时光。

那晚我没睡意。伫立楼上，手执一本全新的 16 开 50 页作业本，书写我的婆婆，这篇《写在前后》的文字，我竟写了大半本……

3 年前我给婆婆做过一个挂蚊帐的竹竿，我用万片一笔一画地刻上了"钧愿寿"三字，那是我默愿婆婆长寿的心声啊！

婆婆去世的当年我高考没考上。不久我通过了绵阳地区的招干考试，成了一名人民公社干部，自此，婆婆的遗言性预祝我实现了。可是，她没看见，只愿她在天有灵。我也仿佛看见，她"呵呵呵"地开心大笑………婆婆一生都是"笑呵呵"的，我也听到她的喃喃自语，娃娃不错，我的孙儿真行！

婆婆这一去，我考上工作走了。1985 年老屋推倒重建，我家发生了翻天覆地的变化。可是，这些婆婆都看不到了。

2005 年

2005 年 1 月 24 日（农历二〇〇四年腊月十五）清晨，父亲摔倒，后送县中医院抢救，因脑溢血过多而于当日下午 3 时 15 分辞世了。父亲走前什么话也没留下——只见他嘴里哇啦哇啦地翻白泡，一字也听不清他在说什么。他的眼半睁半闭，我们也只能木然而本能地为他做着该做的一切，直至无助地眼见他的生命一点点垂危。

父亲一生都严格要求我们，爱说爱讲，马列土洋例子太多，这时他不可能没话说，只是他讲不清楚，我们也听不明白。后来我们花了很多时间猜测他说了什么，想说什么。

这确实是一道难题。

妈说他肯定说请客要请齐村上的全体党员。这话他生前说过，不难办到（除生病和外出者全到了）。但我想老人在结束自己的一生前也不至于只想到这些，绝不会这么泰然面对自己的生死而说得那么轻松无憾吧？

幺妹说肯定担心她的经济状况还没好转，这包括担心二女婿贪牌懒做不听话。这我信，父亲生前确实担心他们，也大为光火，可是也没有效的办法。在他弥留之际，他们还没好转，怎不忧心？

大妹说担心他一直爱的大外孙的成绩是否一直保优并考上好大学，担心他们在京打工能否挣到钱（当时大妹说挣一万元就回来他很惊讶），还有他们夫妻的和睦（少争吵）问题。这不仅是他的担心，也是我们所有亲友的忧虑。

我说他更会担心他的"正孙子"的厌学不听话是否好了，他的人生前景是否光明平坦……

父亲的担心还有很多很多，只是我们无法全知。他的这一匆匆离去，带去了我们无尽的遗恨与猜度。

凭父亲健壮的身板和乐观的精神足可活一百岁。凭他健康的体质即使生病也可拖个三年五载甚至十年八年。可他那么干脆而去，说没有就没有了，就像他平素说话办事走路一样干净利落，决不拖泥带水，父亲连死都显得大气简明。武医生赞父亲的死是最好的死，是难得的死，是前世修来的福分，他老来也希望自己那样死，我想这并非只是对我们儿女极度悲痛的安慰，而的确是他的真实心声。这时我们也自然想到父亲生前凶巴巴但骨子里的善良，老来又助人为乐、与人为善、热心慈善事业等等带来的巨大反差，这更成了我们儿女们的永远缺失和伤痛。

父亲周年之际，我们举家回去给他放炮化纸焚香敬酒。此刻大家各自带上胜利的果实：我工作顺心，家庭和睦，写作有获；妻生意好；孩子——他的"正孙子"——已转至市城上西中学就读，在普通班当了第一名……尤值一提的是，我于当年清明噙泪写的《我的父亲溘然长逝世》获得了全国纪实散文大赛二等奖，实现了首上北京人民大会堂领奖的凤愿。随后我加入了中国散文学会，实现了奋斗多年的梦想。回来县上又给我评了2006年度县精神产品文艺类二等奖……

现在儿女们回来了，个个眉开眼笑，神采飞扬，外甥们个个生龙活虎，与时俱进。

父亲，我想这一切都是你走后的变化，也是你的在天之灵的护佑。我知你有这个神威，我们永远感激你，祝你在天堂潇洒快乐，祝你在地下长眠安息。

（2021.5.20修订　新城）

为了父亲的期望

　　小时家贫，想升学改变命运，但读书如过独木桥，大多会掉下。一次随父亲去江口赶集，他蹲下背我时咧嘴笑说："好好念书，将来考上大学，出来每月28元。"父亲这句憋了好久的话，终有机会脱口，他的心情释然，气色也好，步子迈得格外轻健。

　　不管父亲说此有意无意，我即烙印在心。28元在当时是个诱人的数字，吃商品粮挣工资在当时很神圣，这个耀眼的人生目标，有如一粒种子，深种在我幼小的心田。

　　小时成绩不好，常生疮害病缺课，没咋想父亲的那句话。初一后期我成绩飙升，受到了老师的表扬，初二我突飞猛进，成绩跃居班上前四，毫无悬念地考上了大家担心的高中。父亲笑逐颜开地把我送进县中，什么话也没说。高一我成绩居班级前八，最后一学期学校突然分快慢班，我语文数学考年级前茅，老师让我留下，可我考虑到理化掉队，就执意转读慢班。

　　中考我以总分差3分落榜。毫不气馁的父亲鼓励我复读，他立即跑到公社益朝表哥和粮店韩站长那里各借5元，再加母亲卖小猪攒的钱，一起重重地交在我手上，我心情复杂地复读去了。

　　之后又败、再败……

　　首尾败得冤枉。

首败于最得意的数学。只听一阵清脆的铃响，哨响，"全体起立"，我懵了，浑然退场，失魂落魄地登上剑中的后山，眺望远方的山峦叠嶂，我失望而无助，眼里充满了昏蒙和混沌……我本暗暗发誓要考个数学满分，却考得比最差的理化还少，这真是命运弄人，我不敢多想，只能接受这个严酷的现实。

　　最后一次预选我考出了好成绩，学校开会时鼓励我考重点。我没激动，只有谨慎，深知像我这样的老补习生，没啥惊奇。为此我把处理好的资料分批次带回家去销毁，为给自己减负，并以破釜沉舟之势，背水一战。可是事实难料，考前学校突然通知我们3人复检身体，之后却没结果。招办的人爱理不理，校领导也只安慰我安心复习。可我安心得下来吗？尽管我极力克制，啥都不想，可一进教室就感到自己是"另类"，有一些异样的目光瞟我，令我不自在。与此同时，复检的另外两个同学根本就不到教室（一个卧床不起，一个不知去向）。这时我翻不动书页，看不进文字，满脑子杂乱无章，压制不了自己忧虑的肆意滋长。紧张的最后一个月冲刺就这样稀里糊涂地过了。高考结束的当晚，班主任第一个宣读我复检正常，视力受限……我恍然大悟，心情释然，可太晚了。最后一考我总分差18分，从此，高校永远对我关上了大门，这是我心底的终极疼痛。而另两位的复检结果是身体不合格。仿佛这时我才突然明白：原来学校是为了确保其中的一位高材生同学考出高分啊！但我就不明白，即使他考得再高又如何，他们要这个空壳的成绩何用？这就是问题的复杂性所在。多年后我恍才明白，学校宁要他这个名牌的高分，也不惜割舍我这个"重点"的实际。我不禁惊呼，人性之中原来竟有这样的阴暗？！我们姑且不论这位同学最后考得好坏，我完全有理由向这些卑鄙地封锁我复检结果者诅咒！由于你们的虚荣，断送了我的前程，这又是怎样的人性悲剧！

回归故里，我以一根竹笛的吹奏来消忧。那段我目光呆滞，不想见人，一人独处来消磨这些漫长的时光。父亲实在看不下去，就来安慰我说，娃子，"命运"二字，要拆开看，有命需有运，有运需有命，两者是缺一不可的。我扭头不想听。他又说你的运不好，这是你的命！大字不识的父亲，仿佛一下成了诗哲，他说，月亮虽高，难照弯曲之地。这话促我深思，有点相信。是啊，我很委屈，读书之光终没惠顾。但我不知怎样回答父亲，特别是想到他给我的期望，我心里沉重而难过。那段我似一根愚木，蠹在自己独居的楼上，吹奏那些"枫叶飘，枫叶飘，枫叶不知，飘何处……"（电影《枫叶飘》主题歌）的曲子，聊以慰心。最后一张补习通知书又来了，我扫一眼就丢了，也不告知父亲。开学的三天连降暴雨，阻止了我的一切……

读书之路断了。读书梦破灭了。我的路在何方？我没理会乡招民师，更没动心征兵，据说村支书欲聘我为村上即将扩招的初中教师，我略感欣慰……我握拳决定，击桌为誓：为青年开拓一条人生的道路！此乃我今后始终不渝的追求。

我去一队清经，其间参加了绵阳地区招干考试，以高分考中。收到录取通知那天，我们几个清经人员在乡场读信。当我颤抖着双手，取出盖有县委组织部和县人事局的鲜红印章的招干录取通知书时，一双双瞪大的眼睛突然放光，年过半百的老孙一把将我搂进他的怀里，"嗷嗷"地旋转了好几圈！

我不知当时父亲的心情。可惜他不是第一个见证人。假若他在场将是怎样的心情？我后来反复猜想。父亲这时年近60，他的身心透支和日夜操劳，只有他自己最清楚；这是一次天大的意外，也是一个石破天惊的惊喜，足以击溃含他在内的许多人的镇定。再说父亲这种严厉之人色厉内荏，一旦触及他的柔软就特别难受，我没看见刚毅的父亲哭过，只见过他一次打我我外逃之后特别后悔，再就是在一次纠纷中女婿打掉他帽子之后的极度委屈，父亲这种人一旦悲痛起来，天地都为之动容。我的这次招考属国家最后一批正式招干，何况我一路过关斩将何其动魄惊魂，但都因我优异的成绩而轻松取胜，一切都在无意之中悄然孕成。父亲送我去城郊报到的那天天寒地冻，我们步行40华里，一路都不觉得冷。他还是那样健步如飞，却只字未提当年自己说过的那句话。父亲，我虽没考上大学，但我考上了一年之后即可转正的工作，我首月的工资已领了36元，可我没有说出，估计父亲大概已经忘了，或知我已获得成功，再说什么都多余了。

可我却不能原谅和放松自己，我还没真正实现父亲要求的大学梦呢，于是工作之后我报了自考。经过10年的艰苦努力，获得了一张鲜红的盖有四川自考办和川师大双钢印的自考毕业证书。这时我可庄严宣告：我已完整地实现了父亲对我的期望了！

10年自考，只为了那一纸文凭，其中的甘苦，有谁能知？这时我特需父亲验证。可是，父亲再没提及，我也不好主动去提。莫非，父亲真是忘了，或只是他一句鼓励我小时多走路的随口戏言，或认为我既有了工作，那些大学不大学的就无关紧要了，或他根本就忘了，或不需再提？这众多的疑问，伴我度过了一天又一天，可我总在渴望，我们父子终能当面对质。然而，不幸的是，父亲于2005年元月24日清晨突然中风辞世。急救期间，一切都已窒息，父亲的口里在翻白泡，不知所云。凭父亲的性格当有说不完的话语，只在关键时刻他只干净利落地说一两句。可这越少的关键交待我们越猜不出，后发动众人也没猜透，这成了我们终生的疑问。于我来说，还有一句最重要的话语，那就是还欠我们这个对证啊！父亲，在我小时你就寄我重望，如今我花了整整20年，才从千军万马中冲杀出的一条血路，才攻下的一个人生堡垒，才啃下的一块最硬的骨头，才撞过的最难的一道"鬼门关"，而获得了一张最硬的文凭！父亲知道，我本学的理科，却执意选择了自考汉语言文学专业，当时连书都买不齐，可见我战胜了多少困难。这已非什么单纯意义的文凭了，而是人要有一点骨气和精神，要争一口气，要实现人生的某个理想，以磨炼自己的坚定意志。这事想来都何其悲壮！可是，父亲，我们一定要谈这个，让你认可我，彻底心悦诚服地赞赏我，你的期望我已实现，我不需要你的嘉奖，我只需要你的一个点头，彻底颠覆你对我的陈见、偏见和蔑视！可是，一切都太晚了，已不可能了。那一刻，我瘫软了，悲怆之极，如一个猛士拼杀了凶恶的顽敌而无处交令，更没有鲜花和掌声，这是何等的孤寂！我20年换回的东西只能遥寄于幻境：我对质父亲，父亲，你笑脸盈盈，忽又暗流清泪；一向倔强的你软了，我真正成功了，一切的努力和付出都值得。这时我接过你手中的胜利大旗，奋力地挥舞！

父亲去世前一年，我得了全国征文一等奖，激动的父亲连夜向亲友报喜。父亲，你逝后我写的悼文荣获了全国散文二等奖，登上了北京人民大会堂，后又将此荣誉贴在你屋子的墙上，焚烧于你的灵前，你是何等的惊奇！我一次又一次振臂高呼，父亲，你的期望我终于实现，也超值延伸了你的这一宏大期望！

姊妹聚京城

我要赴京领奖，实现自写作以来的愿望。我要亲赴"真情人生散文大赛"颁奖盛会，体验盛会的高格档次。我做好了一切准备，欣然而激动地踏上了北上的行程。

京城的姊妹盛邀我们。有的给我们备好了住处，有的要盛情款待我们，有的要陪我们游览……我们有种应接不暇的兴奋。

北进的列车，载着我们一路飞奔。二幺妹连发手机短信："你们到哪儿了?"无法回答，临时借的手机按键失灵，我们抢夺回话。在这陌生的旷野，我们极想告之已到了河南的义马，可是谁也输不出字，发不出去。我们气愤，担心对方操心，于是我们气冲冲地谁也不再理谁——好像手机就是对方故意给弄坏的。

2006年11月29日7点，我们抵达北京火车西站。二幺妹已久候在此，我们晚点了近2个小时，无法告之。那截卧铺车厢里只有我们，到京前来了一对母子，我们也不好贸然借用人家的手机。

二幺妹不无嗔怒地说，又不说声，我和幺女一人守一站口，都等了你们两个多小时！下车后，我们背包提包，深一脚浅一脚地前行，百口莫辩，几句话说不清，电话坏了，你急我们也急。

北京冬天早晨的太阳淡红而高悬。我们先放包，再去长城。

三妹在电话里担心地说，天哪你们坐了一天两夜的车，不嫌累？

行礼寄放在有亲戚上班的北京光明旅社，已是北京时间上午8点30。二幺妹说算了，这时怕没车了，我们到天安门去。

天安门是我从小神往的地方，但只在书本上电视里见过。我们边说边大步流星地走去。天安门、人民英雄纪念碑、人民大会堂是长长的红色城墙。我对急行的二幺妹说，走得太快，应缓缓走近这个神圣的地方，要认真体验和好好感受。二幺妹笑说这有啥神秘的，看来他们天天过往已见怪不惊了。

拍照，随人流涌入城门，走近故宫没进（里面正在维修，暂停对外开放），这时已到了午后2点，我们的肚子咕咕叫了，四肢无力，想吃饭了。

二幺妹带我们去天安门旁的一家餐馆吃饭，然后出来继续留影。二幺妹催我们快点照完胶卷，好拿去冲洗看效果。

下午逛西单商场。在王府井书店，我买了一本《2005年中国散文排行榜》。北京图书大厦的书多，分类细，空调掀起巨大热浪，我们脱下外衣都还热——外面这时却是嗖嗖冷风，吹在脸上有如刀割。我回头找一本刘亮程的《一个人的村庄》，营业员说卖过，但没有了。

本来说好下午5点二幺妹带我们去天安门看降国旗，结果其夫咏来请我们在良友餐馆吃饭，然后我们回光明旅社。

翌早二幺妹带我们去登长城。经过长长的北京地铁，然后转车走路到复兴门，不料车已开走，有一个私车司机上前揽活，二幺妹没理会。据说去长城的私车专在路上宰客，但这种人我们无法辨识，就只好一概拒绝。我有点不快，两天都没去成，想起网上查过的北青旅行社，完全可以信赖。二幺妹不听，依然坚持只坐复兴路的大巴，因她坐过，准确无误，按她自己的话说，既舒适又可靠。我说那样赶车过来，永远也赶不上。妻一路默不作声，只跟着二幺妹走路。

我们转地铁到公主坟，然后坐车到颐和园。

为消除不快，我借二幺妹的手机给大会组委会打电话说我来了，明天就报到。二幺妹便回头对我解释说，没去成肯定怄吧？到时我带你坐个好车，舒舒服服地去，别信他们，那些都是骗子！

漫步颐和园，见景就照，刚买了长城牌相机，胶卷充足。也不理那些毛遂自荐的导游，尽量绕大圈走。古木森森，高庙玉宇，水榭楼台，峰回路转。慈禧太后的亭台楼角，雕栏玉砌——我让妻子在那慢行，我给她多拍几张。

本想走少，二幺妹却随我们走多；本可走小，二幺妹却随我们走大。偌大一个圆圈。导游说，颐和园是故宫的 10.6 倍。但故宫是多大，我们并不清楚。淡淡的太阳，寒冬的冷风，塘水枯竭，芦苇干瘦，唯有古柏青青，楼庙巍峨，这里的庙、湖、山成一色。我多次选这样的背景给妻拍照，二幺妹没多照。这次我更证实，现代的旅游，对于女人来说，主要就是多留几张影。

走出颐和园后我们饿了，候车时一人吃一块面花蛋饼权当午饭——颐和园内没发现餐馆。

晚上冬兰妹宴请。二幺妹自告奋勇地在前面带路，一路 6 人往返近百元的车费全被她抢先支付。

12 月 1 日上午，二幺妹带我们去三妹处，中午两个满满的小火锅我们根本就吃不完。然后二幺妹带我们坐公交到京铁大酒店，我正式进入报到开会的程序。之后妻随二幺妹离开光明旅社去石景山，深夜，她们才告知刚回去。

两天的会一结束，12 月 4 日清晨妻由大妹夫等送过来，我们同江西文友刘章高等一道去登长城。晚上回来，坐车到清和园，步行去大妹夫的住处，他们出去给我们买了两斤饺子。翌日，两个妹妹陪我们同游附近的汉源大菜市和建材市场，中午大妹请我们一大桌人吃饭。我见酒喝得慢，便主动向他们敬酒。大妹对大妹夫说，我看你敬酒说些什么，大妹夫磨蹭着摸摸脑袋，举杯腼腆着脸正要寻思该说什么，不料一摸胸口，衣袋里的存折卡不见了，忙丢下杯回去找。我们猜肯定是弄丢了，也不排除菜市有扒手的嫌疑，都说他披披散散的样子，不掉东西才怪！我们继续喝酒吃菜，心想只要密码安全，过会办个挂失无事。果然大妹夫跌跌撞撞地跑回来说家里没有。饭后我们一道去找邮局挂失。

长长的百人排队，过了很久才轮到他们去办理。事后我怨妻子：你慌什么嘛慌？带的存卡虽不通用，不是还有1000多元吗？要不是借人家的怎么会弄丢了！

12月5日，我们到天坛公园游览。二幺妹接我们，晚上又被三妹宴请，晚上住他们那里。

12月6日，一同到丰台路，到冬兰妹夫的公司。女性们逛商场，男性们去公司，中午由二幺妹再次宴请。我说这何必呢？二幺妹夫说，我们主要是请王祥，王祥是冬兰妹夫。下午二幺妹随夫回石景山，因明天就要与我们一道回去了。我说你算了吧，那么远难得跑，你们干脆住下算了，她说要回去收拾东西。我们随三妹去超市购物，然后出来打的回家。半道三妹回去，我们顺道去世界公园，给妻照了50多张照片。我说这是弥补你那天在长城没照成相留下的遗憾吧。去长城只给她照了一张，因相机电池没电了，所以她上了长城的好汉坡就掉头气冲冲地下山了，我只好尾随她，没细赏长城风光。她回去对人说，相都没照，等于没去！

回家的车票是二幺妹统一买的。大妹夫请我们吃饭的那天中午，我们问了车票，本为询问二幺妹啥时走（因为大妹夫让我们9日走），同时提醒别买重了，谁知她一口咬定她买，我们也没多想，认为反正都一样，结果她还打的花了50元下山买了3人的火车票。一路的主要食品也都是她买的。我对妻说，车票钱要给她，谁知她那个犟脾气——

那天逛天坛公园，大妹夫给了我们100元，我们不收，还是他的妹夫陪我们去替收的，事后他说啥不收，还给少了。听妻说幺妹也给了她200元，我大吃一惊，这怎么行？谁的钱都可以收，唯幺妹的钱坚决不能收。幺妹一人出来打工，两个孩子读书，丈夫生病在家，这钱我们能忍心收吗？她的大女眼看就要不读书了，为啥？还不是一个人挣钱负担重啊！我友谊医院的两个妹妹上班辛苦却吃得少，吃得差，每月才用几十元钱，多半吃些病人给的凑合，根本不敢买医院卖的饭菜，还不是嫌贵啊。只可惜路途远携带不便，我们无法买太多的礼品，也只能简单地各买了几小袋剑门豆腐干，在光明旅社旁的一个超市各买了几袋食品。

这次不像是开会旅行，倒是像去劳烦各位姊妹。三妹也购了许多物。他们人人花时费钱，我们沾光揩油。她们给了我们太多太多的深情厚谊，我们欠他们的太多。

回程我沉闷。尤想到幺妹的艰难和慷慨大方（我还在想要退回她给的钱），也想到二幺妹全程的陪护花销和她的那份热情。但妻平静地笑说："以后他们回来我们好好地酬谢他们就行了呗！"是的，我想也是。但我想亲情间不仅仅是礼尚往来吧，应该还有一种超乎其上的东西，虽这种东西我暂揭不出。正如我在一些场合所说，《十不亲》唱得好："爹亲娘亲也没有姊妹亲。"这世上最亲的是姊妹，他们才是我们最亲的亲人。

回家干农活

回老家栽秧

早想回老家干农活。妻也常在电话里对大妹许诺说，等你哥休息时就回来给你们割菜子哈，割麦子哈，栽秧哈……她爽爽朗朗地答应了不少，好像我是多么的万能。在妻眼里，我就是她一个可以随意驱遣的差役；在我眼里，我也逞能自己不减当年勇。我常对妻炫耀自己小时干农活是如何不畏艰苦如同读书成绩优秀，又如何一直在践行父亲生前的谆谆教诲，"娃们，你们要能文能武！"朴实的父亲就只会用这样简单的话来要求。当然，我后来也明白了其用意，也想把自己变成一个全知全能的"万事通"，所以每当妻预先给我应诺这些事时，我总是显得既激奋又为难。

可我为何错过了多次没回去？想看每晚的 CCTV3 青歌赛（老家的锅盖子收不到），想读书上网写文章（一天也少不了），想让妻陪我回去她却上班没空……其实怕劳累在其次（又非天天累，累后身心更轻松）。收油菜就这样过去了。收麦子也差不多过去了。到了栽秧时我实在坐不住了，也为大妹免费送来两大桶菜油而受之有愧，所以还没等问询的电话打完，我已决定明早就回去。

栽秧本属于我小时的乐事。那时我们的任务是运送秧苗，只有大人才有资格栽秧。我们最羡慕他们的衣裤都干干净净，只一双脚在水里，插一排排青蛙夜间窜入呱呱叫的绿色秧苗。尤像文希几乎是屁股蹲贴水面，挺直腰身，目视前方的头秧，一苗一苗地"拉路子"，他的聚精会神和从容不迫令我们既崇拜又向往。许多人一边瞅一边用手比照，还忍不住啧啧称赞，栽得真是"笔杆端"啊！孩子们的跃跃欲试还是有大人能理解，前提是我们积极供给秧苗，当"供大于求"时，我们方获悄悄进入某块大田去"补角"的机会。这样的奖赏是荣耀的，是自尊和本领的显示。为此我们很感激队里的碧树，他让我们给他的秧田补边角，他还不时出田盖斜眼瞅瞅，夸奖，栽得挺不错嘛！甚还掏一支烟，问道，吃烟不？我们摇头，不会不敢也不顾，他才叼在自己的嘴里，噼地一声点燃，深吸慢吐一口长长的烟雾。

那时当队长的父亲支持孩子们栽秧。但上工时间我们的主要任务是背秧，只有收工之后才有我们的机会。一次我和星又暗通好，中午收工便去占一块 2 分面积的秧田。当时栽在我们手里的仿佛不是青色的秧苗，而是紧张的逞能和心花怒放的工分。我们既得了工分，又受到表扬。后来有次我一人独揽了门前的一块 7 分的水田，有公社开会回来的父亲帮忙，又没回去午休，婆婆反复来催，我才回去吃午饭。傍晚前我们父子俩终于栽完了。我第一次挣了一个大人的工分，这件事对我人生的影响极大。

进入秧田，我的感觉变了，再没了先前的新奇和兴奋，不知是事隔久了，或是再没父亲的期待和亲临现场的赏识，还是我兴趣早已转移而一切都时过境迁了，总之我没了先前的那份喜爱和热心。结束栽秧挣工分的大集体时代之后，我也同样常回家栽秧，那时父亲每年都要给我预留一小块秧田，说是为了让我锻炼，体验，他说以免我们这些"小资产阶级"会"变修"或"忘本"；而我也认为必须有那样的劳动体验，才不算白回去。我回去，就要亲近泥土，因我生于斯长于斯，一生也无法纯粹地脱于斯。正像我离不开亲人，从某种意义上说，泥土也是我的亲人……这样想着，我深一脚浅一脚地进入水田，这时天空阴沉，我的右腿风湿加剧，但我忍着，和秧田里的妹妹、妹夫、考上大学还没去读的侄子及两个帮忙的亲戚一起栽秧……

这是他们最后一天的栽秧扫尾，我们当地称"糊秧脚"。近天黑时有堂弟星益夫妇来协助栽完。我们拖着疲惫的身体，在苍茫的夜色里悠然回家。这是一幅夜晚回家的"农归"，我多年都已远离。我想，假若当年我没考上工作，我会娶怎样一位妻子，我的生活会不会如想象中的浪漫诗意？我又想或许我会按照母亲的意思，跟城里的一个木匠师傅学艺……如那样，我显然就不是今天这样子，那又是什么样呢……我轻松地想这些时，妹做的饭菜端上了桌。好丰盛！饥饿下的任何饭菜都是美味，何况敏捷的大妹厨艺出色，面对好久未回的我又特意加了一些内容。看着我们围在一圈狼吞虎咽的样子，我们都有些忍俊不禁。

米，大妹一袋一袋地送来，这难道就是给我回去栽秧的奖赏？拒收不能，给钱他们不要。我每年没回去他们也照样送来。栽秧这样的农活我没给他们干多少，却得了他们不少的无偿供给。栽秧的事，给我太多的往事回味。

回家收油菜

一

回家收油菜，笔会不去了！作此决定，我心里很复杂。

实说，父亲在时，我没吃过多少苦头。他虽爱让我劳动，但也仅仅是让我多锻炼，我还常对此抱怨，这乃是有亲人在的优越。可自从支撑我家的"顶梁柱"塌陷，我们陷入了陌生、空旷和失落，而最要命的是，我要瞬间转换角色，自觉承担起父亲的责任。

第一件事便是要在两个还在北京务工的妹妹回来之前，开始料理父亲的丧事。那些日子，我头发胡子都顾不上理，衣服没心思换，照两个赶回的妹妹的第一句话说：哥更像父亲了！

她们的这话令我既安慰又伤感。感到父亲的精气神已在我身上延承；但又觉得自己因成熟而变老——至少那几天如此。一个人成熟是好事，却又是宿命，因成熟从某种程度讲也意味着衰老。

第二件事便是收割父亲走后留下的油菜。两个妹妹一月的奔丧假期已过，医院催她们回去上班，所以要完成好这次油菜收割任务，劳力也只有76岁且多年都没干过重活的母亲，极少劳动的我和妻，还在乡校读书放周末回来的侄女，看着这些有限的劳力，要收割完那一大块7分地的油菜，我心头罩上了浓厚的阴云。

而恰在这时我的文章获了一个全国征文等级奖，他们诚邀我去参加笔会，《通知》上说，届时《散文选刊》《现代语文》《西湖》《现代小说》等8家刊社的主编也要莅临。这次的特邀者都有一对一的交流及作品发表机会，那时我还没在这些级别的刊物发过文，也想实现以征文促写的历史跨越，还可顺道游览水泊梁山。可是，父亲去世，家里农活没人干了，计划只好取消。

二

这事想来都酸楚。若父亲健在，我不一定要去；今父亲不在了，我肯定去不成了。这是千真万确的事实。我已没了那份心情，被黄透待收的油菜给留住了。

"我选务实而不去务虚！"我这样大声对妻说。

妻回头笑了下。然后我们各忙手中的活儿，我的心里充满豪气，为弃笔会而选择收割油菜。我的理由很单纯：笔会我所欲也，油菜我所割也，二者不可得兼，我舍笔会而割油菜也。

我们挥汗如雨。侄女不敢懈怠，可她累得割不动了。不慌不忙的母亲眼含怨恨，哼老头子你丢下活走了，看我们照样要干完。可她转身看下我们又露出了困惑，老东西要是你在我们就没这么累了，都晓得他是个"急性子"，老早就开始操心和盘算这事。

那天的活干得实在辛苦。

打油菜也是我们的事情。

翌早下雨地湿，一会太阳才出来。中午我去翻晒油菜，翻了几堆都懒得动了，回屋稍事午休。母亲抱怨说，要翻晒好下午才好打呀，你老子以前每年打油菜前都要不断去瞅，一抱又一抱地翻晒几遍，这样才打得干净。母亲又开始数落，哼，他就是惦着亮亮的菜油好卖钱嘛——有了钱他就可以赶场打牌了，儿女给的钱不够用，他就悄悄地卖粮卖菜子。母亲每说到此都表情复杂，气愤，甚至连父亲尸骨已寒都还不放过。这也难怪她了，她一生记恨父亲，父亲虽然会说能干，却是家里的封建家长。然而，每当这样的出力时刻，他的作用也无可代替。

作为长子，此刻我理当效全力，又是这场劳动里唯一的男子汉。我不顾一切地忙碌。把成捆成山的油菜杆抱起来，跌跌撞撞地走向铺在地里的晒席，母亲挥舞着连枷，侄女打杂，我抱了打，打了抱，妻忙了一阵因在城读书的孩子有事先回去了……太阳火辣，雨后的地气回升。翌早要回城，所以我们奋不顾身地奔忙，直到天黑才勉强打完。最后点一把火，烧掉了成山的菜子杆，噼啪的熊熊烈火映红了静寂山野的半边天。

这是我一次货真价实的劳动。肩上更多的是责任，还有无法言说的劳累。这一切都因父亲的不在，一切有条不紊的从容准备都没有了。父亲去世后我们才发现，每次回去事堆成山：首先拿出晚上要盖的被子去晾晒，接着除去坝里半人深的杂草，然后洗净水缸去沟里挑吃水，再去后坡放烤火柴，去人户打米磨面……这些干完累得我腰都没空伸一下。我苦啊累啊薄命啊，父亲你为何还差两年才满80就急奔天国去了呢？但我都能默默承受，坚强面对。我也在自觉地学习父亲。父亲自小就失去父亲，在劳苦里长大，养成了一种豁达、乐观的大度，坚韧、坚强的气度，自信、自尊的品格，这些都值得我们学习。

在学父亲的过程中我长大了。在承接父亲时我成熟了。在缅怀父亲时我变老了。这次收割油菜，我明白了许多，仿佛那一刹那，我的确变得更像父亲了。我想起了父亲生前的教诲，我也反问自己：强过父亲了吗？有些强过了，有些还差得天远。但我的责任就是要继往开来，要青出于蓝而胜于蓝，才对得起先辈。

（写于 2010. 7. 23　大雨）

妻过生日

妻过生日

妻的生日近了，我紧张不安。

妻生在农历六月，俗话说父母在不做生，所以到时也难记住。我常戏妻说，你那啥日子嘛，月末，单数，没象征味，也不好记。妻回答不上，只说"去"，或踢我一脚。尽管如此，每年到时我还是忘了，或被别的事冲淡。最可笑的是某年，我本事先早知，也一再提醒自己别忘，可到时还是忘了。虽那天我明明在家，和妻一块平静地度周末，可还是若无其事地过去了，妻也毫不吭声。第二天上班我突然想起，急忙打电话问，你为啥不给我说?! 话筒里传来妻复杂的语气说，嘿嘿，我给你说? 你记不住就算了，还倒怪起我来了，岂有此理? 哼! 她"咔嚓"一声挂了电话。我被呛得说不出话来，半天没回过神，愧疚，自责，后悔不已，惭愧羞愧，因为妻从没忘记我的生日。

我搜肠刮肚，今天终给自己找到了一次最好的弥补机会。

当时我家清贫，但我还是倾其所有，给妻过了一个简朴的生日，令妻深深感动了一回。

那年儿子 12 岁，他的主要兴趣还是足球，满屋贴满球画，但他也没忘在自己的屋门墙边写上爸妈的生日。

那天我休息。儿子一早就提醒：　"今天是妈生日，莫忘了哦!"

记得，今年不会忘了。

可我却担心起自己的钱袋子。没办法啊，困难时期，儿子马上开学，工资全部用上，仅存的百十元能抵挡一个月？不过我心里还是有数：买一只她近日多次叨念的北京香酥鸭吧，就 10 多元，既经济又实惠，价廉物美，我们口馋了很久。

可是儿子坚决反对。猜想他肯定担心钱。我问为啥？我家一向民主决策消费。他说，干瘪瘪的，肉少，不如买 1 斤鸡脚吧。

此言有理。鸡脚原先我们并不爱吃，自我学了《大众菜谱》里的干煸，全家人每次吃得津津有味，口留余香，赞不绝口。所以后来每隔一段时间，我们也要买一些鸡脚回家，让大家美餐一顿。

我捏着手中的"家庭财政"，去市场买了鸡脚，再做一盘什么好点的素菜呢？我想起了剑门关饭店的凉拌豇豆……

先煸好一盘青椒烧鸡脚，又整齐码好一盘凉拌豇豆，在上面浇上调料，最后凉拌一盘豆腐皮，切一盘西瓜瓣，烧一碗豇豆清汤。端上桌，摆放整齐。

妻这时刚将药柜搬到三门市部，原地腾出搞装修。她回家一看中午饭菜虽不丰盛，倒也精致，对我们父子俩的辛劳深表敬意。

"就这么点，给你做的。慢慢吃好!"

"谢谢!"她略为感动，显然没忘今天是自己的生日。

"北京的香酥鸭没买，儿子说干瘪瘪的肉少，不如鸡脚好吃。

下次我们再买。"

"很好了。已很好了。谢谢你们父子俩!"妻已感慨万千。

我注意到,以往每次吃鸡脚,要数儿子和我吃得多,而这次,虽说味道没变,但我俩吃得勉强,多半装装样子,诱妻多吃。妻饿极了,或是由衷的高兴,心存感激,总之她完全放开了手脚,牙啃手撕,狼吞虎咽,满嘴流油。我暗暗转过脸去,又假装进屋打饭……显然,妻子今天吃得最多,儿子也像不饿,或不想吃。

晚上天下小雨。我们发生了争执,之后谁不理谁。妻一夜没睡好,我也因腰痛而辗转反侧。天亮,妻起来煮早饭,为我熬好中药,快放凉了,我都还没起床。眼看快上班了,妻来给我擦正红花油,儿子给我端来中药。妻说你就请假别去,又问你不能翻身吗?我说翻是能翻,只是腰太痛。我患的是急性腰扭伤,疼痛难忍。我突然想起,不行,今天有人要去开会,不然单位没人。

我一骨碌爬起来洗把脸,喝了中药,然后上班去了。妻临出门时回头说,中午可能要去车站接货,让儿子给我送饭吧。

随后的多年,我再也没好好给妻做过生日。每每念及,愧极。

今年,她的生日将到,可惜我又不在家。前日,为了牢记,我反复去墙壁瞅日历,想提前给她做生日,先去买纪念品,无奈我久不进商店,一时也想不好买什么,直问她想要什么,她又客客气气,以礼相让。当然,什么纪念品也许她不在乎,她看重的只是我们能否记住。所以我今年一定要开动脑筋,给妻过好生日。初步想,到时写生日文章,发祝福短信,购精致礼品,买好吃的,哄她开心,陪她玩耍……总之我要多给一些补偿,让她多年的辛劳付出有所回报,让她一度紧张的神经得以放松,让她的心情越来越好……果真如此，我想够了，因她的要求不高，常能知足常乐，喜欢简单的生活，很容易满足。

妻，祝你生日快乐！

（2009.8.11　清江河）

特殊的生日礼

妻过生日，我要送份特殊的贺礼。可是我们相隔在几十里外的新老两个县城上班，今年我该拿出什么新奇的东西做礼物呢？

机会终于来了。

那年单位决定去云南采风学习，到时可自费带家属，不少人报了名。那次的豪华游价格不菲，可是我家哪里出得起。财务人员说不就那一点钱嘛，好歹你家也是双职工。我笑说，哪敢和你比哟，你孩子上小学基本免费，我孩子上天价的艺术大学。

当然我还另有打算。

我写作 20 年，早想出一本书，鉴于种种，我却按着不出，萌生了一个具有挑战性的决定，即以所挣的稿费出书，这可是一个遥遥无期的计划。故我对头儿说，我不去了，能否把去的钱给我，我做点更有益的事呢？头儿笑笑，摇头，说，这哪行。我很失落，就提出让老婆代我，我就留单位值班吧。头儿同意。

如此，老婆代我乘机去云南。

这可不可以算作今年我给她的生日礼物？

本来，我还是做了要去的准备，因单位有了值班人员，他们动员我去，再说我负责的论坛建党 90 周年征文，回来也不会耽误，何况管理员已给我批假，一切都已安排妥当，但我还是决定不去。说不去就不去，我抽回了自己的身份证复印件。

就这么定了。

我赶紧电话告之正在老城的老婆。不知她何表情，何心情，但我深知她属马，喜欢跑（常这么逗她）。本来我们欲一同去，却为这突增的不菲费用而放弃，因9月份孩子读大二需交2万元学费，再说单位不少人都在市城购房考虑将来的生活了，我们还无着，故她决定不去了（尽管许多人包括省城读书的孩子都鼓动她去），最后她在话筒里低低地说了句，那，这，怕不合适吧？

合适。我在话筒里慨然告之，去的人你大多认识，全团32人，其中女性含家属共9人，会有人关照你，你安心去吧，头儿同意你代我去，没人会说你什么。

这能称其为礼物吗？写该文时还没有告诉妻这就是我今年给她的特殊生日礼物，以免影响她的心情甚至会因此而改变决定。我将此秘密保持到她生日那天，以延长这段快乐的时光。这是我给她的特殊生日礼物，因为这样的机遇难得，领导即将换届，这是本届他们给职工的唯一一次福利，妻赶上了这大好时机，我也终为能给妻一次好机会而倍感欣慰。

查下台历，距妻的生日还有几日，我这算是提前预祝，不再像往年事后才猛然想起，或临时手脚无措，图个长久，以延长她的愉快。录毕此文，妻已飞行在成都至大理的航班上，祝妻此行愉快，祝妻生日快乐！

（2011.5.20　11：00　新城）

遂愿张家哥

张家哥非我亲哥，却曾扮演过我亲哥的角色。

张家哥父母双亡后开始流浪。

母亲的第一个孩子因病夭折后没再生。一天她出去割草，碰上了一个没衣穿的孩子，母亲见这个瑟瑟发抖的孩子可怜，就把自己的外衣脱给他穿，那孩子就跟母亲回去，母亲收留了他。

这便是后来长大的张家哥。

张家哥在我家有吃有穿还有书读，却是个顽皮的孩子，帽子都可以甩上房，母亲不吵，却受到了父亲的严厉斥责。没过几年，张家哥光荣入伍。

张家哥走时我才2岁，据说我送了好远，不停地挥手，说，哥哥慢走，当完了兵，就早点回来哦。

张家哥当时真不想走，一步一回头，母亲泪长流。母亲觉得，拣来的儿也是儿，是儿就是母亲的心头肉，心头肉割舍，母亲疼。母亲也觉得，张家哥是福音，不然她七八年没孩子，怎么张家哥一来，没过两年她就有了孩子呢？

张家哥服役8年，后面两个妹妹也先后来到了世上。

张家哥服役于西藏，打过机枪，伐过木，参加过戡乱平叛，复员后在本乡供销社工作。

张家哥退伍后回到了空空如也的自己老家。他重建家业，张罗并布置起自己的婚事。

张家哥凭了他 8 年当兵练就的本事，还有回来在供销社工作的条件，说了门好亲，女子是个能干之人。只是有一点张家哥忽略了，就是他回家没来拜养父母，结婚不请则罢，要请咋不亲自登门？父母故没去吃他的喜酒，只在心里遥祝。自有人骂他：呸！忘恩负义的东西！

张家哥生了两个孩子后来认亲。怎么开口说的第一句我不知道，但记得是一年春节，我们外出玩耍回来见他抱着孩子，带着老婆，笑呵呵的父亲向我们介绍，说，这就是你张家哥。我没理会。父亲又说，这就是我给你从小就提起过的张家哥啊。我还是极不自愿地点了下头，之后就去干别的事去了。

父母都是古道热肠。两声爹妈把他们叫软了。父亲亲手把自家的柜子、床、木靶、新做的条桌等都送与张家哥充实家产或变卖钱财，因他们那里缺树木。他还不辞劳苦，翻山越岭地给背去。

张家哥也时常上街给父亲打酒喝。有时也接母亲过去玩。

从此我们两家亲如一家人。

张家哥请我们全家人去过年。煮肉，烧火，牵灯，陪我们通宵打麻将，有吃有喝，把我们敬为上宾，反正是耍，反正是高兴，我们也乐在其中，以致通宵都是喜庆，都是温暖和放松。张家哥借机对我说，人家都说，兄弟在县上上班，连他那个民政困难补助都没解决。我听后顿时脸上像蒙了一层灰。是啊，我在别人眼里是个衙门小吏，可我怎办得了这么大的事呢？一问，条件不够。心想就等等吧，再等等。

等了几年，还是没机会，我都不好意思了。他们全家对我们那么好，对父母那么孝，视同亲人，他的几个孩子也都像亲孙子，婆婆长，爷爷长的，毫无生分。我为自己的失言和无力懊悔，也努力找时机。

表填报了，却落选，原因是，他没参加过十四大战役。

翌年。我又找负责该事的民政领导说，张家哥快老了，那代当兵的好多人都解决了，他现在不仅经济困难，靠花篾竹挣点钱，每次亲戚吃酒我们送一百，他只送得起五十，他有风湿，他老婆也有胃病，他只有3个女儿，又都在外面；他心态也出了严重问题，老与当地干部过不去，闹别扭，甚至与家人不和谐。如果问题得不到解决，恐怕会出什么乱子，到时就麻烦了。

申请困补。基层推荐，局里核准，上级审批，终于解决。

张家哥也享受定补了。

这是一件天大的事。于张家哥来说，是当兵一场的报答，是心理平衡的安慰，是老有所养的归宿，是困难家庭享受的扶持。张家哥笑了，一再感激我，我说，得了那些好心人，要感谢党的政策，没有漏下你这个辛劳几年的高原兵。

我心里也释然，轻松，感觉做了一件大好事，松了口气。张家哥应有的有了，想得的得了，这年头，也是多么的难得！

遂愿张家哥，祝福你！

（写于 2012.8.31　修订于 2021.5.15　老城）

让孩子们都有书读

一

十年树木，百年树人。教育好孩子，使孩子受教育，最能牵动我们每个父母的心。

侄女燕子没考上重高，本为预料之事，结果其父母还是大吃一惊：怎么没像她的表哥一样考上重高？他们的疑惑来了：与其这样读普高升大学没希望，毕业了不好就业，还不如学别的孩子读个成人职校以尽早出去打工更实惠。

实不实惠？我们一直都怀疑，觉得那么早入社会，也许于人的快速成长有益，而于家长则于心不忍：还小，知识阅历还太少。

他们家对燕子的读书态度不一。燕子妈主要趋向于读普中，当然她一个人只身在京务工，经济上支撑全家已力不从心，遇上孩子读高中，她的负担会更重，所以她的态度里既有坚决的勇气，也有勉强的支持。燕子爸的态度很肯定：不送普中而直接读职校。

查燕子的成绩，7 科除 1C1A 外其余全 B，除重高要求的语数外全 A 其余全 B 外，应该算个不错的成绩。我电话里告诉燕子：

读普中没问题！她第一句告诉我她想读，第二句告诉我她爸爸的态度是无所谓。

我通知她立即进城。

第二天她来了。对她爸称去还同学东西，就径直来了。来了就好。还怕她爸要抢先报职校哩（当然时间还早，他又没钱）。我们冒着太阳，坐三轮车去县二中（剑师校）报名。

县二中上午我联系好了，给燕子妈也说过，可是我还是担心她爸爸不让读，也不让她来。看来她还聪明，知道避开她爸，去争取妈妈及亲戚的支持。

报名之后，她妈打电话。说以为没考起就不念了，既考上了就好好念吧，燕子不住地朝电话点头。恰逢教过她的语文老师在校门的棚子下乘凉，我们买瓶水让燕子给送去。那老师走过来道谢说，这女子如果不生病耽搁会考得更好，好好读能考个本科。

老师的话无疑给了孩子极大的鼓舞。我告诉即将回去的燕子："你回去要抽空好好复习下，争取入学考到好班。"她点头答应。我给她路费，并悄悄尾随其后远远地目送她到车站上了班车。

二

孙旺读剑中三年一直顺利。他每周来我家，中午吃一顿，然后领取下周的伙食费用。

今天我去看他，也是我三年之中的唯一一次看他，也借此查看下他的学习情况，给他这个几个孩子的"头羊"一点精神鼓励。当然，这时我的孩子刚入广外军训才一周就电话里称："这儿不好，下期还是回县二中！"这给了我们很大的刺激。我也知他是个"不达目的不罢休"者，好像他不是在读书，而是想哪儿舒服。鉴此，我暗下决心：将教育全面化，将投入分布给那些渴望求知而又有潜力的姊妹的孩子身上。

第三节预备铃刚响。我在教学楼前的树丛边石桌坐下，后又起身上后操场。这所我们昔日读书的山包，现已全然改变了模样。原先这里是一片不毛之地，今天变成了橡胶跑道环绕的水泥操场。

那时我们的复习迎考紧张，也带有考试失利的忧伤，更有对自己前景的迷茫。人生的未来是谜，我们经历后才知，许多都不堪回首。但过了就过了，过了的再也无法找回，却激励了我们一代代为之努力奋斗，从苦难走向辉煌，为此我们无不感叹。

下课后见到了孙旺。他接了我的电话就飞跑到大门口，又折回在大树下见到我。我说三年都没看你，今天专来看看，读书有什么困难？他说没有。我说还是我以前给你说的那几句：重锻炼、营养和休息，要劳逸结合和讲究学习方法，要静下心来读书。最后我给了他 50 元钱，望他中午给自己加点餐。

三

回去即给孙旺写了封电子书信。

孙旺：

你好！

第一次用这个邮箱给你写信，你不一定会及时打开，这里有试发的意思，没多少紧要事。

你凭实力考入剑中。进校的摸底排队考试也还理想，我们深感欣慰，所以你的父母也才可能集中精力外出务工。谁都知道在外打工不太好受，他们之所以持之以恒，其愿望和目的可想而知。

你从小成绩优异。我送你"优异"二字的意思，一是对你的过去表示肯定，同时也是对你的未来抱以希望。

你进校已两年，度过了全部时光的三分之二，可我至今都还没来过你的教室，也不知你的老师姓甚名谁，寝室在哪，不过你舅母来过，我也对你读书信任。目前剑中虽属全县最好的重中，但与外面相比还有差距，望你要有足够的思想准备，要立足于全省全国，从宏观的角度去考虑，把学习充分建立在能动的基础上，要独立自主，创造性地学习，尽可能全面并深入地获得知识。我没细问你的成绩及在校表现，这也是对你的信任。总之，我们一切都相信你，你有这个基础和实力。

你也要调节好自己的课余生活，重视体育锻炼，增强身体，注意休息和营养搭配。我有个一贯的主张，即力争做德智体美劳和一专多能的人。要时刻保持清醒的头脑，获得全面的进步！

祝你快乐读书！获取你需要的知识和实现人生的美好理想。

一冬

2005. 11. 15

（后记：燕子高中中途辍学，现在成都经商。孙旺考入西华大学水利水电工程系本科，现就职于中国水利部基础局）

（2021. 5. 15 修订　老城）

送孩子们远飞

一

去车站送走自己的孩子。返回途中，想到几天后又要送侄子出去读书，我不禁在心里说：孩子们，你们都走，都远走高飞吧！

那一刻，我们再怎么不舍，不忍，甚至走前的不愉快，都只能压制在心底，大声说，孩子们，你们能走即走，想走就走，你们能飞多高就飞多高，能走多远就走多远吧！

作为父母，我们虽难舍但又高兴，有一千个意愿，就是要孩子们走向更高更远的世界。——反正你们大了，是国家和社会的人，我们无权也绝不可能把你们拴在身边，我们要把你们全部送走，让你们到更广阔的天地，去探索属于你们自己的人生未来。

然而也就在那一刻，两代间的积怨还未全消。照说，孩子大了，渐渐懂事了，可是叛逆还在。本来，作为父母，为孩子花钱操劳付出不算什么，不都是望子女成龙凤，在激烈的竞争社会里有个好的立足，让自己能过得好一点吗？然而，他们还互相指责埋怨，咋那么生分、隔膜、难处和不融呢？

代沟难消。我曾怨恨自己的父亲，认为他少文明，太封建，他的高压、强权和严苛伤我多年；如今轮到我了，为避免重蹈覆辙，故用循循善诱之法，这在孩子小时奏效，可他大时就改变了，严管让我们两代之间的矛盾加剧：孩子厌学，故以可笑的低分来故意抵制，以实现他转学的目的。从这校到那校，从县城到市城再到省城，他转遍了可以去的多处。当然也有人说过，像他这样的"顽皮蛋"就只有通过转，转，转，转出个自我开悟，转出个方向明确。

关于这点我后来渐渐明了。有如史上卓越的林元帅，他指挥辽沈战役时讲过一句精彩的话：乱就乱，不怕乱，只要找到廖耀相即行！打仗如煎中药，要几十味药一齐下锅，才能煎出味道！我们的孩子，从初二到高二，历尽了地域、师资更换和褒贬有之的人生炼狱，终才转出了自己读书的新局面。

这是一个痛苦的抉择，也是一个付出了惨重代价的必然决定。某次周末，我当着来劝他的同学，毫不留情地质问他：咋不去上学?! 眼见火烧眉毛的高三就要来了，他说他读不懂。——什么？读不懂，读不懂就可以不去读吗？——你是言语上的巨人，行动上的矮子！

当然我这样说，是隐去了许多的前因后果。我想过，要是我的孩子天生愚笨，我也不刻意，而关键是他从小优异，初中后期才自我放弃，信心丧失，这能成吗？不转化为奋进的动力，却萌发为仇恨的种子，这是一种什么心态？所以我严责他说，难道都是别人不对？你自己没有问题？最后见他毫不接受，还反唇相讥，我失望地说道，你听我的话，只要想学，成绩就有办法提高；如不听话，一意孤行，我把两套房子全交给你，我们去司法公证，然后我们父子两讫，以后谁也不再认谁！今后你一套房子居住，一套卖了当本去做点生意，而我还得一切从零开始……

与孩子的一场恶吵，持续了很长时间，最后他愤然出走。他妈出去没追上。我想到近日连降阵雨，河水猛涨，眼见天色已晚，不觉就慌了神，担心起他的安全，便在电话里怒斥妻子，你赶紧设法找人！她动员了众亲，几经周折，终才找到，几人抱哭一团。晚上，先后有人回来请我出去吃烧烤，我不去，孩子也回来拉我，在摊前他不断往我碗里夹菜……许多人的脸上都泛着泪光。

虎不食子，何况我们高贵的人类。可怜天下父母心，此刻这句我们常挂嘴边的话有了特殊的分量，也体味到了其中的一些滋味。父亲当年因一句理不理发的话将我逼入大雨如注的山林，如今我因不好好读书也逼自己的孩子遁入漆黑的街市，此时此刻，此情此景，我心沉痛……我多么希望我们父子和谐，省心，共赴这一疑难。我总纳闷：为何我们无法好好地沟通呢？

这些我不止一次想过。关于教育，关于沟通，关于两代人间咋处最好，我一直在试行，然而说到读书和勤奋努力，孩子总是畏之如虎，不想听，反感，最后竟与我们势不两立，反目成仇。

二

侄子是一个比较听话的孩子。从小成绩优异，读高中几年没事，他父母长年在外打工，老师为他的事从未找过我们。然而，他与我们融洽交流吗？回答同样是否定。他性格上排斥抵制别人，动辄打断别人谈话，唯书唯师，偏信偏听，当我提到全面学习和"三人行必有我师焉"时他摇头，当我提到学语文要写好作文何况他的基础不错时他反感，当我提到交往及一些做人的准则时他纳闷……他对我们都存在着两代人间难以逾越的巨大鸿沟。

今年侄子考上成都一所不错的大学，这既得益于他个人的努力，也得益于我们的志愿选报。然而他很散漫，拿到分数仍和同学泡在一起，根本没下功夫钻研一下志愿填报，我们的提示他也置若罔闻。最后还是放不下心，我不得不亲手操作，再找行家参考，征询亲友意见，终才敲定。最后他被第一志愿录取，皆大欢喜。在谁送他上学的事上，他一直排斥他父亲，执意要我送行，我愉快地答应，但也希望他的父亲同去，并要求他尽早做好一切准备，免得临时忙乱，结果开学前夕他连一张简单的表都还没填好，我连喊三声叫他过来填写，他紧盯电脑纹丝不动，还振振有词，理由一大堆。我怒道：不听话，几分钟搞定的事拖这么久，何需明天到学校去找人？太差劲了，太失望了，你们这些孩子，我都不想送了，自己去！因我最不喜他每次遇事哪怕是自己完全能做的小事都六神无主，而非要听信和依赖别人，我觉得他如此丧失独立自主，于他今后的人生不利。

我愤然给他母亲拨电话，因"工作事"走不开，你们自己去吧，就是交款注册和报名，关于那个"绿色通道"问题，谁去也不一定就有把握能行。

全家人愕然。

不过，随后我很快就想通了，认为自己火气太大，送还是要送的，我要履行自己的诺言，但心里的味道变了。

孩子们，我看出了你们的一些难堪和悲哀。其实一个人弱智低能点不算什么，我们当父母的又怎样，但关键是该有怎样一颗健康而活泼的心灵，以保持怎样良好的进击状态。现在我的孩子转至成都一所大学特训，他初涉画艺没几天却沾上了抽烟的毛病，还美其名曰搞艺术者大多如此。我怒不可遏对他妈说，屁，才涉猎几天，没学啥长处却学起了坏人。

这就是我们的孩子啊！

读完王宏甲先生的报告文学《中国新教育风暴》我感慨万千。翻阅百名校长联名推荐的《教育是没有用的》时我不忍卒读。我多次追问，中国的教育到底是怎么了？当我谈到自己的孩子读书，我自会隐去若干细节，特别是他由想读为厌学怕读时我不堪回首，更怕别的亲友替我难过。但我有时也会用发展的观点去看待他们，他们正在一天天越过艰难的沼泽，而踏上了新的人生征程。

一个人走在回家的路上，我思绪不止。面对遥远的外面世界，我在心里默默祝愿：孩子们，你们都远走高飞吧！我们永远是你们的精神支柱和坚强后盾，这是我们义不容辞的责任，也是血浓于水的骨肉亲情。我们有理由相信，你们一定能好好把握自己，愉悦地走好自己的每一步，快乐地过好自己的每一天，你们的前景也必将光明。

（2021. 5. 15修订　老城）

故乡清明角

人们常念故乡。故乡是人的根魂。

我的故乡是一个土得掉渣的"夹皮沟"。因通姓梁而称之梁家河，为避免与其他地方同名而更名为"清明角"。

这个取名准确。

故乡下连闻溪河，上接田家共和村。狭长的小庄散落在山腰，从闻溪河望去，小庄的确是一只角。小庄头顶一座峭拔的山峰叫老黎嘴，山间柏树葱茏，是一条绿带子。小庄脚踏一条小溪。因了这些山水，故乡空气新鲜，四季常青，可谓清明。

"角"上住家8户人家，现增至13户。但不管是先前的8户，还是如今的13户，大家不分彼此，亲如一家。

20世纪70年代，大集体分粮吃饭，队上偶尔杀一头猪，每人分半斤肉，都想抓个1号2号，可见当时项圈肉是最好的。

私人也偶尔杀年猪。有年朝爸家杀，他炒了半锅肉，用一只簸兜装好7碗，上庄挨家"发放"。朝爸矮墩墩的，人却憨厚。他连连说，"都尝尝吧！尝尝。"他一碗一碗地递给各户，乡亲们点头道谢。回头喊拢孩子，一阵狼吞虎咽，很快就把碗舔了个底朝天，大人们趁机鼓劲说，看你们那样子，要攒劲念书啊，勤扯猪草，明年我们也杀一头！

翌年，第三年，乃至过后的 N 年，又会重演相似的一幕，只是送肉的主人频频更替，时代也变迁了。

某年的一个夜晚，父亲从嘀嗒的雨水中跑回来，几个孩子闻讯一骨碌爬起来，见他提了一条 1 米长的"半褶子"鱼，扬了扬说，这是闻溪河边的"王海军"从涨水的大河里捞来的，我和你朝爸各买了一半，才 3 元钱！接着他喊我们，快快，快动起来，抱柴的抱柴，烧锅的烧锅，剩下的给我舀油和面剁鱼！母亲这时回了娘家，我们自然就成了父亲的好帮手。顷刻，房内燃起火苗，油烟开始弥漫。我们红红的脸膛，泛着激动的光芒。炸时，大家各自先尝一块，父说，别忙，先给你妈留一碗，还要给下面的人家送去——看来他和朝爸早已商量好了，各自分送一半人户。父亲不顾天黑下雨路滑，给各家一一送去，回来我们才吃自己的。

清明角小庄的人户虽少，却一直延续着这种淳朴的民风。在这方面，海哥也很活跃。有年春节前夕，海哥眨眨眼对我说，一冬，你也从不打牌，嘿嘿，下棋我们没人陪你，这样，我有个建议，你看对不对，大年初一我们在大院场烧堆火，大家在一起摆龙门阵，愿打牌的打牌，你看这个问题对不对嘛这个问题（他的习惯用语）？我说对呀，好，海哥，这意见非常好，我举双手赞成，只是——只是柴的问题是不？海哥早已猜透了我的心思，深知我家平时家里没人，他喜笑颜开地说，好，好，一冬，只要你赞成就好，这事就这么定了，初一在大院坝烤火，我负责弄柴，午饭在现福家吃，大家团聚一下！我赶紧说，不，午饭我们还是回自家吃。海哥生气地说，别犟，我们说好，初一在老大家，初二在我家，我们耍耍，一年了，对不对，这个问题。你们对我很好，我请请你们，也要请请下面几户。他又翻动一下眼皮，环顾左右，坚定地说，这个问题，对不对，这——个——问——题。"题"字他咬得特响，像法官落下的定音锤。每听海哥说话这么热情、真诚而执着，我们都高兴，都想笑但不敢笑，只好恭敬不如从命。

初一那天，坝上烟雾缭绕，火光冲天。大家围着火堆，听海哥摆龙门阵。旁边的长牌、麻将、扑克玩得噼里啪啦，观者指指戳戳，孩子们嬉笑追逐……海哥精神抖擞，进进出出，添水加柴。

这样的情景我不会忘，也非常喜欢。接下来，仁爸家请，星益家聚，最后，我和回来的妹妹商议，请全庄人团聚，来一个大拜年。这种乐乐温情，充盈在开春的一年里，溢满我整个的故乡情。

故乡小庄的山高水长。

山顶叫老黎嘴，庙里供奉的黎山老母传说叫佘太君。此庙逢年过节香火不断，吸引了四方八邻的信男善女，它是我山的景观，也是我们过年的耍处，多年未见的朋友、同学、老乡、亲人，都可在此遇上。再说，我们清明角小庄的人，哪个不是父母吃了那里的供品生的？所以，小庄的人有灵气、福气和财气，他们都有善良真诚的品性，睿智聪慧的头脑，屡屡给这世界添精彩。

山脚溪涧清水长流。小时我们常去钓鱼摸虾，夏天下河洗澡，妇女常在河里洗衣淘菜。队里还制作了水磨和水碾。放水，冲击木槽，齿轮带动磨碾嘎吱嘎吱地旋转。冬天井里没水，小庄的人就去溪涧挑水，溪流成了小庄人畜的饮用水。

溪水入闻溪河。闻溪河上游是我们如今栖身的老县城，下游是波涛汹涌的嘉陵江。闻溪河畔的乡小校是我小时读书的乐园，洒满了我读书的艰辛和朦胧的初情。小溪的上游是田家的眷家河。小庄依靠全乡人民的支持，在我父亲（队长）的带领下，艰苦卓绝三年，建起了一座县上挂名的小二型水库——"眷家河水库"，彻底解决了小庄人的栽秧及饮用水问题，也惠泽了毗邻村组的可灌农田。乡亲们说，田老汉（我父亲）是个能人，修水库吃苦了！是呀，那时父亲正当壮年，果敢、坚毅、勇猛是他的气魄、性格和一贯作风。父亲后来给我指点"江山"：那一道道河堰，那一块块梯田，那一排排只有现代浩大工程才能完成的石墙，他硬是靠着自己的结实臂膀、崇高威信和坚强毅力，带领乡亲们完成的。父亲当队长19年，在家乡大搞农水基础设施建设，他劳苦功高，所以县水利局在他离任队长后请他当管水员，继续为民服务。管水期间，他勤勤恳恳，坚持原则，为人公道，受到了上级嘉奖，获得了群众称道。他去世时，县乡村都送了花圈，村支部为他致悼词，举行了隆重的悼念活动。那些日子，小庄的乡亲们自始至终都在父亲的灵前忙碌，他们要做全场最大的花圈，要放闻溪乡火炮厂生产的流星炮弹（当时180元/颗），要设最好的灵堂，以此来表达对父亲的深切怀念。我劝为首的仁爸，说，父亲一生俭朴，算了，谢谢乡亲们的好意……仁爸举手抹泪，说，一冬，这事你甭管了，乡亲们都商量好了，我只是执行者，我们永远不会忘记你的父亲。

浓情蜜意的乡亲们呀，我给你们敬礼了！

我是故乡人民的儿子。我不会忘记自己的故乡。我在乡镇工作10年，从没怠慢乡人，我理解他们的艰辛，体恤他们的困难，在政策许可的情况下，我尽力倾斜他们。妻子也出自农家，她热情好客，真诚友善，乐于帮忙，口碑极好。我想过，我是故乡这棵树上延伸的枝节，长出的果叶，不论我长多高，伸多远，都离不开故乡树的水分供养，根的支撑。天上的风筝飞得再高，也离不开孩子手中的线，显然，风筝就是游子，故乡就是连线。树叶终归根，倦鸟归故林，我常梦见，故乡的月亮就是圆。

（刊载《华夏散文》2010年12期）

故乡的年味

今年过年

今年过年，全家人已到齐，唯少了我们从小敬畏却又永追不回来的父亲，他没等到过年，就匆匆离开了人世。

我们一如既往地照旧，照父亲生前的习惯办。我们也尽量多在家里，与父亲的住房同在，与父亲的灵魂相依。

乡亲对我们热情。按预先约定，初一院坝里烧一堆火，围坐了不少人。烤柴火，摆龙门阵，大家七嘴八舌，多年都没这样的场景，甚至都胜过我在城里的一些亲友聚会。我喜欢这样的自然质朴，但是他们喜欢城里的载歌载舞。中午大家都不准走，现福家早已备好了饭菜。吃一顿邻里饭，过一个大初一。

初二上午海哥家请，在他家干净的院坝边烤火，又是一个全族人的大团聚。

下午回去到星益家。我给每人找一支烟，见到侄子现磊及带回的成都女友，我笑笑递烟，问，抽不？那胖胖的黑矮姑娘手里忙着麻将一抬眼说，不抽。这时后面的大队伍也来了，大家坐下，如饥似渴地吃着星益进屋捧出的苹果、橙子。这时阳光正烈，院坝边的新电视锅盖反射着强烈的光线，春的气息扑鼻。星益是同祖后裔，属农业大户，虽只30出头，仅一季土地承包就卖稻谷玉米1.2万斤，获现金1万元。他骑上新购的摩托车一会儿突突地赶闻溪场，一会儿又赴江口，似乎都是一两袋烟的工夫。这不，初一还在街上的他大哥那里，初二又呼啦一下全拥到了他家。

初三按往年习惯我们该走亲戚。趁大队伍收拾东西，我们先去上次剩下的两家拜年。一户是叔母家，属半瘫病人，能轻微走，可以吃饭；另一家是仁叔，一向给我家帮助多。我们千恩万谢，祝贺新年。都要留我们吃午饭，我们在仁叔家吃，然后浩浩荡荡去蒲家河。

每年过年的鼎盛在此。两路客和姑姑家共30余人。麻将噼噼啪啪地响，客人嘻嘻哈哈地笑，小孩在坝里你追我赶，炊烟缭绕，饭香扑鼻，洋溢着节日的欢乐气氛。农村过年盛行麻将，我走哪儿都闲。我的事就是烤火、聊天，想下棋，却没人下。

初四在蒲家河姑姑家玩一天。他们在院坝架起木料，请我大妹夫做寿棺，说今年有闰月。

初五我们浩浩荡荡回家。回屋就煮大家都想吃的酸菜面条，孩子吃得最多。又是麻将，室内火炉升温，如空调。晚上排菜，摆酒，请邻里客，满满的两大桌。

初六初七想回，妻惦记回去的孩子，不料包被大妹夺下放回屋里。妻电话问回城的孩子是否在他外婆家吃饭，得到了肯定回答后，妻才平静下来，又陪侄子们玩了两天。

初八与二妹同走田家，经孙家山，被执意留下。我又打电话并下山接妈，我们住在孙家山，晚上吃鱼。

初九返城。初十一至十三值班。其中前两天赴广元给二妹夫检查身体，跑市人民医院、急救中心和〇七二，他的腿病属膝关节滑膜炎。

又一年过年

要不是等在市城读书的孩子，我一回家就想回乡过年。故乡的房门紧闭，侄女在校读书，大妹在京务工，母亲随我进城，所以房子空了。

自父亲走后，我们就没了那份有人在家的盼待，也没了有人在家的筹备，事事都要自己操心，筹办，因此每次回家特别是过年，都特别忙碌。

腊月十五我回去给父亲烧二周年，邻里的海哥说，冬，今年我们又在院坝里烧一堆火，大家打牌、烤火、摆龙门阵。他黑瘦的脸上眯起明亮的双眼，说，你看好不好？好呀，很好！我爽朗地应答，一是去年春节的类似活动办得很好，二是我不喜欢打牌，但爱摆龙门阵，三是如今过年冷淡、简单，所以这样的倡议我坚决拥护。

初一的早晨，我们还在熟睡（因头晚看春晚睡得迟）。海哥的孙子小伟就来喊我们下去烤火了，我们慢慢地起来，早饭之后下去。他家的院坝扫得干干净净，一尘不染，他们在场边的渠沟里烧一堆柴火，熊熊的火苗蹿得老高。大家彼此寒暄，坐下摆龙门阵。午饭安排在他家。

初二的早晨，我们还未起床，就听见下面院子的柴火"噼噼"爆响，我们赶紧起来弄饭，吃了去烤火。

火堆上烘了个不知从哪里弄来的杂树疙瘩。火堆旁围着我们小庄的各家代表，只缺了长年在外和在街上做生意的3户。来的

6 户是本组的大户，去年也是他们。火堆旁两张桌子打牌，一麻将一斗地主。

午饭还是在现福家吃。他们摆上了啤酒。现福、星丙、仁爸、共爸把我敬到了最后，向我年前 12 月初进京上人民大会堂领奖和加入中国散文学会表示祝贺。他们说这既是我自己的光荣，也是他们的光荣，更是整个小庄的光荣。我很惭愧，觉得自己写作上还没远走高飞，愧对乡邻，感谢他们对我的鼓励。

初三我们该去蒲家河姑母家，可是这天一早下面又烧起了大火，围聚了许多人，我们犹豫要不要去蒲家河。

初四中午他们开始打电话催请。我们一个个问，结果孩子们都不去，各有理由：要上学了，去了不好玩，要回家了……我也不想去，不打牌，去了人多拥挤，住宿紧张，水泥地板潮湿，最后大妹妹夫两人前去。

初五蒲家河表哥又打电话催请。称我的孩子已回城了，他妈今天要回去，孙旺要开学了，二妹夫要回去外出务工，几个孩子要在家做作业——他们实在不来就算了嘛，不一定非要过年来，平时耍也一样，可以改变下。——他们猜疑我们怄啥气了，其实是多数人都不想去。

初六我们全部到大妹夫的老家孙家山去。午饭后人分三拨：一拨是妻子回城，一拨是二妹夫 3 人回田家，一拨是我们回家。

回来遇上星宏家说亲事。他大女儿秀打工 5 年才归，与邻里的小子相亲。这是一桩久酿的好事，只是如果立即举办婚礼稍稍匆忙了一些。他二女丽在外打工一天两个电话：不要给姐姐施加压力，不要匆忙，要一起出去打工一年回来再说。

堂弟星益家来了客，麻将乒乒乓乓响了一夜，太阳坝里响了一个上午，围观者多，坝里有骑车的伟伟、打羽毛球的群群、看电视的兰兰……他们才是真正在过年：没输赢、没压力、没操心，脸上只挂着笑容。

今年我们的兄妹年会改为祝酒团圆会，只缺了二妹清华在京没回家。我们互相敬酒、祝贺、鼓励、感谢，尤其是两个人：一个即将出去打工，一个面临高考。我最高兴的是今年孩子们都端起了酒杯，向我们大人敬酒，我的孩子一人提了4瓶啤酒出来，称是他要喝的，他一倒就是一满杯，一饮而尽。我看5个孩子争先恐后倒酒敬酒，我眼睛有些湿润：孩子们在茁壮成长——我们也趋于年老了。

我今年过年不想回城，钢筋水泥的"堡垒"我住腻了，想回故乡，回到山林，所以我一向也不对故乡的房子地皮硬化。我对故乡的仁爸说：我久住城市，说话在走向土，你长居农村，说话在走向洋。我想我一年才回来，机会难得，在城市爱上山玩，回来到处都是绿树青山，我少年的理想寄于城市，我如今的感情回归故乡。

所以我还要玩，望妻送走孩子读书后也回来继续玩，反正我值班还早，我要一直玩到该我值班，一直玩到不想再玩为止。

上班不久又回去吃星宏大女儿的喜酒。行走在故乡的山水田林路上，行走在故乡的云彩日出和人群里，这时我才真正感到了清静、宁静，也才真正显示出了自己的魂魄和气度。

（2021.5.15修改 新城）

过年与寻根

该命题来得突然，却牢固地盘踞我心，如种子落在泥土，非要生根发芽，迸出泥土。

过年的概念本在我头脑里渐远了，已无足轻重了，可到岁末，我仍抑制不住欣喜，激动，渴盼，尤想天现彩虹，地拥欢腾，好让我们一消往日忧愁，好欢欢喜喜和快快乐乐地过个祥和之年。

年味从容不迫地朝我们走来。我绾结旧年，搁下琐事，招聚全家，浩浩荡荡回乡。

我的念乡之情与日俱增，没想过为什么。黑格尔的现实即合理的哲学观点，此刻我有了点深刻体会。但我也想过：小时含辛苦读，如说了为了放眼世界，效命祖国属于豪言，那么跳出狭小农门，改变封闭，摆脱思想桎梏，放飞自己，则是合理的解释。当我在外晃荡一圈，历经几十年后，却又依恋起忿然离开的故乡来，这又是何种情结呢？

我原想远离故土，用一己之奋力，带父母到大城市，可是，自从父亲猝然辞世，永葬在家乡的泥土，我的心思有了停驻，有了牵挂，后渐定格：似被彻底地拴近了；父亲坟茔所在的家乡成为圆心，半径也没多长，我绕不过这个有形无形的圆圈了。

这个情绪，我想就是怀乡，就是叶落归根，就是寻根。

"人无祖宗，根从何来？人无父母，身从何来？"这是父亲常讲的话，仍在我耳边萦回，也一直在警示我，万物离不开根。所以，回家过年，是我怀乡省亲寻根的好机会。加之过年我要值几天班，我便利用单位给的年前回家吃酒机会，开始了别开生面地提前过年，一头扎进了特殊的年味里。

我曾天真浪漫地幻想过，也说过，过年应改为腊月二十至正月二十共一个月，以图年过得从容绵长。认为人不可以走极端，如人不可以暴饮暴食。春节集中爆饮几天，于人何益？这非调节，也非点缀，而属自损，这点养生者都知道。

母亲和妹妹们都去吃酒，我和两条狗一起在家看门。我守着狗和房子，还有我的悠悠思绪。我面对自己的 3 间土房出神。我把自己对父亲的悼念文章，贴在父亲居室的土墙上，那张盖有"中国散文学会"印章的获奖证也一并贴上，这样父亲的灵魂每天都可以看到，兴许还能相视而笑。因为父亲见到我的任何成就都高兴。我仿佛也只有如此，并将另一份同名文默默焚化于他的墓前，这样我才心安。我也拒不装修属我名下的这 3 间土房，我对外的理由是自己城里已有两套砖房，我老家的这些瓦舍就让它保持原样吧，我甚至固执地认为，还要越土越好，我不想不土不洋的"四不像"。这让家人及所有的亲友都震惊，他们瞪眼看我，仿佛从不认识似的。但我坚定地认为，他们也未必尽能读出：我心底的那份怀乡寻根之情又是何等的深沉、浓烈而隐秘。

许多时间，我都在屋后的那棵老樟树前徘徊。它旁边的水塘早已干涸，但它已被延伸的柏林接纳，使它有了生长之地。多少年过去了，我们无暇顾及，但它仍然倔强地生长，无比坚韧。面对这棵樟树，我又想起父亲，在我很小的时候，他就带我一道从城里购回并栽下了这棵幼苗。如今它已浓荫华盖，巍峨壮观。它的树干桶粗，通条挺拔，直冲霄汉。树顶分了三杈，全都勃发向上。妻形象地喻之为我们三兄妹，也如同门前坝里父亲亲手所栽的三棵大柏树。由此我更怀念父亲，乃至时隔5年之后，我仍不信他已离去，他的许多遗物我都原封不动，一律保存原样。

我真正的过年是在祭祀先人的隆隆鞭炮中开始的。我们烧完先人的纸，让震天响的长长鞭炮，炸开了我们新年的序曲。不管这时我啥态度，都一味消融在火炮烟尘和春晚喜庆洋洋的旋律里了。我们就这样似有筹措，又毫无章法地被拽入了特殊的年味。

其实，有此够了。

今年的过年我算是过到了人前人后。特殊的工作将我们的生活全打乱了。所以我不得不于初七后，又开始补过年。会城里的姨姊妹，拜城里的岳父母，送走两个上学的孩子，候妻调出时间，陪我一道再回乡过年。妻对此很纳闷，问我，你那么想回家，到底为啥？我用手比划了一下说：譬如一株植物，当它花枯叶干之际，这时首先要关注它哪里呢？显然是它的根部吧！

哦，我听懂了。妻啧啧称道我这个比方好。

回乡过年在我的眼里显然比城市有优势。这时城里几近空城，近年虽好了些，但仍免不了关门锁店，少见人的活动。相反，农村这时正火热：冲天火焰的柴火，烤得人周身暖烘烘的；张张朴实的真诚笑脸，比划着一年的春华秋实，谁不道乡民最真诚，因为他们无须太多的遮掩和虚华，和自然泥土的质性是一样的；还有浓浓的走亲串户的亲情友情……几乎都凑到一块了。但过年我不出门，这似让远方的亲姑不解了。我的说辞很简单：一来我过三天年即值班，二来嘛，我想和小时一块长大的伙伴玩。同时我也顺势声称，从今年起，过年我不再出门了！显然我想待在家里平平和和，和左邻右舍的乡亲们一起过年。至于走亲，我可提前进行。同时我也积极倡议，我们几家轮流承办一些形式灵活多样的团拜吧。

年尾是正月十五的元宵佳节。我们一早就登上了后山顶上的老黎嘴。这是我在《我的故乡——清明角》里描绘过的神庙，每逢过年这里都是热点。我两番和来我家借用木匠工具制作火枪的禾哥谈过，你知老黎嘴的渊源多少？若空即收集整理一些资料，以便我们合作能写点啥吧。禾哥点头称好。他是我地有名的文化人，属离土又归根的代表，但他在这点上还没有我坚定和有远见。那天禾哥也在庙前，只他一人没着黄龙戏装，当当地敲打马锣，眼睛不时地瞟向我。龙灯狮子秧歌，信男信女老幼，将庙围得水泄不通。狮子的滚，秧歌的扭，香火的烟，纸钱的火，鞭炮的炸，人群的挤，电缆的高，喇叭的响，挺拔的手机信号台，宽阔的山顶公路，宏大的庙前石坎，修葺一新的庙宇飞檐……将过年的气氛掀至高潮，随后渐渐落下帷幕，给过年画上了句号。我们挤进人墙，焚香烧纸，捐过功德，心存佳念。由于下午回城，便匆匆下山了，午后我们戚戚回去。

母亲，妹妹，你们别送我了。暖和后的农历二月阳春，母亲你就来吧，城里的许多老人在惦念你；妹妹，如果不再外出务工，你常来玩吧，你的两个孩子都在外面，亲情在于走动；乡亲，我们没什么答谢你，仅留下一些膏药钙片，望你们幸福安康；家乡的山山水水，我离你并不远，以你为核心，拉着我在画圈，你似牵线的孩子，手里紧紧攥着我这风筝。

（选入《散文中国》 2010.3.4 清江河）

故乡之路

故乡之路，在我的眼里永远清晰，但随时事的变迁，又有些模糊。每次走过，念及，都有一种既亲近又遥远、既熟悉又陌生的特殊感觉。

一

它是我一条艰辛行走的城乡路。

故乡的通城路有三条。一条是山梁。沿山梁一直走，过尽山头，便到县城南面的塔子山。一条是山腰。古已有之的民间小道，我们进城读中学时走过。一条就是山脚的沿河公路。原称马路，倒也真行过马。那时乡上有一匹大白马，有一位马夫，全乡就靠这辆马车驮运货物。似电影《青松岭》，差别只是那马夫钱广是群众监管的中农，而我乡的马夫步友爷是个苦大仇深的贫农；再说钱广驾的是三匹马，他只需上车"长鞭哎那个一呀甩吔，叭叭地响哎，哎咳依呀，赶起那个大车出了庄哎哎咳哟……"（同名电影主题曲）马车就吱吱呀呀地开拔，马儿就啼啼哼哼地跑起来；而步友爷驾的是单马车，故他大多时不能坐驾，且还得低头和马一起用力拉车，而他手中的鞭子也只是轻轻扬起，落得极轻。步友爷时常驾车出没在这条沿河马路上，为乡供销社运送货物。换个说法，一个乡的供销用品，全驮在这一匹瘦削的白马身上。那时我们尚小，在高高的白图罐岭上读书，据说白马后来掉入营盘嘴壕沟的深水里淹死了，白马自此解脱，我们却永远沉重了。后来乡里换了一头驴，驴承马业，之后又被一辆二手的旧日历牌汽车取代。马和驴的事，还有马夫步友爷的事，我们渐渐忘了。但路和车，在我们的眼里，又渐渐熟悉起来。

开车的孙师傅是位复员军人，属我一房远亲，但我们基本没来往，我也难得坐他的车。那时一个乡只有这一辆车，比貌美如花的十八姑娘还俏，我们也从不敢奢望能坐上。有次我从读书的县城步行回家，到了半路车来了，我让到路旁，本没想理，因理也白理。不料这时天上浓云密布，快下雨了，我下意识在路边轻挥下手，车戛然刹住，我上了车，心里充满了感激。后全乡18位学子同赴县城参加招工考试，也是乡上安排的该车专送，我们全站在上面，谈笑风生，畅想未来，但也满腹心事。

小时我们步行往返于这条路上。我的父辈背柴卖草，送子上学，洒满了艰辛，也播种了希望。这条16公里的沿河公路，布满了我们故乡人的脚印，也洒满了我们学子的奋斗希望。

如今，我们这一代人，承接了上辈，为了自己的生存，进城贸易，外出务工，送子上学，依然穿梭于这条路上，奋斗拼搏和挣扎。当然，现在短途公交车每日往返，也不用担心行路难，但人生路长，致富路更长，需努力探索和攀登。

这条路原为泥碎路。每年由乡民在春节后维修一次。我也曾加入修路大军，从河坝里往路上背沙石，完成任务才回去。后全乡集资修成柏油路，几经风吹日晒雨淋，人行车过特别是重车碾压，路破碎了，晴天车过尘土飞扬，雨天车走泥浆飞溅。如今，因亭子口电站建设的需要，故乡的该路上提到半山腰，修成了一条崭新的水泥公路，方便了出行，也缩短了全程距离。

<h1 style="text-align:center">二</h1>

它是我一条血浓于水的亲情路。

我的亲人在那里。这是我忘不掉、断不了的亲情。人一生离不开血缘亲情。自然界的一切生命都可以凭自己的特殊嗅觉、知觉找到和走近自己的血脉亲情。我的父母兄妹在故乡，我时常回去看望他们，也时常通过电话传递我们的声音。父亲当年病危之时，我一骨碌爬起来，找医院派救护车，回去把父亲接回城抢救，无奈他大脑出血过多，卒于中风，留下了终生遗憾。但我们尽力了，如他能亲眼目睹这些，看见我们的果敢神速和办事干练，他也知足。我仿佛看见，他满心欢喜地微笑说：看看，看看乡亲们，这就是我的儿子！父亲一生当过多年农村干部，他造福于民，威望极高，口碑很好，我要向他学习，承载他的优良遗风，传之久远并发扬光大。

我的姑姑在故乡。她出生后 8 个月就离开了父亲（我爷爷），即与哥哥（我父亲）和母亲（我婆婆）三人相依为命。长大嫁到了故乡之路下游的蒲家河。生儿育女，建家立业，养了三个生龙活虎的孙子。姑姑只生了一个女儿，她把希望先寄托在我这个侄儿身上，后又寄托在她的三个孙子身上。所以，我读书时家里经济拮据，她攒钱给我买新衣服，后来我高考落榜回家，她中午冒着酷暑，来给我传递招工信息。每年浩浩荡荡来 10 多人请我家去过年，也成了我们每年两家互动的一道美丽风景。想想，她一家来自各地的儿孙共 10 余人，养子一家 10 多人，我一家 10 多人，聚拢就是 30 多人，是何等的喜庆和壮观。这一年一聚，既成为我们每年的习惯，又是一道令多少人眼馋的独特奇观。

"人望人潮，海望浪涌"，姑姑常讲这话。我们也十分钦佩姑姑的泼辣强悍。她率领全家，在表哥的配合下，迁房，带孙子，养猪，种粮，编背篼，做木活，最后，一个孙子大学毕业在市城工作，一个中专毕业在县医院上班，一个中学毕业在乡场经商。我常对眉开眼笑的姑姑说：现在好了，你的三个孙子都有出息，一个比一个强。姑姑虽年过80，又几经病患，但她仍眼神一亮说，是呀，是他们的努力，更得了你，大孙子要不是你他哪有今天，所以这门亲，即使我老后也要认下去。

姑姑说的是肺腑之言，我们感动。她的大孙子有福气，那时我有一个资助过的挚友，大学毕业之后在市城上班，他想报答我，准备直接把我从乡镇调进市城，后来帮侄子选读大学，找工作。现在他好了，所以姑姑就记得我。我却一直淡化这个，谦称这是他自己的努力，外加他机遇好。

我们是故乡的游子。游子是天上的风筝，故乡之路是线，故乡就是牵线的孩子。风筝飞得再高，也离不开孩子手中的线。人到了一定的时候，思乡之情渐浓，归根之情甚重。后来，我回家勤了，家乡的事我尽量参加，实说，每次回去，要不是孩子妻子催促要走，我都想尽量多待些时日。这一条公路，缩短了我和亲人的距离，连接了我们的血脉亲情。

三

它更是我一条魂归故里的寻根路。

这条路步行需4小时，坐车现30分钟，但在我的心中悠长。少年时代，我的初恋也是暗恋，永远洒落在这条沿河公路上。心中那个美艳而有几分泼辣野趣的女子，永远定格在我心底。我们小时同学，后又奔波于这条艰辛的求学路上，本有同路进城的交流机会，却无缘错过，留下了一场无休的遗梦，这是永恒的无奈与期盼，终化作了一缕淡淡的青烟，在我无垠的心空飘荡。

故乡之路，是我深重酸涩而幸福的情感路。那时我的梦很圆满：几乎认定了那个人。无奈我后来终于打消了自己的念头，自卑占了上风，不敢去奢望，上天也没给我机会，但我甘愿独受这份苦楚。很多时候，我都在想这一条路，如何把情感铺满，来消融我的思念。我想过，只要这条路在，我的情思就会永生。

故乡之路，在地图上很小很小，几近不见，是个偏僻的"被爱情遗忘的角落"，但在我的心里却越来越亲切。这无非暗示我渐老了？树上的叶子，嫩绿转青茂，距枯黄渐近，也无非是说，我这只游子风筝，在天上愈飞愈远了。但是，我还是要说，一个人一生大概就这样：少年立志，胸怀天下，远走高飞是理想；而到壮年，便想退隐老屋，此非单纯的衣锦还乡，叶落归根，而是植物的枝叶枯老，但根部仍鲜活。所以，我们这些风筝游子，就常念故乡，遥走故乡，对之充满了无限的深情眷恋。

故乡之路，你是我精神和灵魂的皈依之路。

（写于 2009.6.14 老宅　终改于 2021.5.15 老城）

同学会

多次写我这个别开生面的同学会，它让我亲切而充满信心。

以前不屑这个，觉得没用，人生苦短，聚散靠缘，不喜人为，况一般的同学会，只是些喝茶打牌喝酒聊天凑热闹的代名词，毫不客气地说，有如一个耗时费力的"大乌合"。话虽如此，但我也有过嫉羡，觉得自己缺少一个坚稳的支撑群体，如离群的孤雁，冲不向高远的蓝天，也需一个参照的群体，来反观自己。

真没想到同学会主动找上我。联络者说，刘某上次回来都没有联系上你，这次你不能再少了。我闻之一动，但又想他们联没联系我，咋联系的，我都不知，这也只是她的一面之辞，但这回的邀请是真的，因她带有责备的口气。说来一眼望穿的小城，找个人有时也难，这也需缘，缘分联结了世间的一切万物。张某给我打电话说，喂，是一冬吗？呵呵呵，你听出了我是谁嘛？这时我正走在 6 月炎天的下寺大街，往家里搬运新房装修的材料，汗簌簌往下淌，我含含糊糊地听不出对方口音。她又忙解释说，嗯，嘿，我是高×级×班的老同学张某呀！我这才恍然大悟，叹道，是你呀，老同学你好哟！她急切地直奔主题说，今晚左同学从达州回来，晚上 6 点我们在金财酒店同学聚会，你到时一定来参加哈！她怕我借故推脱，又进而强调说，要来哟，一定要来！

匠人的饭他们自己煮嘛，你给交待安排一下就行，听到没有?！多年未见的张某说话还是那么干脆，我也没话可说。我的心头一喜，长叹：可爱的组织，温暖的同学大家庭，你还是没忘我，终把我找到了。这时我步子轻健，脚下生风，心情也渐渐舒朗。

吃喝已不重要，见面交谈才是主打。常见的不用介绍，阔别多年的左同学是重点。大家的经历沧桑，业绩辉煌，感叹多多：真没想到，时隔多年，我们才相聚啊！是呀，人生如错位的列车，交汇甚少，这次相聚，下次在哪？还有没有？好久有，都很难说。

面对这餐阔别多年的同学饭，不想吃也得吃，不想喝也得喝。多少年的离愁，都交聚在这餐饭里，都溶解于这杯酒里，咽下，捂热，发酵，散出迷人的芳香……

我感慨万千，任何的解释都多余，只有彻底开戒，大杯满杯地频频喝酒，仿佛这才真诚，才炽热，才能减轻昔日的缺憾。

再好、再远、再老的同学，也终要散。一餐饭后，一桌酒后，一杯茶后，一席话后，都会离去，各奔东西。但我们记住了，烙下了这次印记，也心满意足，有此一聚，日后联系就方便了。

我们先后接待了重庆的刘某、广元的宋某、成都的谯某、北京的张某、公兴的张某……

同学会改变了我的认识。不再认为是花架子的形式，而是人生的一次重聚，也是人生的再次展望。

同学会增强了我的自信。被同学记挂和尊重是幸福的。我常当众夸我的同学：某某是局长，某某是副县长，某某是博士，某某是老板……从同学聚会，我更看到了一种生命的激情，看到了一种跨越时空的真挚友情，弥漫在我们周围。

同学间加强了互动。人生如水，流动才活。以前我们失之交臂，如今我们只争朝夕。我主动向张某要全班毕业照，说我的那张被洪水冲走了，她即给我塑封加印，照片背后还录上了师生姓名，便于我一一对照。我也看到了自己当年的神采，同学们个个生龙活虎，而又满怀人生壮志，以及那缕排解不掉的淡淡忧伤。

积极参加同学孩子的婚礼。从白龙同学开始，我没空过他们儿女婚事的亲临祝贺。路上，我们欢声笑语，自由无拘。有些地方去不了，不想去，组织者就说，那不行，少了你一个，我们不热闹。那好，我尽力安排就是。把工作前置，把家事搁开，把值班调换，只为与同学们欢聚，叙叙友情。

不会忘记，在某市，晚上我们迷路，本只差前行 500 米，却又折回，最后返回，他们等急，一到就开饭，这时天已漆黑，大家喜笑颜开，毫无疲惫。翌日返回顺利，到了本地换车，出门就堵，时值五一旅游高峰旺季，我们也没怨言，因为，那份喜庆，还在我们心里延伸。

一日为同学家父奔丧。路上，我们悲沉。抵达才知，老人家高寿近百，儿女全无哀怨，我们这才轻松。又日，参加另一同学家父丧事，我们不惧地冻天寒，决然前往。在一风清小庄，我们上前祭拜，目睹这栋昔日不凡的庄院，遥想这位同学小辫时的可爱情景，我们返程的心情释然。之后我顺便说，如有机会，我们尽力看下同学们的故居，找下他们的童年身影，该提议获得了张同学的大力赞赏，他激动地说，对，赞成！我们就是要看下同学们的旧居，找下他们儿时的情景。

惊悉某同学夫妇腰椎间盘突出严重，我即联系熟悉的成都销售经理，代购了货真价实的专用设备，疗效极好。

有些同学失联，我们尽力找寻。我班组织有力，团结紧密，但也未能悉数找齐。有些因特殊原因未能聚会，我们深表理解，但也永不言弃，因为，我们曾在一个班的屋檐之下，不论遇期，情谊永在，不会泯灭。当然，有些同学没啥事了，不乐意凑堆，我们就捣鼓他"来事"："你老"祝个寿嘛，届时一定光临，我们有事也才好请。果然，他响应了，我们浩浩荡荡前去，增加了互动和友情。同学之间，不拘礼节，唯求心平，方能长久。

同学间肯帮忙。添置新房家具，看好的全友沙发太贵，偶遇袁同学，他二话没说就跟我去，三言两语，老板就少了价，欣喜。

同住一个院的石某，以前见面也打招呼，但哪有同学会后的热情？他每次都要热情招呼，握手，寒暄，此非形式，我已掂到了他手心的那份重量，看到了他眼里的那份真诚。某同学照顾过我的孩子读高中。某同学联系过我的孩子赴蓉读美术。某同学为我的孩子安排读书的学校和班级。尤值一提的是，2020 年 10 月，我的孩子举行婚礼，原以为到不齐，哪料能来的都来了，成为同学聚会史上罕见的齐整。他们送上重礼，即使临时有事，也礼到祝到，我甚为感动。我除了以礼相待，来日还情，就是送上一杯薄酒，为返程的他们发去寄语：同学们一路顺风，虽没好吃好待，唯愿真情永远……

"同学会"这个词，可以是一次会议，可以是一次聚会，可以是一次活动，可以是一个民间团体，可以是一种愈久弥香的情谊，可以是我们想象不到的一种"剪不断，理还乱"的特殊情愫……我铭记在心，时时念起，那些已见未见的同学们，你们一向可好，别无恙乎？

（写于 2010.5.29　2021.5.15 修订　老城）

奇
遇
篇

邂逅成风景

　　考上工作、自考圆梦、步入文学，乃我人生三大奇遇。

　　进入职场，始料未及。迷茫之路，莫问前程。

　　天下豪杰，比比皆是。千里江山，风景形胜。

　　成长多艰，从业无惊。投身艺术，抒写心灵。

　　艺路漫漫，文火慢炖。手捧纸笔，气平心静。调息养生，自求平衡。空虚也实，平淡也奇。

首站风云

考上工作

一、偶然得之

高考终败，没再复读，心灰意冷，闷家静养。

乡上招考业余初中教师，我没动心。

广播里通知征兵，没有缘分。

据说大队扩招初中，届时请我任教，欣喜。

一天有人吆喝我说，大队请你去一队清经。犹豫，这时待家已久，父亲眼巴巴地望我去，应了。清经每天补助 1 元钱，时间一月，到时可买一个收音机，还行。

时值冬天，每天在坝里熊熊的火堆旁噼里啪啦地打算盘，兑账，但我心里仍惦着自己的命运。

一天傍晚，我去沟边的水井挑水，大叔喊我。

我在他的面前站定。他说，你可以考公社干部嘛。

谁说的？

公社广播！

大叔与我家不和，但他一直希望我考出去。果然，晚上公社广播重播了绵阳地区招考人民公社干部的通知。翌早我持证去公社报名。

轻松过全区预选。

顺利过全县统考。

这一切都来之突然，仿佛是命中注定。

在别人眼里，我轻松"拣"了个工作。

而在我看来，一切恍如梦中。

我立志考大学，却一直停在升学的临界点。因临场发挥、考前遇事，终以失败而告终。这次的轻松胜出，我几乎没什么感觉。偶得讯息，仓促应考，迅速录用，一切都来之突然，仿若天意。

许多人疑我咋知这机会，而有意放弃了最后的补习？其实我哪知，数次高考，志在必得，却屡考屡败，这次放弃复读为不得已。偶得此招考讯息，心理没什么压力，轻松应考，发挥正常，逮住了机会，正所谓，有心栽花花不发，无心插柳柳成荫。

二、心不平静

没上大学，而直接考上工作，这是我根本没有想到的人生奇事。我甚至有点不习惯，不适应，一直还纳闷：没先上大学，咋有了工作？当时农家子弟的出路只有升学和参军，参军我不可能，就只有升学，可升学于我却是个苦涩的话题。

按当时实力，我首次考个好点的中专没问题，可问题就出在我最好的科考砸，从此就彻底改变了我的命运。

没想过自己会从政，从小厌官，痛恨电影里那些为非作歹的"花鼻梁"，不想介入那样的险地，只想"举世混浊而我独清，世人皆醉而我独醒"（屈原语），所以我抱定了上大学，学技业，那是我心底最真挚而深沉的隐秘。

有人说，谋事在人，成事在天。不料此言应验我身。

我的高考首考因单科发挥失常影响了总分，末次因复检封锁结论而影响了我复习。苦闷之际，命运出现了转机。那么这次我是怎么考上的呢？

这是历经几年复读的结果。

也是命里注定。

这意味着，我须介入这个不想介入的领域了。当时我想，好歹也是个正式工作，只要做好，不仅衣食无忧，也同样受人尊重，成为一份荣耀的职业。

凭实说，我没把之当作官场，只当作是一份可以养家糊口的职业。既为职业，我们都得辛辛苦苦去努力打拼。所以考上工作的那一刻，我异常激动。我不会忘记拿到通知书时的情形——

我和几个清账人员一起上街办事。当我当众拆开从公社邮政所里取到的挂号牛皮信封，取出一份盖有县委组织部、县人事局双红印章的录取通知书时，围观者个个瞪大了眼睛，神大叔突然激动地上前把我拦腰箍紧，口里嗷嗷地围着我旋转了好几圈！

这个场景我永远记得。只是不知若干年后他大学毕业的孙女考上同样的工作时心情又如何呢？

不知父母当时的表情。只听母亲后来说，她连洗碗都在笑。有一事可证明，即她给我缝了床缎面新被子，却遭到我严厉拒绝。

给我弄这个干啥?!

她委屈地哭诉道，别人想都想不到的事，你考上了，大小也是个公社干部，缝床被子不应该吗？

我的妈呀，我在心里说，你又不是不知我家底细，我倒好，轻易就有了这样的"奢华"，全家人还睡在稻草把枕头上哟！

为此我到城郊上班之初拒不穿皮鞋，而只穿我的布鞋，还在鞋底上打了响板，走路当当响的那种自家做的布鞋。

我也拒不戴手表。父亲实在憋不住，就找人做衣柜卖了给我买只75元的山城牌手表，但我执意让他戴，而我用自己的工资买了只32元的中山牌手表戴了多年。

此非显我有多么清廉简朴，而是我应验着自己的出身，践行着父亲的教诲（别"变修"忘本），也是我居安思危的必然反应。

因我想过，父母没过好日子我就绝不超前，父母没穿上新衣我也绝不先穿。后来也延至妻儿，先让他们光鲜甚或"奢华"，而我一生简朴。将此思想延伸，我多考虑别人而非自己。我虽没考试题里默写范仲淹《岳阳楼记》里的"先天下之忧而忧，后天下之乐而乐"的博大胸襟，但我至少也有先人后己的基本精神。

我被分到许多人想都不敢想的城郊，这又是个意外。

我为此扬眉吐气，实为出了口被人蔑视的恶气。在那高考后的落寞里，我见过本地乡场供销社和粮站职工的傲慢，他们神气十足，小人得志，谱摆得令人恶心。我对之不屑一顾，内心鄙视，但他们的狂妄也极大地伤害了我受伤的心灵。他们不外有个好的老子舅子或什么亲戚，其形态丑陋，不学无术，也能窃居那样的好位（当时在我们眼里是个高位），这更令人难忍，我想避而不及，视而不见却又偏要面对。这下好了，如今我考上了公社干部，不差他们分毫（已超越他们），我的欣喜可想而知，我理应在他们这些狗眼看人低者面前扬眉吐气。然而，我毕竟是我，他们是他们，我们之间没什么可比性，我没半点侥幸傲气，我也没那么浅薄无知，那等鼠辈燕雀安知鸿鹄之志！所以此职业我也看得起，好歹万事都有个开端，先有个立足之地吧，先干好眼下的事再说。

也有忧虑。他们容我吗？别看有些同行文化低，但他们有经历，有资历，有经验。我今天凭成绩考入，他们会不会妒恨，拿我的不足来说事？

心情落寞。许多同学都已考上了大学（那时大学在我们眼里至高无上），有些同学仍在奋斗。我今天走上工作，看似幸运，但在我的眼里实为凄惶，因我的目标不是这个，我算不幸，被发配在这"荒山野岭"（当时一心想进大城市）。再说，我怕继续深造的同学们越飞高远，而我这样只会落伍，我对那时乡镇工作的理解，还只停留在表层，认为不是干不干得了干得好的问题，而是你具不具备那个干的资格，这也是许多行业的共性。

故我认为，学习不松，工作干好，这是我的两大法宝。

于是我就带此复杂的心绪上路。

一个寒冷的冬天，父亲送我去城郊报到，一路无语，但我们步履昂扬，心情敞亮。

（2015.3.26　新城）

城郊赴任

1983年年初，春寒料峭，我被分到城郊公社工作。

一、青年工作

桂头接过报到函，阴沉着脸，咳嗽两声，用嘶哑的声音说，你搞青年工作。

我嗯哪一声，应了。

每月开一次团支书会，抓剑北村团支部青年活动点，帮助一些青年的学习进步，发展百名青年入团，办理百名超龄团员离团手续，加强组织建设，发挥青年团的生力军作用，支持党委各项工作的发展。

　　1983 年 5 月 4 日，城郊隆重召开了五四纪念大会。分管领导讲话，我也通过高音喇叭，大讲党的光荣传统，宣扬"翻身不忘毛主席，幸福全靠邓小平"的民谣。这是我工作以来第一次在集会上讲话，这是根据县上会议精神，结合本乡实际，根据最新资料写的讲稿，传递了许多新鲜信息。我的声如洪钟，回音震荡，让参会者深受鼓舞。

　　帮助一些青年进步。

　　风林是一个豪爽的城郊民中教师，我们常在一起长谈。失业后我送他回去，翻两山，过一河，才到他家。他父母感激，煮猎肉款待我，我动员其父亲继续送他去县职中补习，他却说自家孩子多，负担重，回来了正好添个劳力。苦口婆心地劝了一下午，他还是不同意。风林送我离开，达观地说，那代人保守，劝不了，但请你相信，我不会沉寂，也不会就此了却我的一生。

　　深为之感动。站在高高的山梁，罡风吹动我们的衣袖，吹拂了我们坚强的信心。

　　风林后来办粉笔厂，外出打工，结婚生子，一家人其乐融融。如今常来看我，我们遥想当年，叹人生只有奋进，才不遗恨。

　　支持姚后复读。他考上了大学，有了工作。人生得意之际，傲气害己，辞职后外出发展，找回了失落的人生。我们的交往虽然淡了，但我一直在遥祝他：雨过天晴，继续前行。

　　我帮楼上的一敏同学补课，她考上了乡干部。

二、民事纠纷

老聂调走，我兼任公安员和司法助理，处理过多起民事纠纷。

第一次去中坪村处理王季书的上访，按如今的说法就是遇上了一个老上访，难缠户，大家避之不及，而我却初生牛犊不怕虎。乡领导把任务交给我，我随他冒雨前去，一路都在听他滔滔不绝，我听得有些模棱两可。调查取证时他拿出所有处理过的纸条，实属一桩处理过的陈案，牵涉若干政策，我也不知该咋处理，只说回去请示领导。当然这事后来也不了了之，留下了遗恨。

第二次去同村五组处理一斗殴案，这时我有了经验。先让双方各述械斗经过，出具伤情证明。实地查看之后，我邀参加处理的村组干部房后议事，提出自己的处理意见，他们同声叫好。村支书还说，哎呀一冬书记，你咋和我们想的一样呢？处理时我大讲国法、民法和乡规民约，简述案情经过，本着教育为主，该批评的批评，最后宣布处理意见，全场鸦雀无声，涉及人员在处理文书画押签字。这时村支书大声宣布处理结束，散会。我收好包，轻松而昂扬地下山回去。后来我问效果，陈队长说，很好，风平浪静，大家都说你处理得利落干净。他脸上露出了欣赏的表情。

这是我独立处理民事纠纷里最果决的一次。我在城郊工作一年半，除去两次学习半年，工作时间一年，共办存档民事案件 10 起，这含处理农机站"肖胡子"的无意伤害案，参加本地或外地的综合治理，缉拿剑坪村郭某盗窃水稻制种案，协助抓捕光荣村惯盗犯等立案案件，协同绵阳地委和行署的两位同志，处理剑公村上访的特大民事案件。

尽管如此，却有人把我的谦逊当低能。我很反感他们在公众场合或开会时嬉笑打诨，我成了他们眼里的"另类"。那次转正会上，虽都同意我按期转正，但是意见也很尖锐。这还要感谢管组织的王副书记，他说有些人说话就是不负责任，谁没有成长中的问题，哪个是完人？感激这位领导的如此洞悉人生，不愧为令人景仰的革命老前辈，永远值得我们学习和致敬！

三、人际关系

竭力给自己找温馨。

炊事员老杨敬我。他不只口头上把我书记书记叫得有些人眼红，还对我特别照顾。他说，一冬书记你不装人，老子就看不惯他妈的有些卵米子大个官儿却把脸绷得像大爷，妈个×你当官吃饭，老子当炊事员也同样端碗，一冬书记你每次来舀的是真开水，他们吗，对不起，开水不多了，老子先给掺瓢冷水！

杨师傅军人出身，说话爽直，但是他的直率老实却受人垢病。

邮政员老任心善。他卖给我两个旧水瓶，我给他6元而他执意只收5元，足见他心善而不黑厚，这是我们友情长盛不衰竭的内因。

与风林在他任教的旧庙里彻夜长谈，展望各自的未来人生。

小何约我同去听自考辅导，一些人误以为我们在说爱谈情。

帮助一敏同学复习。她幽怨自己"同学不同命"，后来我应邀而对她考前辅导，让她顺利通过了考试。

挥别城郊

一、调离

1984 年春，我在县委党校学习。6 月我被调往龙镇。

城郊被撤，早有耳闻，但不详知。分到城郊本是意外，但没想到这么快就调走。其间老聂调柳桠，正国回闻溪，张专会和任主任留区，余者并入普安镇。

区领导给我谈话，我茫然地应了声嗯，就步履沉重地走向县委招待所去找正在开会的龙镇年书记请假，说自己 4 月党校培训期间没回过家，先回去看下父母，年书记点头同意。

离开也好。城郊的事务太多，尤其是城边两村的遗留问题，许多都牵涉太深，乡村领导多有回避，他们早已学会了多一事不如少一事的明哲保身。有一妇女来乡上遇到桂书记找桂书记，桂书记却说桂书记下队去了。待这位妇女走后，桂书记赶紧进屋，紧闭房门。有个老上访找任乡长，任乡长说，你去找某某，他负责调解民事。这事自然就落到了新来的我头上。

由于工作压力，造成了城郊干部缺乏活力。有些人心胸狭窄，认为我有文化没经验，甚还散布我"高文凭低水平"。我真想反问：一个高中文化，高吗？我才 19 岁，成长中的青年，但我深信自己终会成熟。我只是不爱多说，闲扯，有空即埋头学习，故引起了他们的嫉恨。但我只一不做二不休，走自己的路，任人评说，大不了说我不出众。其实我内心正需这效果，才能干好自己的事。

本乡人晚上回去，楼空，听得见哼哼的鞋底叩击楼板的声音。我就在这样的环境下开始自修。晚上他们常在一起嬉笑，我也闹不清他们到底是在开会呢还是闲扯，反正没通知我就没事。

二、不舍

虽被调走，也早有此思想准备，但还是有些留恋。

离城那天，我收到一封信。信里说我下乡不要紧，她县上有亲戚可调我回城。还给我捎了双鞋垫。这个叫小花的女子个头不高，但模样端正，活泼机灵，这也许于人是件好事，而我却并不领这个"雪中送炭"的情。我在复信中断然回绝说：感激你对我的许诺，但你最好的尊重就是今后别再扰我，所有的赠品我一并奉还。

内心不想离开，可这也由不了我了。但后来的事实证明我下乡没错，倘不在两个乡镇历练，就没有我对社会底层的深切了解，哪会有我后面的选调进城并一直干到退休呢？更不会有如今取之不尽的写作素材。可以毫不夸张地说，仅凭乡镇的 8 年生活，就足够我挖掘写一辈子了。

挥一挥手，别了城郊，这个相处一年多的地方，是开启我人生独立生活的首站，也是写下我人生最精彩的首笔。

职场驿站

得心应手处

龙镇是我得心应手处。

远离了城市，有一种天高地迥的自由舒畅。这是求之不得的恩赐，此非无视自我"流放"的解嘲，而是真有一种舒心的释放。想我从读书到工作在城里待了 8 年，这是一个"抗日持久战"的阶段，我抗击了自己的人生命运，从学校到工作。原想托此起飞，没想却得到了一纸调令。走就走吧，没啥留恋，该处理的一切都处理了，留下的丝丝缕缕会像云消雾散，没什么难割舍。来到龙镇，走在高山，更见一种地大物博的辽阔，心情是无比的明净（虽也夹杂些惆怅）。没啥了不起的，人生有进退，远退才远进，我还会回来的；先在此磨炼，完成我的事业，为我的未来人生奠基。

龙镇的同事热情。刚去大家都来帮我搬东西，只有镇长在忙事，却向我点头致意。中午大家一起在街上聚餐（城郊从没此例），虽非为初来乍到的我接风洗尘，但此宽松气氛令我一洗久待城市的烦闷。大家虽在公开场合都严肃，但内松外紧，自然平和亲切，大家热情地接纳了我这个新来的小子。

龙镇的地缘环境不错。莽莽群山，黄柏古道，地广人众。作战靠地缘广阔的回旋余地，人生也需战略纵深，这是我到了龙镇才有的体会，现在我何不用此优势来成就自己？龙镇16村100队1.6万人，足以令我安心务实。龙镇工作最大的特点就是头绪太多，没完没了，让人忙得喘不过气，但因人际宽松也觉充实。

龙镇工作的4年，老领导赞我成熟，公开喊我这个20岁的小伙子为"老梁"，惹得旁边的女同事呵呵直笑，另两位也赞扬我稳重。

我不断积累工作经验。几次由我牵头下队去处理棘手问题，我的主意获众人好评。我不想接管财务，但没更合适者，我接手干了两年，头头赞我是难得的会计。开会我发言积极踊跃，汇报驻村情况16个村中抢不了一就抢二，对农房清理等发表自己的先见之明，为此领导特聘我为镇党校教员。这些都标志我事业的成熟稳健与人格的逐步健全，有了敢作担当的精神。

龙镇的集市繁荣，我们的生活充满着刺激而丰盈，唯一不足就是我的自考和恋爱都没进展。我那时无惧无畏，敢说敢当，心明眼亮，没有压力，洗涤了我在城市多年的忧郁，打开了我人生前进的大门，这是我不可多得的人生风景。

职场驿站

一

龙镇是我职场人生的重要驿站。

龙镇坐落在川南的山梁。山高路陡，古柏苍天，沟壑纵横，是当时全区最大的乡镇，也是全县57个乡镇中为数不多的万人集镇。龙镇场镇瓦房窄巷，石板铺路，弯弯曲曲，酷似盘龙。相传，场镇背后出现过龙，颜色为青，故称"青龙"，其村为青龙村；据说该龙南下，到了如今的白龙镇后，就变成了白龙，最后到了如今的电子乡盘龙村，就销声匿迹了。

这个传说只是传说，但龙镇人有龙的性格。见多识广，博学多才，性格果敢坚毅，唯我独尊。所以那里的案件多，凶杀频繁，再加群众运动多，不好治理，一度成为县区工作的棘手之地。

一天，我坐一辆货运加班车回镇。车子一路摇摆，有一衣冠不整的男子趁女青年多捣乱，我的干涉他不但不听，反而还想对我动粗，一旁的镇农技员小陈见状一把拉我过去，悄声说别理他，他是杀人犯的弟弟！我心里一怵，但仍冷静监视。他的行为有了收敛。后知此人在场镇理发学徒，非常懒散，师徒理发忙得不可开交，他却倒在旋转椅上抬腿大睡，没谁敢去招惹。奇怪的是，没过多久，在街上迎面相遇，他低声对我说了声那天真对不起！我一见是他，若无其事笑说，呵呵，没事。

先当团干。在翟副书记的带领下，我和镇文化站一起筹办国庆。国庆那天，我们白天举办篮球、乒乓和象棋大赛，晚上进行文艺汇演。由于有场镇、学校和农村参加，所以内容丰富，阵容庞大。晚会上，龙源中学较有实力，农村节目精彩，镇川剧团本让他们演半小时，不影响后面的电影，谁知他们邀请了县川剧团的老师来助阵，结果严重超时。我急得直跺脚，几次催文化站长唐明进去叫停，殊不知他们演得正酣，台下的掌声一阵又一阵……

搞集镇建设。兴益副镇长谋划指挥，我配合跟随，我收方他付款。我们坚持实事求是，不损集体，不亏民工。在场镇洪队长的配合下，给每位民工按时收方登记，不论吹风下雨、打霜下雪，浑身冻得发抖，我们都按时上下班。我曾在日记中写道："洪队长蜷缩着脖子，穿得棉滚滚的，在风雪中走路，他笨得像只狗熊。我一路哈哈大笑，他还笨拙地回头看我，以为我没见过他们龙镇高山的大雪哩。"

从事财会，属临危受命，前几任没干好，接手前我有顾虑，接手后我非常敬业。在业务上，因受过培训，故上手快；在管理上，我的信条就是，可以随时交账易手，但没谁可让我胡来。这样，大家很满意，只是难为了个别人，但他们也徒叹奈何，因我秉公办事，为人公道，心地纯净，广受好评。

我的能力得到了发挥。老同志老领导信任我。我发言积极，包住龙镇的第三大村，开会发言抢不了一就抢二。在农房清理的问题上，我慷慨陈词，直抒己见，博得了主要领导的大力赞赏，"讲得好，一语惊人！"针对他们普遍讲的被动补究办法，我提出防范于先的主动措施，这样官民双赢，实为技高一筹。事后，于书记发证聘我为镇党校理论教员，又派我下村处理超建问题。

实说，当时的干群矛盾突出。试想，一个普通农户要修建一栋房，要准备和积蓄多久，然后经组村乡三级批建，所批的地基和树木的数量有限，建房面临经济压力和政府检查的罚款压力，所以他们逢人即满脸堆笑，找烟递水，请留吃饭，但都是被迫和无奈的。加之我们有的人员心术不正，更使群众雪上加霜。我是农民的儿子，我的父母也在农村，我肩负着上对政府下对百姓的双重责任，所以，如何找准结合点，做到游刃有余，成为考验我们干部能力和良心的试金石。我带领浩浩荡荡的 10 多名村组干部，处理兴泉村 6 组程某的多砍超占问题，这个账一算下来，主人家吓得要命，清理人员面面相觑，最后把目光落向我，我也犹豫：要罚，主人家要么只有不建房，要么寻死觅活，全家抱哭一团，甚为凄惨；不罚，我怎么回去向镇上交待呢？我手里还端着政府的一碗饭啊。这时，似有神助，给了我智慧，我猛然想起了农房员匡智能，他休息时和我下棋，常抱怨说，他妈的有些人就是喜欢花架子，给领导报成绩处罚了多少多少，结果呢，没见他收回一个子儿，到头还不是一堆烂账。所以，我开始郑重其事地讲，大家屏息地听我如何处理。我先讲政策法规和政府要求，指出其影响性危害性，然后宣布我的个人意见，"当场交清，只收60%。"这是一个大胆的决定，而且前无任何参照标准。清理人员沉默了下，然后一致鼓掌通过。程某也感恩戴德，叫老婆立即筹款，还要执意留我们吃饭，我们坚决不肯，却谁也走不脱。

处理超砍超建。第二次是我们3个小伙子为专案组，去山高路远的龙镇第四大村登云处理群众举报的农户建房问题。面对那么多的超砍树木，他们俩义正词严，但难处理，主要是兑现难。最后我的意见一是作深刻检讨，二是超砍树木全部照算，视检讨深刻程度，罚款如能当场交清可以特别优惠40%。清理小组的附勇立即发言，"生姜还是老的辣啊！"实说，那次我们满载而归，3人一路说说笑笑，主人的感恩在我们脑海里，政策的尺子在我们心中，我们的满目都是阳光明媚。

我获得了好评。同仁夸我善良公道，王镇长夸我"太成熟了"，于书记夸我"是难得的财会人员"，尤书记夸我"那个人心地慈善"，杨镇长当众自豪地说"这个人曾是我亲手考查的"。

二

我的正直善良、为人勤勉，吸引了大家关注。有不少女性主动向我走近，无论是街上的裁缝女，还是乡村的女教师，都对我倾心。有一位女民师兼同学，多次来和我读书看报谈人生，我却对她毫不动心。同事青松看在眼里，急劝我说，可以啊，我都看得起。我说你看得起你婆回去。可他已有了老婆。赵镇长开导我说，这种事你要主动。但我这时心里另外有人。

我多次提到她，她聪明活泼灵秀俊俏，眸光闪闪，湖光般吸引我。我们有过独处和同路，但我们都动乎情止乎礼，保持了纯洁的友谊。她美丽、温柔、多情，是我生命之中的风景。

认识自己的爱人是后来。以前我们认识但无缘见面，直到我离开龙镇的前日我们才正式通过介绍人见面。到江乡报到的那天，她和另一位女子从城里赶来，为我接风洗尘。

龙镇是我情缘汇集之地。城郊帮助过的女同学来了，从小梦寐以求者来了，这些虽都无缘，却是我人生中的靓丽风景。

我坚持自考。别人忙吃忙喝忙耍我忙自学，别人回家团聚而我独坐楼上静听冷雨风声，别人看影视打扑克聊天我却在那熬更守夜。虽我在那一科也没通过，但我坚持不懈，为后来的考试通过扎下了根基。可贵的是，1986年春，我参加了福建举办的全国首届千字小说大赛，进入了二轮，是我正式步入文学的发声。

龙镇，这个有龙性的地方，最适合我（我也属龙），我在那工作的4年很神气。那里有我的德行，有我的成长快乐和忧伤，有我的奋斗追求和向往，是我人生重要的职场驿站。

去不想去处

一

江乡的财务人员被解聘了，调我去收拾残局。

这事干嘛非要我去？江乡从不赶场，冷清，况我还想在龙镇找个对象呢。我对谈话的区委领导说，我只想去搞半年行不行？他说这哪行，至少也要一年吧。

一年半年由得了我吗？在江乡我保持了自己的行事风格。财务上我首先按期足额兑现大家工资，感动了老同志。

我住边远村，工作扎实，冉书记称我工作汇报得"有骨头有肉"。

1988 年我以财政所名义向县上起草，请示解决办公楼维修经费，获得了财政拨款 4 万元的新建经费，解决了他们多年悬而未决的问题。

尽管如此，我仍受个别人非议。认为我没有早出晚归，下城开会没打招呼，常令我啼笑皆非。

区上规定每月一次进城开会办业务，大家都心知肚明，可这位领导假装不知，趁我不在，故意在会上对我查问。有次气得我都想漏发他工资，等他找上来再说是一次"不小心"。他人到中年才混了个职务，还有点自鸣得意，只喜那些溜须拍马的阿谀奉承。

二

在这冷清之地，我的自考过了3科，实现了突破。

我也收获了爱情。离开龙镇时女友来为我送行，到达江乡后她又来给我接风洗尘，我们的婚恋从这里开始。后来我被选调进县级机关，实现了我人生的跨越。

在江乡的4年，风险与机遇并存。江乡的环境险恶，一些小人令人寒噤，幸好走前有人暗示我要有心理防备。我想他当官不可能当一辈子，果然不久他调走了。来的一个本事不大架子大，官不高脸难看，对上对下都唯我独尊。幸好在他任期内我被调走，他没阻拦，临行前还开茶话会为我饯行。只惜该人也不走运，他拒不完成县上下达的项目任务，被县上就地免职，由带去的人接任。

离开江乡的那刻，我百感交集。女炊事员老万说，我真诚地敬你一杯，你是我们这儿出去爬得最高的。

这是她的真言，但我们那批也只有我还在乡上，这下我的问题解决了，但我会铭记自己在江乡的那段光阴。

县城纪事

调入县城

我经严格的组织考察后选入县城。

新单位要求严格，有事做没仕途，想来者少，来了想走。我不想辜负组织美意，更要对得起这个"选"字，故坚持了下来。

工作再没乡镇那样琐碎。有了 10 年乡镇历练，我的抗压力增强，坚持过连续 25 昼夜值班，打破了国家业务刊难上的神话，在历次行业征文中获市头奖，为单位屡创奇迹，建立功勋。

我结束了在乡镇"流荡"的历史，自此，我成了一个标准的城市人，我要努力适应，完成从小立下的誓：为青年开拓一条光明的人生道路。自考之后我开始了写作，争取在文学上有建树，做一个文学创作的探索者。我理出了自己人生追求的线条：

读书——求职——读书（自考）——写书

省去中间环节，首尾就是：读——写。

这正体现了学以致用，把所学发扬光大的传承。我主要写了自己的人生轨迹，我通过写自己而写世界。

情系老城

普安老城，我与你之间的分分合合，注定是一种"剪不断，理还乱"的关系。我以你为圆心，画着自己的生命曲线。

——题记

读书及返乡：我人生的进击与失落

读书是人生的重头戏，我们扮演了怎样的角色，这直接关乎着我们的走向及未来。

城东的剑阁中学距城中百米，属现在的城二环。那时的剑中啥样？住的是两幢混砖木楼，吃的是可纳千人的大食堂，行的是鹅卵石铺就的泥碎路，活动是在一块条石快要掉下的大操场（体育老师每至此都要小心怕垮塌），但这并不妨碍我们的刻苦学习。那时的升学率低，用今言就是"意思意思"，我们怎能不"只争朝夕"？所以整个读书及后来的补习，我多住校而少进城（除非是买下饭的豆瓣辣子），也只有周末我们才下街走走。我们下街一般去桥东旅馆的大厅瞅瞅黑白电视，或去城南的南鲜饭店吃一碗8分钱的豆芽面条，若手头宽裕，就吃0.12元一碗的肉臊面，这就是一周最好的打牙祭，而于我来说，每周能吃上一个6分钱的麻花就已相当不错。但我那时对县城充满了无限的神往：能入住该城并成其一员吗？可我高考连败，想起都心痛，我只得任命运之舟荡回家里，去休养生息，以图东山再起。

我伤心地离开了这座读书5年的城市。

那是一段难捱的日子。我以为没路了，那时大家只有抱定读书升学这座独桥，我是无可挽回地掉了下来，此外还有什么？敢问路在何方?! 那个难熬的夏季，我没离家半步，连一袋烟工夫即可到的乡场也没去过，整日除了吃睡和必要的劳动，就是蹩在自己的小木楼上静思。苦闷之极，我庄重地立下了自己的人生誓言。这时来的最后一次补习通知我没搭理，任凭自己的命运去人生的风雨里飘摇。

返城并下乡：我人生的跨越和历练

我进城了，有了自己的工作，有如意和不如意。随后我下乡了，开始了自己人生的历练。

1982年冬，我被村上请去一队清经。一天，我去沟边挑水。早已守候在路边的大叔笑对我说，听见没有，公社广播通知招工报名。我有些不信，知他与我家素来不合。他突然眼里放光说，我们祖上几代没出去一个人，我也希望我们这里有人能出去。我点头致谢，但仍对他的话怀疑。那段时间有过报名参军、招考业余初中教师等，我都没动心，如真是我就去试试。当晚我们一家人果然从公社广播里证实了该消息。翌早我持证去公社报名。随后的区预选和绵阳地区统一考试我轻松通过，被正式录用为一名人民公社干部，分配至城郊乡工作。

老城普安，我又来了。

我以轻健而有些涩重的脚步，迈进了城郊乡的大门。领导分配我搞青年工作，后兼公安员及司法助理。在此期间，我开过一次隆重的五四青年庆祝大会，办理离团百人，处理民事案件10起，帮助几个进步青年。城郊乡在城西，我们下街的机会很多，但我成天只忙于自己的工作和业余自考，不久，我参加了县委党校的4月培训，快要结束之际，区上突然调我去城南30公里的龙镇，城郊不久也并入普安镇。

龙镇是个人多地广的高寒山镇。我在那里从事财会，也是我人生开始成熟的重要阶段。虽4年自考无收，但我毫不动摇，坚守了下去。在龙镇的4年，我大胆工作，敏锐思考，积极发言，工作主动，用一词说，就叫得心应手，用一领导的话说，就是太成熟太难得了。

1988年我调入江乡。那里的前任因经济问题而被解聘。我去后严守纪律，照章办事，一切风清气正。几年下来，我理清了那里的财务混乱，自考过了3科，后被选入县城，实现了我人生的一次重大跨越。

1991年6月，一个阳光明媚的日子，我离开了生活8年的乡镇，进了县城，住进了城西自家的小木屋。

回城并迁址：我人生的走向及定格

再返老城，我人生跨入崭新的阶段。新城迁址，我的人生有了新的开疆与追索。

一别8年的老城，我又回来了。

回城时我激动万分。工作单位不错，也解决了孩子小、夫妻分居两地的问题。这时我眼里的一切都新鲜，办公室爽洁，甚至连厕所都"豪奢"。我深感自己幸运，得好好把握和珍惜。这时我也有心去观察了解下这座城市，以揭开我对该城的神秘面纱。

普安城小，一顿饭工夫可小跑一圈，却功能齐全，有着丰富的历史文化。早在三国时代，孔明为守蜀道天险剑门关而设此为兵马粮草囤积地，后设为州府郡县。城南的鹤鸣山为道教发源地，为该城的市民带来了灵气。鹤鸣山的唐代石刻（及几十里外的武连觉院寺唐代壁画）、剑中的黄裳书院、内城墙上的全国唯一保存完好的红军十大政纲等，都无可争议地表明了本城历史文化的厚重。这些都不必多说，因我觉得历史只值缅怀而非拿来炫耀，用自己的行动来争光添彩，才是我们赏古促今的核心要义。

又在此城生活 10 年。我的孩子在这里生长，我的生活在此发生了变化。我所有的希望都是美的，信心足，干劲大，成效可观。

我在此城完成了自己剩下的全部自考。这事有如神助，乡镇 8 年未竟之事，在此不到两年就顺利完成。

写作有较大起步。从随心日记进入文学创作，有文发表报刊，获得全国性奖，这也是我在乡镇望尘莫及的事。

加强了自己一向热爱的锻炼。从家门至鹤鸣山折冻兔厂返家，或从家门至李家河经糖厂返回，或从家门至三江口过剑师校折返，我在此三条跑线上强健了自己的身体，定格了自己的人生目标，完成了许多文章的思考与修订。

但是人生如戏。我遭受过工作上的精神苦闷，两度在省医院做眼手术，住房被"9·16"特大洪水冲毁，在"5·12"汶川特大地震中身心受损。之后我每想至此，总觉人生如戏，一切都那么自然有序地暗存着，只是我们实难预知。但我也深知人生的苦难是财富，可以铸就人生的辉煌。

迁新城，离别老城。

2003 年 9 月我们迁至新城。这里靠近铁路、高速公路和剑门关景区。辞别老城，开辟新城，我们为自己能去开拓而感到自豪，但也牵挂家里。这时我对老城由疏而密起来，感到她的热闹、亲切和繁荣，甚至我一踏上这片热土，就心潮澎湃，特别安宁。

在新城努力工作和奋力写作。周末回去照看老人，去文轩书店看看书，当好三网的版主，办好当地两本杂志，去鹤鸣山的塔山公园转转，感受那里的天高云淡和清新空气。我为此处的利民公益叫好，甚至还希望在城西的风桠子梁上建一园，在城东的卧龙岗上建一亭，在城北的山腰建一阁，如此可让一座 10 余万人城市的市民休闲分布均匀。

常念普安老城。你是我休养生息的处所，也是我人生前行的加油站，更是我践行自己人生誓言的重地。你连着我读书以来的梦想和成就，也消融着我一生的苦乐与奋进。我心系老城，就是检视自己的历史，我品读老城，就是咀嚼自己的生命。

来到新城

一、来到新城

深秋的一个雨天，我们带着离愁别绪，在没有鲜花，没有欢呼，甚至连送行人群都没有的情形下，惜别了世居千年的古城，去一个陌生的地方开发。走前我们在大门口拍照，然后取下吊牌，装上车走了。到达新城，大雨滂沱，夹道的师生执旗挥舞，铺地的鞭炮噼啪爆响，我们不禁涌出了复杂的泪水……

来此北地，感受另一种生活。来此的目的我们清楚：建设新城，带动老城，促进区域经济全面快速增长。可是我心惆怅：既想觅得突围方式，又觉自己身心异处。

大家都恋家，想家，以各种方式回家。即使周一来了，又掰着日子想早到周末好回家去。初来心急火燎，归心似箭，北地清苦、艰难、气候干燥，少柔风细雨。这里的女人皮肤黝黑，脸色蜡黄，少清秀妩媚，男人剽悍骁勇。每天的工作按部就班，每天的生活千篇一律，每天的日子索然寡然，只有一点不同，即每天的思考层出不穷，意志在这得到锤炼，在这变得坚强、冷峻和博大，这是此处的自然环境气候的特殊赋予。

继续写。这是我抗衡现实、冲缓思虑的妙方。在这，我正好巧加利用，充分发挥和开辟拓展。一夜之后，我突然变得执着、坚决而"疯狂"，我"一网打尽"了《散文选刊》上所有的征文，我对自己的文章反复挑选打磨……我的文章也大多投向了北方。

我在北地眺望北方。

我审时度势地给自己制定人生方略：事业向北，住居朝南。这近似于当年我党制定的"向北发展，向南防御"的战略总方针。所以，我站在地的中央，一面向北猛打猛冲，奋力开疆；一面又依托于自己的南国家里，我的父母妻儿，我的亲朋好友。

向北发展的这些年，我打破了上稿难的神话，实现了上工作刊的创举，文学刊有突破，诞生了许多个前所未有。我抓住时机，扩大战果。以前对一篇文入书典都惊喜激动，后对这些都已麻木，这显然是进步，因我有了更大的目标。

我立志写作获大奖，上大报名刊，成文坛大腕，以此来冲淡我艰涩的人生，实现我另辟蹊径的梦想，尽显我别样的人生辉煌。

面对依旧的冷清，面对频繁的信函，我更加沉静，内心是一团火，外表是一尊佛。我要用我的脚步，去丈量自己的人生，我要用我的睿智，去唤醒沉睡，激励士气，扬鞭驰骋。

二、新城的生活

初来新城，我们的生活发生了微妙的变化。

上网络。

此处没有老城那么多的人流，这里只有同伴的脸，陡壁的墙，窗外的天。我们每天与电脑打交道。时间过得飞快，屁股没咋挪动，一上午就过了，一下午或晚上就过了，至于饭后休息，也只能逛逛河堤，溜溜街道，然后又回到电脑。

路不想多走，觉不想多睡，书不想多看，扑克也不想多打……就一门心思上网，电脑很有魅力。

我大多流连于新散文网站，再就是聊天、下棋、QQ，还有网易邮箱、新浪网及博客。

在这些地方逗留，打发了全部闲暇，没过去在老城时的上街和做家务的充实和悠闲。

吃馆子。

自己没单独开火，只吃馆子。原在一家食堂吃，他们的厨技不行，辣味又重，口腔溃疡终不见好，我每吃一次辣味面条就大病一次，不得不另择新主。

灶王馆子的炒菜不错，只是数量偏少，价贵，消费增加（由原来食堂6元/天增至8元/天）。我们定食此处，只是品种单调，店主也在想法，无奈顾客较多，众口难调，就只好大众化了。

没有小食，也没零食补充，除非自带。所以每天到时就饿，都提前或争先恐后去打饭，生怕迟了就没有了。尤其早晨，去迟馒头就没有了，只剩下煮烂的冷稀饭。这时就只有吃米粉，米粉又太软，店主称下寺的就这样。偏偏我又不爱吃米粉，利口不利心，爽口不爽心，我的口腔发炎怕辣，没辣的清汤米粉又没味道。

每周的用度全花在吃上。吃成了我们在新城的主要消费。我们有如学生，周一早晨背上书包，由家人发给50元钱（与孩子一样），周五下去回去，往往还剩下半数。

逛河堤。

这是此处的一道风景，漫步全程需 1 小时。

每早沿长堤跑。第一次绕城跑一圈用时一个半小时。后来我只跑一大半，再后来我只跑一截，如今我早上跑那头，晚上逛这头，一天才走完一条完整的河堤。

在河堤度过我的早晚时光。河堤开阔、平坦、大气，这是此处的亮点。此处可以锻炼休息，也可呼吸喘气，还可大声呼喊。

来到新城，不如说我来到一条长长的清江河堤。我的许多都跟河堤有关，思考、阅读、写作、歇息、锻炼、通话……我与河堤发生了千丝万缕的微妙联系，结下了神秘的缘分。

初来北城，一切都新鲜。脱离纷繁，进入一方净土，可是不久就惦起老城的丰盛，故也度日如年，自会寻找一种精神的力量。

收信函。

此属付出回报。我参加了许多文赛，这样的信函源源不断，成了我后来最大的指望。

每周没收信都不习惯。每经邮件分发处我都心情紧张，自觉留意，情不自禁地朝那儿瞟一眼，生怕分发员没看见我而忘了及时给我。

书柜里的 11 本书 12 本杂志 50 封信函都是我在新城的收获。这些全是文学信件，每收一件我都激动，不管是什么内容，也不管好消息坏消息，也不管是选择还是放弃，我都以诚恳的态度去认真处理……我喜欢这样的状态。

希望收到更多的好消息，以展示我的写作成效；也盼望天籁之声，空谷传响，获得投稿的重大突破和成功。甚至从某种意义上说，我来新城就是为了取等信件，其他似成了业余。当然，这样的本末倒置并没影响我工作，还反推了我的工作（如征文）。这是我的最大需求，也是我的精神支柱。

全国各处都与我有写作联系。我的写作方针：先外后内。只要在外面火了，就不怕内地不承认；只要外面有"市场"了，不怕本地不认可。我抓住《散文选刊》的征文机会，来延伸自己。

三、新城小屋

屋窄，楼道黑，四处飘散着猪粪的味儿。抬眼望去，窗外路边有3个猪圈，敞养着几头壮硕的肥猪，正悠闲地摇尾吞食，满身稀粪。为避臭味，我宁舍12平米的这间，也要搬进拐角客厅隔成的9平米，反正自己家当也只有床上用品、洗漱用具和几本书而已。

离家才想家，离开女人才更想女人。

某女常过我门前。她形体优雅，仪态万方，神态自若。我们常遇于楼角、路道、街口、饭馆以及人流如织的清江河边。

一次河堤相遇，我们不约而同地各自站住。

咋没回呢？

加班。

你呢？

回去还不是一个人。

……

秋风飒飒。河水汤汤。两岸黛蓝。身后草地，房少人稀。我们相视一笑，坐观青山，凝望河水。

夜浓。山暖。水柔。我们聊起眼下的生活。

女子优雅、从容、平静。她来我处办事，局促而脸红。后用我的机子上网，查找资料。不久就有人窃窃私语，她视若罔闻，无所顾忌。一次天下大雨，我们同被隔在食堂，没法回去取伞，她见食堂老板给我的塑料薄膜没用，就笑笑把伞遮向我，我们同伞并行。这时雨越发大了，我紧张得心都快要跳出，只是被雨声吞没了，仿佛两旁的高楼到处都是不怀好意的窥探眼睛。

夜色深沉。突然，天边滚雷，雨点落下，我们散开。我一直担心：她没淋湿吧？咋没先送她回去，或一起跑？不久，该女考到了省里，怅然而去。那天，我出差在外，回来她已走了，没留只言片语，只有淡淡的余韵。我常梦见：在此小屋，我们相视而笑，上网聊天，没有孤寂，没有压力，完全是自由舒心的样子。

如今，那排猪圈早已拆除，矗起了一片巍峨的高楼，新城的面貌也已大变，我已搬出小屋，住进了自己的新居。然而，那间小屋，却烙在了我记忆的深处。

小屋在清江河与山脚铁轨之间，是一间普通的砖楼。

小屋由一间客厅隔成，可容纳下一张床，再放一张电脑桌和一个床头柜。我为有此小屋而知足，它比我们先前的两人合居房宽敞，若非窗外偶尔飘来的股股猪粪臭味，可算是惬意了。

小屋的床上只有盖的垫的，外加两个保健枕，一只收音机，电脑桌上一只口杯、一叠书，墙边两个塑料盆、两个空纸箱，隔墙上钉一挂衣架，便是小屋内的全部陈设。没想多带，多了放不下，也没用。我们多在单位，心系家里，上完班即回去。

小屋周围是冷清的几栋楼，全被上班族租用。小屋的前面是人烟稀少的村庄，后面是树木稀疏的山坡；小屋的四面皆山，视线被牢牢封住，欲知外面的世界，只有靠媒体和遐想。

饥饿。寒冷。"当当"的夜风吹窗声。加件毛衣，关小窗缝，想起两地的差异。

昔日在南，单位+家庭+自己。如今在北，一根扁担挑两头，一颗红心分两瓣。

南地有我的老婆，我的魂在那里，我人生的避风港、加油站在那里。有我的老家，生养我的母亲也在那里。

北地坝阔，河宽，山高路险。

下班回去，照例先看会儿书，才睡得安稳。2005 年山东济宁的文事邀我没去，错失了游览水泊梁山的机会，便读《水浒传》来弥补。施耐庵笔下的人物形态各异，但章回体久读嫌累。《三国演义》里的孔明足智多谋，罗贯中善于在矛盾中写人物，展现人物精神风貌，描写恢宏的战争史诗场面。

在老城上班，大家有事没事往家跑。如今只身在此，像离群索燕，像远方游子，有事没事泡在单位。工作照旧，不多不少，有些单位清闲没事，脸上像抹了一层灰，也像变戏法似地闪身藏匿，不见人影。我们的生活倒还固定，偶尔转下河堤，看看电视，但晚上楼房空空，离家的滋味难受，像没娘的孩子，像独行的游侠，家是男人的轴心，女人是男人的魂。

窗外的夜风夹着夜雨。抚摸过往，时光如水。能否抓住每次转机，考验着我们的生存智慧。

职业之路

一

职业之路何开？也许我永远不知，即使终生求索，也未必有结论，这就是我为何走上了后来的职业路。当时在别人眼里，我是个久考不入的"烂秀才"；而我自认为是一个不屈的追索者——我自小也并非立志做官，官本位的意识还没浸蚀我，我想上大学学一技之长，然后谋个高技职业，以此安身立命。可我高考终败，无力再读，放置了自己的人生命运。在开学的接连三天大雨中，我悲愤地立下人生誓言，只盼将来有个心灵知己来开启。

一个寒冷的冬天，我被邀去一队清经，每天有火烤，有肉吃，还有1元钱的劳资。那段时间我过得闲适而平静。真没想到，冥冥之中天赐了我招工机会。

二

父亲送我去城郊报到，在他欣喜的目光里，我就是成功；而我迷茫不定。他把我送拢就回去了，留下我只身面对。

城郊喜欢没完没了地开会。松散式的，嘻嘻哈哈的，轻松里有严肃，但我总插不上他们七嘴八舌的讨论，也非没话，觉得自己稍一迟疑，相同的话就被人抢先，自己吐不出口，不善表述，再说他们也没给我插话机会，更没人请我说，我就这样被动地身处其中。后越发卑怯、尴尬和被动。之后他们就不再通知我，晚上仍是嘻嘻哈哈地笑，回荡在静静的楼道，震得我头皮都发麻。我心里不是味，却假装不知，继续自己的自修。自考是一场旷日持久的战役。我梦里都在郁闷，大学才是我的梦想；我已看清这样的工作，没啥神秘，人人可做，只是有没那个资格。

工作上主要靠尝试，其实也是"逼上梁山"，因为乡上所有的职务都单列，需要独当一面，会不会都要干。共青团方面，我隆重召开了五四纪念会，促成了单位一位大龄青年的婚事，办理百名超龄团员离团。公安司法方面，我积极配合县上审案，抓捕罪犯，一年之内独立办案10起。特别是中坪的斗殴案，那时我经验少，但已掌握确凿证据，处理上独掌局面，作别开生面的"一言堂"，干净利落地作了处理，一雪前次面对同类事件因情况不明而无法处理的前耻，获得了干部群众的一片叫好。

城郊并入普安镇前，我调往龙镇。该镇属高寒地带，幅员辽阔，民事纷乱。我先做团干，后搞财会，驻边远村兴泉。起初我畏惧，因那里杀人案多。报到那天即遇一肇事者，他在颠簸的加班车上加剧"摇晃"，戏弄一些无辜女青年。我密切监视其动向，他却转而怒视我，幸好有人悄声提醒我别招惹，他就是杀人犯的弟弟。我并没虚，只觉得好汉别吃眼前亏吧。他后知我为人，一次在街上迎面相逢还主动搭讪，并低声向我赔了个不是，我微笑着点头说声没事就若无其事地走了。当时他在集体理发店里做学徒，大热的天气，候者排队一长串，师徒们忙得汗流浃背，他却四仰八叉地倒在转椅上，耷拉着脑袋呼呼大睡，也没谁敢去叫醒。

很快适应了龙镇的一切。觉得不论哪里多数人都善良，当干部的关键，是你正他才对；如果你各方面都优秀，人家何不敬你畏你，你怕他干什么？即使有人滋事，也是事出有因。在龙镇的近 4 年，我可用一个简单的词来概括：得心应手。

财务工作开始我不想接。因前几任都带了问题走，口碑不好；不是郁愤下台，就是被立案侦查，我何苦探这深水？我婉拒后又矛盾，觉得团干基本没事可做，是个空壳闲差，不如就试试吧，即使风险再大，我相信自己能干好。

我既临危受命，就有我独立行事的原则风格。因我抱定随时可以交任，但休想让我违背做人准则。大多数人理解并支持我，只有少数人不自觉，但我不徇私情。我以上级规章来压他们，他们动辄以党委政府集体名义压我。我的解释：一是集体也不要去违纪，二是请出示集体意见证据。如此，我责任缩小了，事情得以妥善处置。我捍卫了自己的原则，获取了众人的拥护，这正是我所想要的结果。他们给我的综合评价是，"最好的会计""最成熟的年轻人""最上进的读书人"。遗憾的是，我龙镇 4 年自考没进展，婚恋被耽误，写作只限于日记。

乡镇工作属"万金油"，总有一些棘手事需处理。领导也未必有先知，一切都来自调查结果，这需我们开动脑筋，吃透政策，摸清情况，也敢于冒风险，担责任。一次我领 10 余人的浩荡队伍去兴泉村查建房，问题主要集中在 6 队的程之一家上，他超砍超建数目惊人，处理起来很棘手。他家人多房窄，属正常的批建户，超标在农村很常见。问题是镇上本没给人家批够数，反观镇上能批够吗？指标只那么多，保护林木土地是国策，县上下达的指标十分有限，所以此问题是难题。我们先如实点数，算出罚款，吓得他们全家人筛糠打颤，女人趴在灶前嘤嘤哭泣，本来建房款就是东拼西凑，如今又要面对不堪重负的罚款，他们哪里还能活人？见此情景，大家面面相觑，把目光投向我。我虽负责，但人微年轻，面对国法民情，我红着脸一时没辙。好像此刻天佑我吧，我眉头一皱，计上心来，胸有成竹地分析后宣布说：照数清点，按实核价；鉴于态度情节，家庭状况，可从轻处理；若能当场交清，只交总额的 60%……此语一出，全场大惊，立即就有两位村长组员附和叫好，大家一致表态通过。程之一家人像被针刺激活，立刻蹦了起来，女主人上前一把抓住我手，死活不松，非要留我们"喝口水"，我们脱不开身，此刻已过中午，心想反正也要等他筹款，就答应简单给我们每人下一碗酸菜面条吧，之后我们乘胜而归。

当然这样的处理全镇尚无先例，我是冒着挨批受罚的风险的。我恨透有些奸猾干部，他们要么欺上瞒下少点数，要么按实处罚一大笔，回去空报成绩，矛盾上交，最后不了了之，成为一笔笔欠账呆账烂账。龙镇近年积累的这种悬案不计其数，财政陷于亏空赤字几近崩溃，令历届干部群众都头疼，但又终没法解决，大家像背了个无形的大包袱。我认定这是败笔，是欺上瞒下、好大喜功的花架子，是对人对己不负责任，我的处理就是一次性结案。镇领导和业务人员略惊之后就默认了，暗叹我的处理手段高明，确有先见之明。

有人赞我是"生姜老的辣"，也有人认为是"抹稀泥"，搞折中。其实我只是在政府与民情之间开个合理通道，找个金色桥梁。因我想过，我身为政府一员，不执法不行，但又来自农村，父母仍在农村，我得体恤他们，兼顾他们。话说回来，我们工作为谁？终归为了什么？在龙镇的 4 年，我顺意而开心，开会我大胆发言，畅所欲言，在 16 个汇报村里，我抢不了第一就抢二，总是积极献计献策，为此，领导特聘我为镇党校上讲税法的宣讲员。

调江乡我沮丧，那是我职业生涯的低落，那里人冷地偏，从不赶集，没人愿往。这次纯属偶然，那里的财会人员因经济问题而被解聘，我是临危受命。去就去，面对找我谈话的区领导，我愉悦接受。去后我先给员工兑现了工资，让离职的海国老书记感动得掉眼泪。他问我钱哪来的？我说节约。他说以前从没有发过洗理费，我说那是混蛋！他最后恳求说，你能不能不走啊？我说我想找个对象，这有吗？他说我给你找。

其实我已有恋人了，报到的那天就结伴从城里来看我，我好感动。这样的荒凉之地，我无疑是受"贬"了。两个女子脸上溢满青春气息，使我心空顿生一片光亮。我忙把未缝好的被子丢给嘻嘻的她们代劳，我则跑来跑去去食堂给她们打饭。翌早，我给她们端回一大盆热水洗脸，又来来回回打稀饭、咸菜、馒头，上上下下跑了一圈又一圈，一点也不觉得劳累。

我心安下来，还有一个重要原因，即用苦读自考以充孤寂。我包的村同样是边远大村，但常常回城开会办业务，也顺便看女友。后来引起了个别领导不满，但我仍然"心中有数"。一次我去区上拨款，身后就有人在会上公然批评我是"目无组织纪律"，我闻后肺气炸了，血气方刚的我公开扬言说：既不承认我的工作，那我也就装次"疯"——当月他也就别想领工资了，"错漏"一下他的名字也属业务内的"常事"——反正外面这样的事不稀罕，让他来找我。后幸好遇上他，我不禁问了这事，他掩住窘态，笑笑矢口否认，该事就相安无事了。

去江乡工作要小心，行前有人告诉我，不少人在那栽了跟斗。我去了3年多，收获的主要是寂凉，所幸自考也有了突破，打破几年一科未过的沉闷僵局，爱情进展顺利，最后工作也被选调进城。行前大家惊异，一把手代表全家人祝贺我，炊事员是个中年女性，她端杯酒颤悠悠地来敬我，说，敬你一杯，你是我们这儿出去爬得最高的。原来事情就是这么奇怪，事事如意之地毫无建树，受挫寂寥之地却收奇功。

三

入城就职的县机关虽为常人眼里的一家大单位，却也不外是弄弄信息，基本跟文字打交道。我常参加行业工作征文，在矮个里充高汉，多次被市评头奖。借此东风，我又把一些叫职场随笔的东西，拿去在业务省刊和中央刊里潇洒地走了一回，给当地创纪录，为同仁争光彩。我借此向文艺的纵深去开疆，让两条写路交织而并行，饱览了两个领域的好风景。这是相得益彰的大好事。我已隐然觉出，我的职业之路，已被一种隐秘的东西强劲地驱使。回到文首提的职业之路何开，命运之神何掌，我虽未能确切回答，但总觉得机遇及其背后的力量了，我们就在这样的交织中洒下了一路悲戚，一路欢歌。

大单位的大文说过一句话：在农村跑田盖你就要能说，坐机关你就要会写。他的这个精辟见解，道出了两个职场的不同特点。我就这样拓宽了自己的写路，和职业遥相呼应，互为犄角，让自己的枯寂职场活色生香，散发了一轮又一轮的光圈。

在人眼里，我偏离了职场，弄的是些无聊的写作"小儿科"。我知其意指什么，他们在希望我做什么。我也想过，不想当元帅之兵非好兵，但也未必就是坏兵。没任何理由去指责一个人的自由选择，因为人各有志。学而优则仕为古训，没有谁彻底断得开，因它可以耀祖荣宗，惠泽于人……这些，我何尝未想到，而且当初机会多多，只需我再努力一点点，再迈进一小步，希望唾手可得。然而，崇文者的天生秉性，还是待在自由自在的散淡里好，这是难得的好光景。对此我无所怨，面对得失我早已举重若轻，恬淡平和才是我的需求，我懂得怎样才算有为。

终没人打开我暗封的《誓言》，还是我自己把它打开了。若干年后，我兑现了自己的誓言吗？不敢说全实现，但有一点，是做到了：即开拓一条人生道路。我走的路是开故乡人之先何。后有人跟随，我们共同为家乡苦读的孩子们树起了一面旗。我后来给自己画了张人生轨迹的示意图：读书——职场——写书。首尾就是读写，职场作为桥梁，是陪衬和手段了。但这陪衬手段却不能少，它是我的衣食之源，立家之本，读写之基。有此立意定位，我怎还在乎那些人眼里的得失呢？

这职场我决计干到老，虽厌烦也愤然想离开过。事干久了会烦，可淡化名利得失之后，一切都变得坦然，觉得世事如此，再好的新奇也只会炫目一阵子，一切耀眼都将化为过眼烟云，如落花流水，被长江之水淘尽。万物源于土归于土。我的职场生涯，我的写作，我的情感，我的所有爱好追求，终将化为泥土，一切灰飞烟灭。但也有少许留痕，这就是我的价值，就是我的生命色彩，这就是我的光辉。

（获2011年"中财职业杯全国征文大赛"三等奖　2021.5.15修订　新城）

遇见叶辛

一

一个精干的瘦老头儿。在剑门关景区的出发地初见，他就给我这个印象。他个头不高，人也不胖，眯笑的眼虽有神，但含几分疲惫。

大凡名作家都这样，同行者暗暗这么说。可是谁能料到，这个精瘦的老头，却有中国著名作家、中国作家协会副主席、上海市作家协会副主席、上海市文联副主席、上海市人大常委、上海社科院文学研究所所长、上海大学文学院院长、复旦大学中文系教授、全国青联常委、《山花》《海上文坛》杂志主编等桂冠头衔，一个人的头衔也许于写作本身不算什么，但其煌煌著述就令你不能不肃然起敬。

怎么，《高高的苗岭》及改编后的电视剧《火娃》就是他写的？奇了，真是奇遇。该书我从小就读过，也一直记得，还多次给小孩子们讲过。书中的小主人公隆开不顾扎旺大寨山魔王石朝山的欺凌、盘问和吊打，他坚定地给负伤藏入山洞的解放军侦察员送食物，与狗腿子癞巴子等的周旋，表现了小主人公的鲜明爱憎与为了解放劳苦大众也终解放自己的英勇无畏精神，小说生动紧张离奇。当我说到这事并至今记得一些情节时，叶辛先生微笑致意，连连点头，说，谢谢，谢谢。这样的对答，发生在剑门关楼前台阶上合影之后。那刻，仅从叶先生的衣貌看去，他就像我们故乡老家的朝叔或某位农民大叔，由此可见，他是一位可亲可敬的朴者。

《蹉跎岁月》也是他写的？小说我没读过，但看过同名电视剧，主题歌在我耳边响起——

> 青春的岁月像条河
> 岁月的河啊
> 汇成歌汇成歌汇成歌
> 一支歌一支深情的歌
> 一支拨动着人们心弦的歌
> 一支歌一支深情的歌
> 幸福和欢乐是那么多
> ……

关牧村演唱的这支乐曲优美、动听、悠扬，将我带入那个感伤的年代，深感人的命运难测，青春易逝，人们却乐此不疲和义无反顾地毅然投入。多年之后回望，一片凄茫，一片伤感和忧愤。可是又如何呢？时光如水，人事如烟，这就是世事。

《孽债》同样是他写的。山顶的管理员们不知看没看过，但都显出由衷的敬佩。我看过同名电视剧，还以为是梁晓声写的，这更令我景仰之至了，感觉大地忽然触到了高高的蓝天。

我们陪他爬我们爬过的山头，仿佛这时的一切都更新鲜。这回没走鸟道，但在亚洲第一、全球第二的玻璃观景台上，我悠然地走完了全程。上次随单位几十人来都没敢上，当时虽有微风吹动，但非主要，这次心静，这位赫然大家的影响淡定我心，近同于他的平易相貌，我想这才是亲切，这才是稳重和实际，获得了一份激动与幸会同在的至乐。我们一路没谈，只静静地走，主要是随后，听前面的他们小声交谈，之后偶尔照几张相（我游风景不喜多照，认为心底沉淀下来的风景才是真正的风景），寂静之极。他前日在市蜀道文化论坛上讲课我没去，我们就这样巧遇于此山，无异于几人的随意游览。午饭时他给我地留诗一首：

剑门关
天下雄关在眼前，眼底长安还遥远。

千年烟云俱往矣，万世沧桑成一点。

下午离别时，我贸然赠送他一本我的新书《说长道短集》，请他批评，他笑笑接过说谢谢。那时天空落着小雨，我们各自驱车，反向而去……

二

不久就看到叶辛出席了北京文艺座谈会并作了重要发言。他的发言没有大话套话，从他的贵州之行，回顾起他当年当知青的生活及创作，这就是他三部作品《蹉跎岁月》《孽债》《问世间情》的创作经历，谈到每次创作都会遇到一些人的质疑，认为写的非主流，有意义吗？但叶先生认为，只要抓住时代脉搏，反映时代真情，就会拥有读者。从他的书及拍摄的影视广受群众欢迎就足以证明。据此也可得出结论：只要打上时代烙印，揭示时代命运，就有时代新意。他在我市的讲座中也同样认为，为破解时代疑问与困惑，即使只写了少数，也同样富有时代的新意。

为了增进对叶先生的了解，今读《文艺报》上叶辛游记《翠微峰峦气韵动》。该文语言朴实，手法自然，韵味十足。当下游记难写，叶辛先生也许正因他多写小说而放开了手脚写散文，故率性出真情，天然去粉饰，自然出真意，何乐而不为？小说是平民的语言，但须经提炼和过滤，是水洗后的净练，是流水冲过的河岸，简净而苍劲，亲切而入脾。叶先生以感觉入笔，抒发对宁都以及山的见识，属有情有景的文字，拒绝了导游解说一类的纯粹叙述，深谙这类文字写作的奥妙。其诗看似平近，却独有韵味，构成了该文的主客融合，即使你不在乎他的文字，也可从诗中体味对景致的描绘，我想这就是叶先生慧心此文的奥妙。

平近显大家，倨傲不珍奇。名家也是人，大家也是人，从接触到走完全程，我们一点也没觉得叶辛先生的倨傲，根本没有先前担忧的那种心距，也许，这就是一个名家的本分，一个大家的做派。近闻叶先生新创的《问世间情》销售极好，在感叹之余，也深表祝贺。愿先生的视界更高远，艺术之树长青。

愿柏青的英灵与他的文字一道长存

早起上班，看到群消息：柏青去世了。

对此噩耗，我说了句：有点惊愕，不太痛快，想起了许多事。

我从别处证实了该消息。我对辛贵强和薄暮说，如有写的，我们几个曾经的超版都可以写几句。我想，不待我说，恐怕他们早已行动。那么，我之所以如此强调，可能，且很大可能，就是表达我此刻的尴尬与无奈、孤苦与无助的心情。

一个人"无中生有"地去了，或者一个人意料之中出乎之外地没了，都是一件憾事，而这种"憾"，也很难找回，故此，我们除了不厌其烦地"嘀咕""唠叨"之外，还有何法？

但是，并非世上的所有人事都值得我们这样。

一

柏青，张柏青同志、先生、老师、师长、文友，我们都可以这么称呼、看待和相处。这说明他谦和、平近和好处，也说明他够师友，是可以共事托事之人。此处，我就不再重复我曾写过他的《好人柏青》《强人柏青》，只补充说明我本还想写一篇《仁人柏青》，构思很久，终未动笔，成了遗恨。因为，我有太多的依据，虽我们后来共事有过中断，但我们之间也有着不少的心通。

当初，我为中国散文家论坛的百家散文版主，由于成功组织版主为"两刊"选稿，后升任超版，其间，论坛由冷淡到热闹，经历了一个漫长的发展"阵痛"，有许多人见证、经历并参与，这之中也有柏青先生。

一天，有人告之我来了位实力不凡的中国作协会员，我很高兴，功夫不负有心人，终有中国作协会员来了。之后，见他有不少抗击病魔的厚重之作，那时论坛急需得力人手（另一个超版很忙），有次，我问柏青愿意当版主不？心想人家是堂堂中作协会员，肯当你这个？结果他十分乐意。于是我就把他与高迎春老师一起，放在看似边缘、实则重要的"其他散文版"当版主。他做得好吗？我用一事来回答。

有次我请他做个版块小结，他认真做了，别说"筋骨肉"全有，就连那些不知怎样统计得出的数据、百分比都十分详尽，这足见他的负责、用心与实力。

后来他荣升超版。

"中散"团结了一大批文学同仁，当然也有人事上的管理松散，新来的协管升任管理后，理念有异，实有掣肘或故意离散内部的嫌疑，如此，许多人默然离去，柏青也出去创办自己的网刊。

柏青先请了忠厚而干练的陈华清、赵志峰、叶晓霏等人，再请我，说要办电子刊，希望我出力并委以重任，他提了句响亮的口号，"手中有刊，有如登天！"我当即答应。

这时我们的角色真有点意思。在"中散"他听我的（办刊之初他还不是超版），而在《文品中国》我听他的，其实我们都没咋计较。我不仅要联络那些人，且还要协调"中散"管理，争取他们的支持。

但这事没合作下去。原因主要是他病痛加重，多在厕所度过，又为了工期，业务人员不断请示我，我则按照共同拟好的思路去推进，可他觉得我越权。如此，我与他看事不看人地展开了较为激烈的工作方法讨论，最后未达成一致。经缜密考虑，我决定：弃合作，存友谊。

我的提议，他应了，也做到了。真的，按我的直率，若非他本心极善，目标极好，我不会提此，我的雅量是首遇他这样的意外者才有的特殊对待。

令人惊奇的是，我走后其他人也散了，《文品中华》最后他一个人办。当然我还是去阅读过，感觉他不服输，不服软，带病也办得有声有色，真是一个硬汉。当然我知道，如无此成功尝试，或许就没后来的西部论坛及其杂志。我也可前推，若无我们在"中散"的认识，也许后来的这些都没有。故此，人生的果，必出于前面的因，也正是人生的这些因果，才铸就了我们多彩的生命。

他还是没忘我。请我去协办西部作家论坛及杂志。我不计前嫌，去了。可是，我只给精搭了首届版主班子，事还没开张，论坛没正式运行，我们之间又分开了。

当然，我认准的事会坚定不移，因我不想浪费自己的时间及才情，柏青在此问题上也值得反省，这就是我先后直言他的，用人不疑。我平生幸遇此人，为其执着而感动，也为其不知在哪里形成的根深蒂固的封建特权意识而深感悲哀。他虽生于新旧交替的时代，但他在新社会生活了多年，又有那么高的知识储备和人格修养，怎还如此？于是我信了爱人的说法，哎呀你们是龙蛇相争，命里相克，两个犟拐拐咋搞得到一起嘛？还是老办法：友谊长存，合作算了。

之后我没后悔。但我解释过，我从小就反封建，抵制家长特权，请谅解我与封建权力欲者势不两立。他也或委人或亲自写信，请我回去。看得出，他的邀请真诚、坚决，但拒不道歉"认错"，也"顽固"到底。他给了我时间考虑，我最后的慎重回答仍是：还是留在外边好些，"既定方针"最适合我们。

他无奈地叹了口气，我也如释重负，我们就这样彼此无事。

但是，我会以另外的形式关注并支持其论坛及杂志，我还坚信，未必就没身在其中的作用大。他对人说过，那个人有开拓精神，你们跟他走有前途。这话还是在我离开《文品中国》时说的。闻此，我很感动，深感我们间的友谊尚存。

不论是评刊上《散文选刊》特稿也好，还是写他个人也好，感觉自己都是真心，没半点虚伪。我自己生命中遇到了该写的事，该念的人，都会自然流露，这是我的本能，一个真的准"文学人"，绝不会放过他生命中的任何风景。

二

柏青老师的病，忧着我们许多同仁的心。开始我并不知情，以为就是他说的普通腹泻，不然我怎会忍心让他去当"中散"版主，也不怕他因电子刊的严重误解而毅然分开，这虽有助于他后来的文学生命及其人生价值的提升，但又确实有损他的健康。没办法，人生的许多东西都是双刃剑，利弊的得失权衡，就在你的价值考量和取舍。但从柏青的性格和他后来表现出的坚定态度，他是宁取文学生命的延伸。我至今也才真正理解，他之所以那么"疯狂"地办坛办刊，按他的公开说法是提携和助推奋力爬坡者，实际也有双赢：既真正团结并助推了一些作者的长进；也是他自知生命于他可能就是读年读月读日读时读分读秒的事，所以他只能拼命追赶，痛除"异己"，坚定而豪迈地奋勇迈进。这个事，这点想法，我今天才迟暮地想到，可是，他不知了，无以印证。

当我知其真正的病名时，有点担心，怕他突然去了，也极惊叹，他居然熬过了9个年头，既如此，我想也有可能会延长得更久。一天我从大药房得知：中国人民解放军总医院有位30多岁的年轻教授，已成功研究出癌症的细胞疗法，我赶紧告诉柏青，他闻后很平静，只说，会托在京的侄女前去问问。我后来纳闷，柏青老师何不积极响应？后才知，他已化疗多次，晚了，人家的方法是提取病毒细胞样本，研制新的攻击抗体，然后注入人体去消化病原体。这事我得知太晚，也来不及考证，立马告知，可还是迟了。

我此生，挽救过多人性命。我从小就在一群惊呆的孩子中间率先呼叫大人救了一个落水儿童。我动员顽固保守的父亲积极治病，让他至少延长了两三年生命。我力排众议，力挺我60多岁的表哥转院去成都，及时查出了主要病情，让他脱离了生命险境……可是我没挽救住柏青老师，我深表遗恨。癌症，这种古称"包块"的异物，太恐怖阴森，我们的人类进化至今，可以上天入地，就是对之无辙。如此看来，不可一世的强大人类，也无能战胜自然界里的一些病毒微粒。我们的科学家们，任重而道远的学子们，我们除了适者生存外，可否真正成为这个球体上的主人？

他这种病一般都认为无救（只要是恶性的），因任何的化疗放射都无法除灭这种病毒的再生。有人形象地说过，与其杀灭病毒与有益细胞一同速死，不如保守治疗漫生，但问题是这要建立在无痛上。现代技术的发展让人欣慰，谁又不想求那万分之一的存活希望？所以病人在那种无奈无望无助之下大多会选取哪怕的一线希望，这实际跟毅然或慷慨赴死差不离，这归根到底还是渺茫的希望让人前赴后继。

伟大而悲壮的文学也如此。

谁说自己喜欢文学就一定有好效果？但我们绝大多数的执着者都在毅然驱之，最后的成名成功者寥寥无几，这就很能说明：在乎的是那一份理想信念的坚守，享受的是这一悲壮而追求的过程。柏青老师在病中无助无望也无奈，生命距他一天天远去，他若不拥抱文学，他就会觉得自己就没了魂。反过来说，他以只争朝夕的精神，拥抱了文学，就有了一种充实自己和战胜病魔的强大精神，所以他得病后几年的创作，实已超越了他前面多年的文学成就。这个事，同样是双刃剑。病魔最终夺去了他的实体生命，但也延伸了他的文学生命。故我上午跟辛贵强、薄暮说：我们写几句他，以延续他的文学生命。

我想，倘若柏青老师在天有灵，是赞同我这句话的。因为，他生命绝对值大大缩短的当下，也唯愿他能求得这个。我们写他，意在把有些鲜为人知的内幕揭示出来，我想这无损他，也非个人眼里的盖棺定论，而是光照一下他那鲜活生命的历史长河吧。

柏青以病体之躯介入我们的文学圈子，并组织大家一道向文学的高峰发起集团冲锋，这令人感动并深思。显然，这时他在乎的已不是自掏腰包的金钱，而是让自己距离理想之峰愈近，力争春蚕到死丝尽，让自己的精神向前延伸……

三

柏青生命晚期的许多情况我都不知，虽他天天在我的好友群里，但我也不好多问。有时就问问刘亚荣等人。感觉，我不会安慰人，也无从经济上援助他（好像他也不需），更忧心的是，这样的如同瘟疫般的恐怖之病，惊恐自己也使不上力，感到人在此情之下的难堪狼狈：只有静让生命之光尽量多多普照他些时日吧。

但我心中只愿：柏青能真正挺过去，活得长些，再长些……

为此，我也看过他后来一本接一本在生命垂危之下的新著，也知他的生命总结或最后留言被媒体先后报道，但我还是没意识到他的病体历经数年"磨难"之后已经所剩无几……

我想起了许多事。但我无意去翻检那些缘遇上的记录文字，我只想随感"任说"，以打开记忆的另一闸门。仿佛，一个认为不该立即离去的人突然去了，我们还不想端出他的全部记忆，只想海阔天空地随写几句，以安抚一下自己的心情。甚至，我都有着自己亲人离去时的相同感觉：也许没死，只是假死，兴许哪刻会活过来。那时，我们说这些不就成了多余？

但我深知这回柏青师友真的走了，不再回来了。许多人都在说，都在哀悼，都在行文。我没去浏览，我只在体验这种特殊的孤寂。我对辛贵强说，我和他之间虽有"恩怨"，但我们互敬对方的人品，实际这就足够。我写评有时说话尖锐，但对柏青我从来都是谦逊，尽管我们的思路方法不尽一致，但都是坦荡君子间的合而不同。他曾私下对人说过，那人（指我）有创新开拓精神，你们跟他，有前途，不会吃亏。那时我们办电子刊分了手，他还如是对人说话，我很感佩，觉得他评价中肯，也是对我最大的鼓励。他读我的文学评论集《说长道短集》后说，你清醒地站在阅读之上……我大吃一惊，是一种被人看破的心悸。我们的写作都想被人理解，却怕人看破，当然对他我是莫名的惊喜。作为一个研究生学历、正处级的资深中作协会员能这么评价和洞悉我，我深感荣幸，也更坚定了自己写评的信心。我也对人说，柏青是个奇人，肯拿自己的稿费去创办论坛杂志，资助一些熟悉或不熟悉的人写作出书，难道他只是图名？也许有一点，但他主要还是善良、仁厚和真正关爱别人，吃透了散文甚至文学的精髓，能够做到人文一体，完全合乎治文原则的古训，这些虽被现代社会的一些人忽略轻视，但我们从他这里看到了拨乱反正，这也正是我们长盛不衰的文学传统得以代代相传的重要原因。

我虽形式上离开了论坛及杂志，但没停止对他们的关注留意。因我觉得，文学非一朝一夕的事，我们要更加努力。在回家的路上，我想，多少人走了，多少亲人不在了，我们悲痛，但记住的东西，咋不如千里之外的柏青的多呢？这真奇怪。谁把我们这样无形地拴在一起，虽形式上相隔而内心相近？我想，这就是志趣，这就是文心。伟大而解不透的文心，把这世上的多少人都绑在了一起，我们朝着共同的理想目标而奋勇前进。

柏青让我回去参加杂志评刊，这次我彻底答应了他。他为我的出书与人争抢第一个邮购支持。我为单位执编大型文刊《小荷》他也大力支持（第八期有他文章）……我们之间，本还可以有更多的合作机会，可他这样一天天渐渐少了生命……中午我突然想到：世人大多如过眼烟云，唯愿柏青永存！

（2016.9.12　新城）

病中闲记

眼病不轻，静养几月。成天卧床，心闷得慌，早就跃跃欲试，想外出走走。

漫步故居

妻陪我，一路向西，再向西，来到城西的故居。

小河两岸的楼房没了，一片瓦砾。栅门大开，进去，偌大的一片，空无一人，只有两车和一堆废铁丝。此属火红的县毛巾床单厂旧址，现已夷为平地，他们没被 1998 年的"9·16"特大洪水冲毁，却在这场棚户区改造中悄然荡平。大车对面是付家、杜家和范家，与我们相处和睦的几家友邻。小车对岸是故居，住着我和岳父两家人，我们在这一共居住了 10 年。这里左邻山水叮咚的小沟，面朝涓涓细流的小河，右靠一条行人不绝的进城小路。这里动静相间，生活宜居。

门前岸边有一排柳树，枝条垂落院内，微风渐起，柳絮飘飘。文友小杨见之，不禁咏起"绿柳低头醉，碧溪阔喉歌"的诗句，较为形象地反映了当时的情景。

故居非自建，买自于远亲。买时毛坯房，自家做装修。那是八九十年代之交，薪水微薄，妻在每况愈下的企业，我们生活窘迫，入不敷出。这来之不易的小居，却留下了我人生的珍贵回忆，也是我人生承前启后的重要转折。

在这，我生养了自己的孩子。在这，我实现了从乡镇到城市。在这，我完成了汉语言文学专业自考。在这，我在报刊发文并由此走上了文学之路。当然在这我也曾身患重疾并遭受了千年未遇的特大洪灾而由此离开。

若干年后的今天，这被当地政府征用。由于灾损严重，我也无心重建（重建甚少），故此赔偿不多（约为邻乡场镇地价），但这的整体开发，必将矗起一片巍峨的高楼，有利于改善老城环境，提升整个古城风貌，解决更多人的居住需求……每想至此，我都心潮起伏，感慨万千，往事云烟，如在眼前。

留影塔山

一

塔山的山腰，新建了一个大型文化广场。在这个广场，我两次留影。

首次是一群大学生给我随拍，我没太在意。自己孩子在正门给我的留影大气庄重，真实地反映了我当时的心境，被业内人士称之"不愧是学美术的"，该图选入我的第一本文学评论集、也是我的第一本书《说长道短集》封二。侄子的"抓拍"，反映了我和孩子亲密交谈的情景，我的孩子那时刚出读书困境，我们父子借此消除隔阂的一幕，被细心的侄子及时捕捉，留下了难得的镜头。有趣的是，这一组图，被一个久违的湖南女文友发现，她意味深长地戏谑我说，你儿子帅，干脆当我女婿算了（之女正读长沙师大），我说好哇，但愿人长久，缘分天注定。孩子的同学小魏给我在山头拍了一幅凝望远山图景，可谓神情庄重，思接千载，意气风发。该图同被京城的编辑选入《说长道短集》书封文字的暗影陪衬。

<h2 style="text-align:center">二</h2>

此次又来场边，坐观山城，凝望远山。这是秋后的阴天，凉风习习，吹散了我久病在家的沉闷。绕场边走，来到塘边树下，妻给我留影。本不想照，眼病未愈，还戴副遮光镜，但也不顾那么多了，"真实即美"，大真即大美。

旁边有块条石，你注意到么？我问妻，就在此处，当年我做了件极有意思的事。

也是秋末初冬的一天，寒冷，却有残阳朗照。独自来这，当时场边没树，却有这个水塘，也是坐的这块条石，我面朝清冷的太阳，觑眼假寐，脑子里满是本土作家杨仕甫先生的长篇小说《椅子湾》的影子。实说，我接读他的书有些难，尽管当时我已读评过全国众多作品，但如何面对本土特别是又有影响力的当地名家，我心里仍没底，好在杨先生谦逊，他诚恳地递我手上，请我提意见，我为之感动，便认真地开始了阅读。

这是我第一次读评当地作品，除了付之真诚，也务求首读必胜。其实一本书好不好读，除了情理上的需要外，书的内质尤为关键。在我看来，《椅子湾》除了情节、结构和细节上略有瑕疵外，其人物、语言特别是主题都很好，有写为证：

我读了一遍多，觉得必须写了，自己有言要发。于是，我在清江河（单位）写了头稿，大约是直抓感觉。回到老城，我又整理了阅读手记，觉得这些点很重要，是文的组织细胞及关键节点。两者结合，本可以了，不亚于以往的水平，但我意犹未尽，觉得还需深探，于是我来到这个塔山广场的池塘水边。

冬阳晒得我心旷神怡，也有些心烦意乱甚至"意乱情迷"，这是一个难得的安谧之地，行人稀少，却令我神清气爽，思绪飞扬。于是我掏出怀揣的纸笔，刷刷地写起了该评的第三稿。此刻，万籁俱寂，没任何干扰，全是高瞻远瞩，统驾拿捏，难得的文字感觉跳荡而出，层出不穷，填满了所带一张纸的两面，奠定了我终结此评及首评当地名家作品的重要基础。

差不多了。写完末句，我蓦然站起，拍拍身上的尘土，扬长而去，悠然而归。因我知道，我的该评，可终结了。路经广场大门，我突然想起了更好的标题，对，就是它！我忙掏笔记下：《移民命运史，地域风情图》。回家作了整理，于是，一篇心满意足的评论，成了。

之后的事，你大约知道。妻静静地听我说。

在小说故事原型地长岭乡召开的作者小说研讨会上，我作了唯一的长篇书面发言，获众人称赞并好评。该文先后刊发于《剑门关》《批评家》《红尘》《说长道短集》《凡人俗事》、中财论坛等多家媒体和刊物。之后的当地求评者也应接不暇，该评里的句子，选入杨先生畅销书《凡人俗事》封底。

妻怜惜地望着我大病初愈后的神采飞扬，无言以对，只默默地随我而归。

在这个其貌不扬的场边，咔嚓一声，再次留下了我的身影。

走进秋红

昂首，挺胸，扬起你婀娜的身姿，放下你疲惫的心情，迈开你从容的脚步，走进深秋，走进红枫，走进秋红。

枫叶，鲜红的、暗红的、深红的、火红的……红红的一片，绚丽了这个世界。

你，清美的女子，满面春风，激情浩荡，矫健地走进这个火红的世界，给了最美的装点。

此刻，我为这个世界的精彩而欢呼雀跃，也叹为观止。

随兴而入，并肩前行，走进这个秋天的红艳。

尽情地漫游、畅谈，同醉这秋风送爽的清凉。

这是人间的胜景，也是魂飞的乐园。

闭眼，睁眼，全是美轮美奂。

开口，闭口，都是活色生香。

霎时，美韵入心，化入仙境。

闲中游记

小游塔山

塔山，俗名塔子山，因山顶有塔而得名。又因山顶古有仙鹤鸣叫，故又称鹤鸣山。塔山不仅是剑阁的主要名胜，也是我国著名的道教发源地（道祖张陵修道于此），更是人们的休闲游玩之地。

一、写作文稿

每游塔山，我都会带上书本纸笔，写自己的重要文篇。

宣讲中央1号文件，是农村工作的大事。那年领导把主讲任务交给我，我有些惶恐，觉得我离乡多年，对农村生疏了，可是领导执意安排，我也不好多说，害怕写不好这篇重要的文稿。

我去领导办公室找资料。

"只要有用的你尽管拿去！"领导指着堆放成山的各式报纸说。我翻阅了半天，抱了一大抱相关的回去，拟了初稿。之后又下街去买《农村百事通》等杂志，确定了二稿。实说，二稿很关键，该有的有了，该新的新了，于是，一篇荡气回肠的讲稿，成了。

这天，天气晴朗。我悠悠地来到塔山，在熟悉的草坪审稿（似彩排）。

静坐草坪台阶的边缘（似讲台），面对下面间有柴草杂树的宽大草坪（似听众），持稿终审（开讲），主要想试下用时和表达效果。实说，为了不辱使命，这次我不仅要讲好，还要讲出特色水平。

正式宣讲那天，会场上座无虚席。主持人宣布我的名字，我从容上台宣讲。

时控1小时，全场鸦雀无声，静听宣讲。前排有老师记笔记，不时爆发出热烈掌声。讲话节奏好，心神安稳，坚定自信，完全是超常发挥。当然，得感谢领导信任和听众支持（从头至尾无人离会），也感谢这些新鲜材料，尤其是自己的文学功底，我曾说过，文学乃一切写作之母，更要感谢这个供我演练的草坪，感谢塔山！

我在塔山山腰草坪的堰塘边，写过一部长篇小说的终评，先后在多家媒体发表并获好评。

在塔山之西的某石头上，修改自己的中篇小说《困惑》。

上塔山，小游塔山，我每次都心情闲适，或带上纸笔，或构思或写修一些东西，尽管有的只是只言片语，甚或一条格言警句、一个构思想法、一点闪念灵光，却是灵山给我的启示，塔山已成为我写作不可分割的一部分。

二、陪人游逛

对于近在咫尺的我们来说，来到塔山非只欣赏这里的古迹名胜，追踪我国悠久的文化历史，而多出于普通市民的轻松闲意。

午后，我与妻游至塔山之巅。在幽深的山梁，任阳光穿透，我们背靠背歇息，遥望群山，端详天际。山下是静河，四周是绿荫。聊起眼下的生活，人生的往事。倏忽之间，一切都变得澄明纯净，我们豁然开朗，解脱了人生困境，走向了新的光明。

这样的行走我们进行了多次。去塔山草坪旁的林边。秋风瑟瑟，黄叶遍地，斜躺林中，妻枕着腰椎痛的我，我们一边赏秋，一边纵谈生活里的开心话题，腰椎疼痛即刻减轻。我们同去塔山的老堰塘里晒太阳，尽享冬日午后的温暖阳光，带着对厌学孩子的担心，先各自觑眼假寐，她剥食带来的桔子，我看《文艺报》上的风景散文《啊，长城》，领略了远虚近实的艺术真谛。我不禁想到，教育孩子，也要宏观上大度（自由发展），微观上入细（注重小事），于是，我们一下就有了主意。

友人陪我上塔山，我们一见面就急切分享信息。谁叫我们淡交如水，志趣相投。他讲他的保险业务和快乐单身，我讲我的写作和行走闲情。这时我才发现，人海茫茫，交情有限，我们之间可以付真诚。是他，捡来树枝干柴，烧起熊熊大火，驱散了我们的寒冷，也驱除了我的忧郁。他对我说，放下，就是卸负，从此就轻松了，早该有此思想准备，人无高低贵贱，名利如浮云，做啥都一样吃饭，只要你敬畏生活，热爱眼下，一样都过得好，甚至会更好。是的，在那熊熊的火焰下，脸色通红的我们，同吟"文章千古好，仕途一时荣"的句子。

我也常一个人上塔山，穿行其间，平抑自己的孤寂内心。

三、自由穿行

2008年"5·12"汶川地震，塔山之塔尖垮塌，今已复原，晚上塔身灯火辉煌，有如一支璀璨的夜光棒，点亮山顶。

塔山山腰的草坪建了一个大型文化广场。

清早，拾级登山或在广场挥剑练舞。

白天，塔山喜迎各方客人。

傍晚，登山感受黄昏夕照。

通往塔山的沿途都有石凳可憩，走在树林的古石板上，仿若穿越历史的隧道。在塔山的廊亭，或避风挡雨，或静坐观景（附近有唐宋文化遗迹）。我们就这么一次次走，就这么一天天过，让历史来到了现在，让生命走向未来。

漫步河堤

漫步河堤，静观风景，沉寂心情。

一、走向河堤

走向河堤。

久违河堤。不想去，没看的，看腻了：山定了，河定了，两岸的改变，飞桥的凌空，都没触动我——即便有触动，那也是"过美"引来的"不适"，凡事过度"诠释"美化，就失了自然本真。

没时间。时间被别的事占去。上班时不能去，余暇待家里，这边我一人，除了吃饭睡觉就是看电视，我常在这样的有声之下阅读，包括在星光大道下写杂感，而耽误去河堤及晨跑。

质疑河堤。它少了原有的质朴与纯净。原来的河堤土气，没一点现代气息。现用标准化的水泥石头砌成，但又失了纯净。在我的记忆里，原先的人工渡船老旧，却与那时的新建大桥互为补充。悠悠的小船来来往往，船上的过客上上下下，这是河上的风景，现要横卧一座新桥，施工阻隔了河堤的通行，这也是我久违河堤的另一原因。

春和日丽的中午，我在河边的餐馆吃午饭，之后不想回到阴冷的屋里，便走上灰蒙天空下的河堤。这时阳光穿透云雾，眼下迷蒙，脑子昏沉，一派混沌。选一石凳坐下，感受这久违的丽景。

10 年前的河堤由沙石垒成，每天行人不绝。如今这里焕然一新，却反倒行人稀少，这是为何？

我愈发觉得，也许我们许多人只会创业，在艰苦的建设年代意气风发，信心百倍，而一旦事业有成，功成名就，到了该享受时，反倒意志消沉，而不宜于守业呢？创业时他们披肝沥胆，励精图治，业成后却意志松懈，厌倦滋生，败溃千里，此非表层微变，而是心态裂变，繁华遮蔽了双眼，优越蒙垢了心灵，成为了一发而不可收拾。正所谓"忧劳可以兴国，逸豫可以亡身"（北宋欧阳修《新五代史·伶官传序》），难道都无以避免？人们都渴望走向富强，可一旦富贵之后却又耿怀于先前的质朴与纯净呢？

走向河堤，我无意关注什么，一切尽在眼底，闭眼也能数清。我只想静思，尽管有疑难释，却可融入深思。人类就是通过这样的行思进化，才有了我们的前世今生。

二、跑步河堤

晨跑河堤，忽有了鲜度，思维也开始活跃。

向往这条河。非我没见过河，没亲近河。在老城天天见河，但人为城的主体建筑有碍视线，河流成为陪衬。北地风景，主要是这条河，成为我们眼里的寄托。

关注这条河。刚来这时，除两幢新楼，其余全是沙地。我们每天在这上班，这条河是我们主要的消遣。驻足河流，深夜才归。

晨跑河堤。直到汗流浃背，筋骨舒松，神志清新。

依恋这条河。该河人称之"清江河"。不过该河确实清冷、清明、清爽。其河下游广元，进入嘉陵江。

晚走河堤，既可看长河，也可看长虹，还可看长龙。

长河是清水河，水流涓涓有声，昼夜不息。长虹指灯，傍晚两岸的河灯亮了，灯光融融，温暖了这条河。非只飞虫才趋光，人暗夜无法行走，心里恐惧，这时有一盏灯，那不是最好的定位和方向么？人心也顿时亮堂，胆子也大了。长龙是城市后面的铁轨，火车隆隆开过，像蠕动的蛇，它的铿锵有力，吃力爬行，呼啸而过，宛如一条飞腾的长龙。

面对河水的流淌、渡船的往返、夜灯的通明、火车的飞驰，我的烦恼消退，心情大悦，梦里都在说，大河奔流，河流啊河流！老婆蹬醒我说：妈的个巴子！咋没听你说老婆啊儿子呀，总在说你的那些"书娃子"呀河流啊，你就和他们在一起过吧，别回来！

我为这条生命中不可多得的河流所陶醉，但也有种若即若离的感觉。这是什么情结？我无法回答，但已装进了自己思绪的海洋，融入了自己生命的血液。

阳春之日，行走河堤。微风吹脑，也吹皱河水，思绪荡开。这时我紧闭双眼，选条石凳坐下，静观此河。一河隔两岸，两桥凌空架，三纵七横线，四通八达城。有人说，选山水园林城市，未必就选绵广，在此不一样吗？他们盛赞这里的生态环境，人少事少，清幽宜居，在他们看来，清静的所在，就是幸福家园。

河堤清静，无扰，无尘，海阔天空，登高望远，尤这一览无垠的长堤，可延伸我的想象。在此长跑，我精力充沛，灵思敏捷。一次工作征文我久久未动笔，这早我来河堤晨跑。河水、小船、大桥、山峰……越过眼帘，这时，大桥——跨江大桥，在我脑海中渐渐高大。桥的横通给了我顿悟，我久困的心绪打开，与手中的材料融为一体，如此，一篇《工作是一座桥》的文章出来了。该文后来荣获了省二等奖。这结果令我出乎意外，源自跑步，源自河堤，源自大桥给我的灵思妙想。

河堤是我思想锤炼的宝地。

我首写的景记《观风景》构思于河堤，该文获全国征文奖。

我在河堤告诉父亲我的散文《隔膜》获全国征文赛一等奖，反复强调孩子既考了市外国语校就要坚持在那读下去，告诉家人我加入了中国散文学会……

孩子读书不顺，无辙，来到这条长河，我获得了启示。

在河堤上静观河水涌起的浪花，吟出"水因落差而成浪花与激流，人处低调才有稳重和激进"，在河岸漫步悟出"机遇就在坚持不懈和进退两难的那一瞬间"的句子，入选《中华名人格言》《中外哲理名言》等书典，让我进入了格言创作的天地。

在河堤上与初恋女友相聚于苍穹下的夜幕，任河水喧闹，任群山环抱，任隆隆火车开过，任城市街灯的照明……这是梦境，也是我最得意和辉煌的时刻。

任何地方都可以凭借，都可以安身立命，都可以有所作为。正像种子，不管落在哪里，都可生根发芽。

（2014. 3. 20　新城）

四季咏歌

咏　春

春说来就来了。不以人的意志为转移，跨过冬的门槛，以立春为标志，春摇头晃脑地来了。它潜入我们之间，不知不觉地来了。一场风雨过后，大地绿了，冰雪化了，草长莺飞，河水也肥起来，这些都自然运行，悄然孕育。当桃花红了的时候，当李花白了的时候，我们惊呼：春来了！

仲春时节，我还是懵懵懂懂的，像没睡醒，还蜷曲和滞留在冬里。明明是阳春三月的春和景明，我却一只脚还留在寒冬。我没像那些学生们单衣飘飘，而仍裹着冬的厚装。但我抬眼可见大地的一片春，天空的一缕阳，可我离不开火，由于缺少活动，我的右腿发冷，我估计这是风湿，不知是哪个季节落下的病根。

所以我不太喜春。有人窃笑我不时尚，这是无奈的事。我喜秋季，喜秋的成熟与金黄，喜秋给人的气色与韵味，喜秋的景致和气候，我认为秋不仅孕熟了果实，也铺就了淡定，这是一年四季之最。我这人虽生在春天，却适宜长在秋天，我为秋色而陶醉。

　　关于冷与热的问题，是一对辩证。如同没有春哪有夏，没有夏哪有秋，没有秋哪有冬，没有冬哪有春，四季就这样轮回，生命就这样周而复始，这是自然现象，岂能为人的意志所左右。至于到底热好还是冷好，自然是各有千秋。如我必须回答，即取不冷不热的秋了。但是，季节不是你能想当然的。

　　我们只有恭迎的份。但我们在季节面前并非只能当奴仆，而无所作为，恰恰相反，我们是可以巧加利用，让节候为我们服务，这是我们人类的权利，也是大自然赋予我们的特殊惠赐。当第一声春雷响起的时候，冻僵了一个冬季的人们，你在想什么，该干点啥？请抖擞一下精神，农人们为我们作出了榜样，他们纷纷走上田间地头，或奔赴各地，走在了我们前头。他们深知"一年之计在于春"，我们又岂可疏忽"一生之计在于勤"呢？一个"勤"字，把我们小老百姓的生存观念和技巧都囊括殆尽了。这个"勤"字，既含勤劳勤劳，也含勇敢智慧，也有积少成多、滴水成流、积土成山的人生大智慧。

　　可是，即使到了末春，我的思想仍还慵懒，多少有些昏昏然，不明就里的感觉和情状。我估计这不是病，我头昏的毛病早治好了，我思忖是瞻前顾后、缩手畏尾的犹豫、徘徊、观望，也是一种消极遁世避世的颓废作祟，自认为时令尚早，反正规划也没想好——或压根就没打算，走哪就哪歇，再说我也不想一下陷入时节，对"快""闹"的东西反应迟钝，我的一只眼睛还没完全睁开，脑子还没完全想明白，似对这个万木争荣、百鸟争鸣的春天还不适应，还没被催醒。我反复思考这个慵懒惰性，似被万象更新的色彩给迷乱了，迷蒙了，或许，也在于刻意求静而变得应接不暇了。按理，蓄了一个冬天的势，该整装待发了，不该这么姗姗来迟，而落伍于春的脚步。

好在我没完全糊涂，我已辩明生活方向，明了季节运行，了然心中事项，促我坚定心中步伐，把余事干完，把想干的干好。

春闹在我的窗外。大地在春里勃发。我要卸下冬装，披上春的绿装，融合于这和煦的阳春，奏一曲自己春的颂歌，谱自己生命的壮歌。春的脚步响起来，急急如雨，缓缓如流，是从容不迫的节拍，我们决不滞留，但也不必惊慌，揽万物于一统，归千帆于一舟，驾起我们生活的轻舟，幽幽静静，闲闲雅雅，从容不迫地进击，前进，前进。

春属于大自然，也属于我们。

夏

落笔这个"夏"字，已是立秋之际，这么说来，夏已渐远，只能捕其尾了。

人就是怪。一事已过，或淡漠之事，当一旦丢失或走远，这时又匆匆追赶，试逮其一点残影呢？这个情绪，盘踞了我多年。

中午我想，一年四季我只差写夏；春冬虽为四季的首尾，我不太喜欢，却一再写；秋适宜我，却少写；一年之中的夏，勉强可以接受，咋只字未提呢？

这情形如前年，也是立夏那天，中午回去我匆匆写了《春》，同样因惋惜而留恋，想抓住点什么。一个季节并不给人多少，而一旦远去，才引人痛惜，我进而联想，真是失去的才珍惜。

首次破例告诉文友今天立秋我想写一篇《夏》。首次告诉博友我写四季还差一篇《夏》。首次问妻今夏我有什么值得回味吗？问后我顿觉自己失态，照以往的习惯，要写的不先说，说了的就不写，这是否蕴含了一恒理：有戏的先掖着，公开了就没戏呢？

文友们都说你写啊，写了就完整了。妻在电话那端呵呵笑说，你该有写的呀，这个夏天，你成果辉煌嘛！说完挂断忙事去了。

"成果"这个词于我很惭愧，"辉煌"更不敢当。我知道妻指我获两篇征文奖，孩子升学，她自己长薪水吧。低调点讲也是，人见成绩别贪，自足安稳之后再图起色，这个道理我岂能不知？

初夏的 5 月，我的激情随烧旺的气候炽热起来。我拾回了丢失多年的征文赛。这次是中财论坛举办的全国职业征文。思来想去，我想到了路，即自己的职业之路，我一直思考此事，即我怎么走上了自己的职业路。正如我文章开篇说的"职业之路何开"，要解答和探究，还得从我的职业之初说起。这样，一篇震撼自己的文章就出笼了。我一直从多角度去思考和修改，并极力克制和压抑，反正是公平的匿名赛，最后时间差不多了，我才抛出。夺了个三等奖，虽距我跃跃欲得的一等奖很远，但不错了，已不易了。这个初夏，我的写作升了温，给我的生活带来了红火的好兆头。

人被盛夏的热流激化。我另一篇行业征文想好了三个题目，最后确定为《一路走来一路歌》，可一直未成文。这时万木被晒蔫了，人也打不起精神。接下是南方洪水暴虐，卷走了无数的生灵和财产。我怏怏的，写不出一个字，连志在必得的另一篇全国蜜蜂征文也忘了写。临交稿时，我仍未写，本子随身携来带去，就是写不出一个字。

交稿那天，我早晨照例跑河堤。河堤漫长，左空右阔，河水哗哗，这些都太常见。夏的葱茏，也没让我笔丰意顺。我不紧不慢地跑，忽见前方早已开架的一座河桥让我眼睛一亮：桥啊桥，你一旦架通，两岸不再阻隔，两地不再生疏，再远的距离也拉近了；桥啊桥，一个通往的"通"字，令人遐思不断。对，有了，我冥思苦想的工作不是一座桥吗？它使我从乡镇通往了城市，从中学跨进了大学，从浮躁步入了平静，从现实跃入了理想……这些点滴跃然纸上，盛夏的苦思一并融入，我的文章成了。

文章出奇不易，征文出众更难，如每个盛夏截然不同。我取名《某某是一座桥》。下午交稿，还担心这样写他们会嗤之以鼻，荐省肯定没指望了，市给个末等或优秀奖就不错了，于是之后就没再吱声，生怕他们笑我：那么个奇形怪状的题目。

一天下午，我激动地收到了省上的评奖通知。二等奖里居然有我（总排名全省第四）！更为精彩的是：本次特邀了《四川文学》主编意西泽仁、川大中文系教授刘勇等5位文学权威现场打分投票，才评出的结果。这令我喜出望外，有点找回当年频频参加征文大赛的感觉。显然今年的两次征文更加实在和权威，属我今夏最完美的收官吧。

孩子盛夏高考。他的事我都不想多说。我写他读书多篇。以前多对他"指手画脚"，此次成都特训和绵阳考试我全由他，只他妈一人陪（由他自由发挥就好）。总之，他这次能考上算幸运，但据说他获得成绩时伏在他妈的柜台上耸肩哭，不满自己考的那个分数，因为只差一点就上本科。这是无奈的事。他又不想补习，只好认命。但不易了，从一窍不通的专业入手，半年特训就取得这硕果，既是他的荣幸，也是我们的收获。

故今夏孩子高兴，他外爷外婆也高兴，他婆婆也高兴，两个姑姑都高兴。夏天，火热的夏天，催生了万物的枝叶，也催熟了孩子的灵智。他终于达到了预期的目的，比那些苦下功夫才考上名牌大学的都不逊色，因为，这于他太不容易！故我们也满意，心里踏实，一颗孤悬的心安稳了。接下是送他上大学。再经几个酷夏的努力，他就可完成自己的学业，走上自己的工作了。

妻轻描淡写地告诉我她涨了工资。她仿佛就没在意。我暗吃一惊：这样不就超过我了（虽然时有浮动）？所以我感激这个夏，一下临门了这么多好事喜事，让我家尽欢颜。

这些都是微不足道的小事，而我正是出发于微小，从卑微中奋力前行。故我无法忽视，更要将之融化，成为我前进的动力。然而夏毕竟去了，我又忽然想起还没好好体验和感受它哩。我总是这样，融入的不经意，拥有的不珍视，可一旦过了，才慌忙去捕捞。这是何故？我反复想这个。终发现自己欠敏感，对琐细淡漠，才丢了夏天的良辰美景，错失了人生的美妙享受。

如此说来，我对不起夏。那些过眼的小小境遇和成绩么，与盛夏的万物竞相争荣相比，竟是如此的渺小和不值一提啊！

文至此已近傍晚。今天是夏秋的分水岭，属承上启下的时刻。此刻我已踏进了初秋。我站在秋里望夏，升起了莫名的情愫。给夏一个挥手，给夏画个句号吧，这意味着，我已昂首跨入了秋天。

喜 秋

秋天在我眼里惬意，也最意味深长。

四季里我最喜秋。春是冬的醒来，如瞌睡人睁开眼，一切都混沌初开，复苏伊始；夏似烈焰高照，给人勃发向上，但也酷热难当；冬似垂暮老人，行将就木，萧疏荒败；唯秋让人流连忘返，意味深长。

秋景令我迷醉。眼里的秋景，是一片敦厚的成熟。也跟人到中年有关，这时总喜欢讲协调，一个中年之"秋"的人，和秋景最相宜。秋天里我到处都可去，也可不去，景韵全然入我心了。我心里装着，意里念着，行里踩着，眼里见着，感念着，贮存着，思维里流动着，这种稳厚沉实的秋景，是端然屹立而不倒的。

秋色令我神往。秋水之澄碧，秋雾之苍茫，秋叶之红艳，秋地之明净，秋气之爽朗，都构成了苍茫大地的调色板。手持画笔，端庄豪迈，一身凛然，两袖清风，三声壮气，四笔乃成。

我有一个习惯，最美的想看不忍看，舍不得看，怕醉。我怕醉酒，易失人本心，丢了自己的感觉。我还有一习惯，赏美却不贪美，不想直入坏了美景，而是一点一滴去鉴赏，让美丝丝入扣，细雨润无声，沁人心脾。赏秋亦是。秋风秋雨秋水秋气秋色秋声秋韵秋人我最喜甚？当数之中并未列举的秋枫叶，即红叶。红叶令我醉，我可以去独享，也可邀上女友，我们去醉红叶。为何称"醉"？阳光正好，秋声正静，秋色正浓，印着女子的优美曲线，还有盈盈的热情。我们纵谈天下大事，感应红枫气息。我们这时成什么了？是两片准字号的红叶人了。

这景致，美不美，醉不醉，神不神往？

和女友有约：每年至少都要那么忘我地醉一回。

秋声令我静谧。从本质讲，我喜安静。这样才不意乱，方能沉而有升。人要讲点进退术。节候也如此。秋冬我认为是在退，而春夏为进击。秋天到了，秋声雅静，被寒凉吞噬。人声、鸟声、大地之声在寒气里漫散不开，这些声音似也张不开嘴，传播通道受阻，成为秋天的明显标志。当烦躁的夏音过去，当热烈的轰隆隆消退，静雅的秋来了。山明水秀来了。人心赶紧应和。人是地球上的普通生物，侥幸以智慧和力量而雄踞为统治者，但人脱不开自然嬗变的制约，故适应更重要。人在静秋，可以拣拾自己的硕果，播种开春的希望；也可以更沉静，冷下来，除尘扫灰，检点自身，安稳保健。别小看这"静"，它意味着能量的贮蓄，只要做好这个，突现和爆发就为时不远了。

我喜秋声。它制约我外表的闹，让我有了平衡的台阶，有了栖息的傍依，有了奋进的驿站。秋声包裹我身，伴我思想沉练之后有了升腾。这些都是平衡的反应。

秋韵令我歌唱。秋韵是什么？在每个人的眼里，嘴里，心里，我一直在寻找，体味并感受之。我干脆这么说，秋高而气爽，我的心也爽，秋风秋雨惹人醉，我的心也醉，秋水共长天一色，我的心也印染了……我的心是适应秋。但我不被动。我会好好抓住秋，让自己的灵智和体力散发出光热，去温暖人事。虽我的智力有限，但我的精力不衰。秋风应人心，轻轻一吹拂，红了天地，暖了人心。

秋天在不紧不慢地运行。被我们的意识感知。在我们的眼里异彩纷呈。我爱秋天，我喜秋天，我的笔墨驻留在秋天。

寒　冬

寒冬不折不扣地来了，可我没感觉。直到我办公室的窗玻璃哪怕开一小缝，都有冷风透入，直到手脚僵硬，离不开火，直到老城旧宅后院的银杏树叶掉尽，只剩光秃秃的枝丫，直到我每晚在沙发上看电视都必须捂着被盖……这才确确实实真真切切地感到寒冬来了。

寒冬真的来了。寒气包裹我。寒冬里的诸事在我心头萦绕。

我去室外晨跑。无论天寒地冻，刮风下雨，霜冻雪降，我都晨起出去，沿河堤慢跑，扫视河中的悠悠渡船；或一鼓作气跑老城的塔子山，直到气喘吁吁，大汗淋漓，再减速漫步环山一圈；或去城北的三江路，绕河东街转回；或沿西街、经滨河路、顺李家河跑一圈，与晨雾中赶早市的菜农肉贩相逢，之后经对岸的公路回返——我想起了，这样的跑可以追溯到我跑过乡镇的龙源黄柏道，江石成南路，老城沿城路，剑中闻溪路……我一年四季跑，冬天不放松，有人说你的肺活量那么大，调息那么好，身板那么结实，在寒冬里如此坚挺，我自信地笑笑说，是的，我用跑来锻炼，来御寒，来思考，来增智，来调节，来充实我的生活，来构筑我的人生。有人疑心你是否夸大了跑步的作用，我笑说有此必要吗？因为每人都有自己的动力支点，只要一旦抓住，抓牢，用活，作用就不可限量。这种神妙，非区区言说能道尽也。

小时在寒冬的浓雾里干农活。天寒地冻，大雾弥漫，出早工。一早我去迟了，默默走进挖板田的行列。这是稻收后的秧田，翻耕起了大坨泥块，经牛拖木耙，人工锄碎，才好播种小麦。这时父亲正在耙田，他喔喔地扬鞭挥牛，踩在拖行的木耙上，在土块上来回穿梭。他盯了我几眼，我心里发怵。因我从小怕他，他粗声大气，常为些鸡毛蒜皮事跟我难堪，经常打我。他在外是生产队长，八面威风，叱咤风云（别人语），令人胆寒。故我出工迟到不好过他的关。他总是大公无私，不徇私情，哪只是扣点工分就能了事呢？正这样想时，他的目光已落在我脚上，我脸一红，完了，惹大祸了，撞上他"枪口"了，我刚醒悟，还没作出反应，他就破口大骂，"妈的个×，说得比唱得好听！才说了过年穿？不作'操'（'不日毛'之意）！"父亲当众斥责，后面的话更难听。我出工迟到本就羞愧，这就更加无颜，我又很爱面子，自尊心特别强，以前父亲多在家训我，竟没想到，这个地冻天寒的清晨，他竟当众羞辱我。我气愤不过，心想，哪怕你说一千道一万，不就是心疼那一双新买的黄胶鞋嘛！是的，我承认自己说过，也是真心，体谅了家里的赤贫，也渴望过年我们有新衣服新鞋穿。可是，我——这个大雾弥漫的寒冬早晨……当我走出稻田，气愤地脱下黄胶鞋，丢在田盖，然后赤脚，走进冰冷的稻田，踩上翻起的大片湿漉漉的泥土，脚下的寒冷刺骨钻心，但我的感知已麻木。我低低偷看父亲一眼，他那不可一世的样子，气还正壮，背影仍那么威严，一点也没宽恕我的样子。再往下看，我同样吃惊了。他也光着脚丫（冻得又红又肿），却没冷的感觉，有种岿然不动的凛然。再侧视众人，他们锄起土落，大多赤脚，只有两个尖脚老人穿鞋，但他们都精神抖擞，斗志昂扬。此情此景，我滴下了清泪，滚落在寒冷的泥土上，冒出一股热气，散了。这个寒冬的早上，我低着头的脸上，湿润很快就凝固了，但我突然昂首，无比坚强。那个冬天，我的脚很冷，但心很热。后我渐渐明白，深知这是时代的贫瘠，更是家贫所惹的祸。此后我发愤图强，从众多的孩子中脱颖而出，考上了工作，走了出去，缓解了家境，为家乡的孩子作出了榜样，引领他们进步成长。后来的若干年，父亲以我为荣。可是那个寒冬，板田，黄胶鞋，我不会忘记。

又一年冬，我带着写父亲的悼文赴京领奖。在飞速的列车上，我一路冷得发抖，这时车外早结了冰。距京愈近愈冷，而我心却愈温暖、激动和狂喜，也伴有紧张、不安和期待。此行没失望，我见识了什么叫大境界，什么叫高规格，什么叫大气魄，开了我的眼界，也目睹了京城的风采。我见识了一批业界的知名大腕，逛了古城的冬景名胜，也见到了在京的朋友亲人。二幺妹带我们首逛京城。三妹对我们笑脸相迎，还有大妹、幺妹、春兰妹盛情相请，火锅，烈酒，到处都是热情洋溢，我们的心情也暖至极至。这时我们深感自己不是来到北国寒地，而是融身在浓浓的春意里。

这趟北京之行，我们冒寒而去，无比激动地参加了人民大会堂的颁奖盛典，领略了高档次的中国散文论坛峰会，观赏了大型专场文艺汇演《龙舞京城》。这些都让我惊喜激动，浑身炽热，成为我们终生难忘的回忆。但我想过，这一切都源自我写了父亲辞世的文章，所以，父亲是伟大的，他是我的福星，他对我的影响很深刻。虽他一生对我严厉，却让我有长进，这难以用言语来尽表。所以对他，我完全可以说，父亲，我虽然怕你，恨你，但你是我酷夏的浓荫，严冬的炭火，你点燃了我的生命烈火，指引了我人生的光明道路！

震后的冬天寒冷。我们处变不惊地经受着。深知每年有冬，之后有春。冬天，我们冒着严寒，该干啥还干啥。自从加入中财论坛以来，我被激动、紧张、繁忙、劳累、奔忙、刺激、惊喜、渴望、惊叹、感动、意外、憧憬……这些词塞满了。实说，中财论坛能让我激情和写技大增，是我寻觅多年的文学圣地。所以，这个冬天，震痕被冲淡，寒冷被替代。这个冬天，我很温暖。

寒冬，尽管姿态各异，但都是以"冷"为主色。对我来说，身外的一切都寒，但我的心热。我完全可以这样说，寒冬，在热心人那里，它是春天。

(《我喜秋天》入选《最清新的自然美文：赴一场心灵如菊的盛宴》 2008.12.30 写于新城新居)

走上文学

何以喜欢并走上文学？简单地回答，由"缘分"使然。

我在自己出版的文学评论集《说长道短集》后记里说，"缘"不可回避，佛讲每遇即缘，但正因了有缘，又成了执着，便成了一个人的使命或宿命。

小时喜不喜文学我不知。我不会像有些后来有了点功名者就吹嘘自己从小就如何如何优异，好像在他妈肚子里就开始喜欢上了什么什么，天生就是做什么什么的料。我承认许多事出自偶然，是偶然与必然的相因转化，但我不认为可以用后来的阳光去遮蔽前面的阴暗。

小时喜欢看连环画册，那是儿童的自然天性，与喜不喜欢文学沾不上边。但一些命相书里说我喜欢文学，适合任何职业，尤以独立经营为佳，这我信。信我有个性，适合搞艺术，不过这也是后来的事情。

有人说自己从小写作就如何如何优异，甚至从小学到大学作文都第一，这也有可能，但与文学是否有关系，成就如何也难说。有基础未必有结果，因这还受制于别的因素。遗憾的是，我从小作文差，甚至连第一次作文都不知如何动笔，教语文的漂亮女老师站在我背后一字一句地教，我紧张得直冒汗水，窘得写不出字来。实说，我写得好点的作文从小学到高考就那么三次，但到底好到了啥样？现今看来，也就是体裁符合，观点正确，内容较好，与文学还是没多大关系。

真有关的，还是我高考之后的写日记。那时我高考一败再败后苦闷，对自己的人生前景担忧，对生活也有了思考。这时没处说话交流，便依赖日记。虽说所写的日记一般，但毕竟是心底的声音，算是自说自话，自我交流。这些东西，如今看来，可算点文学的稚芽，也是我文学的最初形态。

当然，我还有后面的缘遇。我自考汉语言文学专业，发挥了我中学语文的优势。毕业后我停止深造，不再在乎自己的仕途升迁，把精力转向了写作，首篇随笔在成都一家周报的头版发表，这时，不搞文学我恐怕也不行了。

随后有成功，也有失败，这都是我写作的必经历练。我历练多年，按有些人评价我自考时说，你最大的不易：就在你的坚持。是的，"坚持"二字好说难做。之后文学的因子开始青睐我：《文学评论》《散文选刊》《文艺报》等与我有了难解的缘分，一些论坛（如逐日、中财论坛）我也乐意参加，这使我散文写作有了极大的提升，我的文学评论创作也从无到有，从少到多，渐成别人之需。后来的事实证明，我没白读白写，更重要的是，文学成了我的不可或缺。

立此志不易，于我来说，它来之偶然。我这人有个特点，就是一生工作挪窝不多，在哪一干就是多年，甚有人说我做什么成什么，搞啥啥成，但谁知我这其间的付出、苦乐和思想情感需要表达，我借助什么？文学啊，伟大的文学！如今别人越是说文学式微，我就越是将之高高举起。我没多少高深理论，但我已知文学的真实可爱并与之心心相印。

文学对我意味着什么？我似乎可以这样回答：有了文学，我几十年如一日的工作不再枯燥；有了文学，我的清贫生活不再单调；有了文学，我的生命能量有了释放；有了文学，我的存在有了空间延伸；有了文学，我的人生有了美好归宿；有了文学，我也找到了自己的快乐。

何以喜欢并走上文学？简言之：偶得之，幸得之，需要之。有一点很清楚，假若没文学，我会怎么样呢？那就无异于一些人：苟活于人世，竞逐于名利，奔波于利益，沉醉于茶酒。这些都面似"潇洒""自在"，实则放浪，此非我所欲也。我著书立说、写文作评，一是读书来还著书去，二是供人稀缺的精神佳品，三是我的生命能量得到了有效发挥，何乐而不为哉？

故我喜欢文学没来由，没理由，喜欢就是喜欢吧，喜欢不一定有什么必然的说道。因我需要，我的生命血液里已溶入了不可或缺的文学因子。

（2021.5.20修订　新城）

我写文学评论

一个人后来做某事，跟小时某种契机有关，跟生活中的境遇有关，也许，正是这些成就了你的使命，也成了你的宿命。

小时，苦闷而压抑的环境，使我有了反思和抗争

本不想再惊扰父亲，他已安息地下，但他是我生命的源泉，我的许多成败都跟他有关，故我无法不提及。人们常说，一个男人的成长，是在小时与父亲的对抗中实现的，这话极好。父亲从骨子里爱我，因他中年才有了我，希望我长大成材，他常说，"养儿不如父，养儿强过父"，他希望我强过他，却又生怕我负于他，故以耳棍相加，动辄责骂，让我屈服于他的威严，受制于他的思想。哪知，两代人间有天然的代沟，甚有"水火不相容"的时候，可惜这点他忽略了，或根本就不懂。故在他的眼里，没法的老子没法的天，两代之间，没有坚持真理一说。他更不懂"吾爱吾师，吾更爱真理"的道理，故此，"哪里有压迫哪里就有反抗"，这不仅适应于敌对的阶级，也适应于任何人群。因受他的"严管"和"高压"，我透不过气，受到惊吓，又没处诉苦，就只好憋在心里，抗拒，伺机反抗。这使我养成了爱思考的习惯：凡

事爱刨根问底，遇事都想破旧立新。

父亲爱讲"马列"，讲唯物辩证，故此我家人都善辩，都爱独立思考，爱憎分明，抵制陈规陋习，遇事也爱说长道短，这大约就是我从小喜评的源头。由与父的抗拒性思考而延伸至对社会人事的冷眼旁观，尤其痛恨那种人云亦云的陈俗，视之为朽陋，为过眼烟云的垃圾，易接受新思维、新思想和新观念。

农村骂某人为"咬卵匠"，意为凡事爱问个究竟，不轻信，而独立思考，独立发声。也称"犟拐拐"，逢事反传统，避流俗。当然这样的人也易遭非议，受忌恨。但这样的孩子长大有见地，不仅适宜搞科研，也成为推动社会变革和人类进步的新生力量。

成长，境遇触人敏思，走向的种子慢慢发芽

高考的成败，是人生的重要转折，它不仅改变人的命运，也严重影响人的心理。尤在我们这样重文的国度，重读书升学已逾千年，读书的成果，与人一生的心理定式及其走向有着很大的关系。我于七八十年代之交参加高考，收获的是喜忧参半，喜在成绩好，有希望，有自信，忧在高考连败，心受重创，升学梦破灭。好在"天欲将降大任于斯人者，必先苦其心志，劳其筋骨，饿其体肤，空乏其身……"一次我在鲁公河姑姑家走亲，我随他们在河边放牛，不禁在路边的大石上反复吟咏这句，想起三国里的三顾茅庐。我当时想到了两点：一是天意如此，我有出头之日吗？二是坚信自己怀才，能有遇吗？是否有人发现、赏识并给我以施展的机会？显然，我那时既想学有所用，又想摆脱家父高压，去追寻自己的梦想。但梦想是啥，我还不太明确，大约为人类谋福祉，践行自己的生命价值。好在天无绝人之路，我意外地

考上了人民公社干部。在工作期间，我订了《中国语文》《花城》《文学评论》等文学刊物，那时我投身自考，文学的种子在我心里发芽，我开始记述我的生活和思想。

《文学评论》这本杂志我当时阅读是深了点，不太懂，但很喜欢。标志之一，随着工作性质、地点和住房的变化，我先后处理了许多书报，有几本却一直留着：一是我中学的一本英语书，二是洪灾后残存的一本《中国现代文学作品选》，三是几本《文学评论》，由此可见，这本杂志在我心中的分量。标志之二，这本一直保存的《文学评论》，我后来重读，选读，精读，剪贴，批注，舍不得丢掉，也一直放在身边。此现象当时并不怎么觉得，如今想来，算是有缘。"缘"这个东西，奇妙得很，具有意外性、天然性，也有某种必然性，我们不太好解释，却可以感受、领受、享用和发挥，让它发扬光大，成就自己。

这本评论期刊是我评论因子渐长的种子。社会、家庭、人事促使我有自己的冷思考。乡镇工作10年后调进县城，面临新的适应，但我认为对我最有用的，就是不断强化自己，以实力去说话和站住站稳，然后再构建自己新的人生平衡。之后多年，自己失去了一次次任职机会，但不后悔，因怕自己的性情刚直而遭忌受挤，以落入那些先荣后衰的悲剧。他们太精于算计，太"融入"社会，"入道"而迷航——偏离了正确的人生航向，套用今天的话说，就是忘了初心。故我无官一身轻，因我这样的人入仕就只有受累，不图享受，只顾成就，费力也未必讨好，所以我的精力自会转移，终定于心中终极求索的文学。自考汉语文学专业结束，数年的日记积累，浇注了我心底干涸的文学种子，开出了自己人生追求的花蕾。

入写，机遇多多，缘分促我锲而不舍

正式写稿始于 1995 年。那年我自考毕业，本科首考失利之际，我决定止考从写。首篇在成都一家周报头版配图发表，自此我奋不顾身，乐此不疲。后来，我经历了上报刊、入书典、发网文和回归纸媒的写作磨砺。单就评论，我不得不提到一报一网。

一报指《文艺报》。邮亭员分错，我却收到了意外之喜。这报排版规整，文笔厚重，档次较高。翌年订之，才知属中国作协主办，我更加坚信。其中的文学评论触动我，感染我，熏陶我，我说过，这报合我口味，可久存，阅读摘记。许久以来，我读别的厌烦、无趣，可读到此报却兴致盎然。

以前我把此当秘密，认为是我提升文学评论素养之"天机"，后我想每人的兴致不一，触发点有异，但要提起自己的评论源头，就绕不开《文艺报》，文友称我有评论天赋，这是受益于该报纸。

一坛是中财论坛。我于 2008 年 8 月加入，每周投稿 1 篇，结果是写量增加，实现过连续 20 次加精计酬。感激那段，初晓了散文写作的奥秘，感到自己明显进步，进入了新境界。

感激一位作家的批评成全了我两事：一是让我冷静。一个批评者岂能不接受批评？二是引起了我的思考，让我有了比较。其意是说，你写的评论好，可有的不感人！文学评论要感人吗？我陷入了沉思。我在想她为何如此说（通过查看她的评论），又立即查阅有关文学评论与读后感的区别，我发现，原来许多人写的只是读后感，而非文学评论。这下我明白了，自己的方向没错，应坚持。自此，我在总结自己的前期评论时，认为自己从尝试到渐进，从发展到风格，都要一步一脚印，但我自信、坚韧、乐观、充实，这本身就是我的优势。

在中财论坛我首评白落梅的古镇系列。我称之"驾驭文字天马的骑手"，是因她的文字罕见，感染力强。我晚上看电视时顺手拟了个提纲，不知不觉就写了下去，随后搁置，再补充完善。这篇5000字的评论，引起了论坛的轰动，被认为是论坛最好的评论之一，落梅也认为是她本系列文章最好的评论之一。白落梅后成为畅销书作家（2012年全国畅销书排行榜之四），时常对我提起该评，说是她古镇系列最好的评论。当然，之后我还评过她别的文集，写出了《神性文字 锦绣华章》的评论，被认为评出了她的文魂。

另一位擅长写评的琴若雨版主赞我说，你有写评的天赋。

我吃惊。不敢承认，但内心认为自己为某种情绪纠结、触动和牵引，我想，这既指文学创作，也指文学鉴赏。之后，就有一些寄书赠书，请我写评。这件事，做起来辛苦，比写一篇忆旧性散文难，但还乐意，觉得有挑战性，也有被人需要的快感。

2013年我整理出了自己的第一文学评论集《说长道短集》，获得了当地政府的创作扶持奖励，也获得全国各地文友的好评和争相购阅，这是我评论的阶段性成果。当然我后来也写了另外的评论集待出版，不过这是后话。

感激《文学评论》《文艺报》《南方文坛》《文学自由谈》等是我评论长进的益书；文朋诗友的期待促我奋进；精品佳作是我的鉴赏对象。我不会忘记，我以自己最好的成果来回报你们！

（2012.12.13　新城）

参　赛

想到自己的参赛，有欣慰，也有伤感。

实说，国家奖是政府行为，文章来自发表过的国家正式期刊。其中遗漏了许多未发稿，但未必就不优秀，它们有的本该发表获奖，却错失了名刊露脸的机会。此现象说明，所谓的权威大奖，也只是相对的。更不用说评奖的准确公正和前瞻性（文章好坏终以时间来说话），所以为了准确起见，我们称此类为"已发表作品奖"。

至于"未发表作品奖"部分，没人提起并命名，也只好留给一些民间文艺团体。民间是一个庞大的群落，基本处于无序状态，向来都是各唱各调，各吹各号，当然这也符合"百花齐放，百家争鸣"的文艺方针。故此，一般的民众挤不进官媒，就一边争取一边安于民间现状。好在这已成了大众，不算弱势和低贱。倘若组织有力，引导得法，一样可与国家奖媲美，形成双雄并峙的局面。这如当初并不看好的民企，通过国家正确引导和大力发展，不是一样可崭露头角，成为国民经济的支柱。

我靠自小喜爱和不断积累才走上文路。但开局好随后难，可是开弓没有回头箭，我算是心甘情愿地豁出去了，以写为乐，把发表受挫当历练，但我也的确是沉寂了多年。

钢铁是怎样炼成的？写作就是怎样写成的。写在不写中，发在不发中。我们的发表，成就成功与成名，与不发表、不成就、不成功有着某种特殊的联系，是靠这些东西的积累和支撑。我这么说没拗口。多年的投稿无果促使我总结反思，也借了高考自考攒下的劲头，完成了我写作初期从量变到质变的积累。

我开始参赛。想以这样的方式来加强介入，接受检验和锻炼。工作征文频繁，上级下达任务，我们须认真对待。我依靠文学的功底，屡获市行业征文头奖，在省刊国家刊发表文章，这是一股强劲的东风，吹拂了我那冰冷的文学信心。我连订多年《散文选刊》，其中的征文信息真实可靠。散文《北风那个吹》入选《中华当代散文大观》，给了我鼓舞。几年之内，我参加了《散文选刊》上所有的征文大赛，文章入选《华夏散文经典》，这时我更相信文章是改出来的，也由此悟出：一篇文章需经受时空的洗礼，才有可能被永久传承。2004 年，我的爱情散文《隔膜》获"圣贤杯"全国青少年文艺赛一等奖并授予"创作之星"文艺称号，我只欣喜地分享给一贯支持我的父亲，他激动地奔走相告。

2006 年年底，我的散文《我的父亲溘然长逝》获得了中国散文学会和《影响力人物》联办的首届真情人生全国纪实散文大赛二等奖。这是我首获的北京等级文学奖，受京城之邀而欣然前去领奖。这次的一等奖被全国名家垄断，我能在参赛的 1.3 万人（篇）中胜出，已属难得。这次颁奖盛会很隆重，按一等奖获得者梅洁老师在高峰论坛上的发言所说，这是一次比国家奖规格更高也更隆重的颁奖。

该文随后同获当地政府二等奖，我复制一份焚化于父亲墓前，另一份贴在父亲起居的墙上，以表我对父亲的哀思和怀念。该文还被选入《中国散文家代表作》。

工作征文我获了省二等奖。该篇思之良久，得之偶然。该奖由省内几位文学名家评选，有着极高的严肃、权威和公正性，我非常荣幸。显然，我还是沾了文学的光，如此看来，文学才是我的救生船，是我一切写作的生命养分。

《职业之路》获中财论坛职业杯全国征文大赛三等奖。这次评选是隐名评选，客观、透明、公正。

《送父回家》获红尘论坛全国征文三等奖。这是 5 位权威评委公开打分评出来的。

后来参赛少了。因为有些大赛越来越不纯净，我也只当是一次次写作历练，这是我写作的必由之路。后蛰伏于一些文学论坛发文，任职，评论，有滋有味地过了多年。

反思也是一种检阅和总结，有利于定位和甄别。最后我回到原点，整理自己的旧作，青睐于传统纸媒。这如一个人出去看风景，看累了看够了就回到原点，回到自己心灵的停泊港湾，去享受那久违的宁静。这时有文友动员我参赛，说是新时代的新赛事啊，反正你闲着也是闲着，我又如其所愿地参加了几次。

风景游记征文。一般的写法已陈旧，争议不断，易被人诟病。我写的《观风景》得了全国三等奖。

情感类征文。读者投票海选，我写的《想唱就唱》入百强，进 50，最后的 10 个人里落选，我有点遗憾，但不后悔，因靠人为拉票的事我不屑。

全球华人征文。这次有三奇：一是我投稿投错了地方，本该投邮箱却投给了论坛，后查证后才补登；二是我的编号靠后，奇怪的是前面的每组（200 篇）可入围近 10 篇，而后面的每组才入围四五篇。我的文章没入围，也懒得去计较，因我并没读完这一组的 200 篇，但我可以一字一句品读这已入选的 4 篇（包括前面已入围的），发现我完全可以按规定自荐，谁知几天后有人公开提出我的这篇和已入围的某篇有"天壤之别"，他明确指出我的这篇为"天"，那一篇为"地"，并列出那篇的 12 个瑕疵；三是我的这篇最后仅得了个入围奖，但是，入围奖的半数入书里没有我，只选了我的几句参赛感言。后来我寻思原因，是否因组织者让我改下文章最后的一句而我没积极响应呢？

纵观我的历次参赛获奖情况：中财论坛和红尘论坛两次均获三等奖分别奖 100 元和 200 元，省工作征文二等奖和市工作征文一等奖分别奖 800 元，获市建党百年征文奖 200 元，县精神产品二等奖 100 元和几个 1500 元（连获几届），获县蜀道文化联合会征文奖 400 元，出文学评论集《说长道短集》获县扶持奖 1.5 万元，还有的可能的获奖还在申报中……不过这也比那些交钱开会的获奖者好多了。

国家奖赛制较明确规范（但茅盾文学奖都有非议和需改革），民间奖该不该规范呢？不能仅限于组织者随意而为。可惜世上人多，从文者多，适当的分流和规范一些赛制很有必要。我的个人设想很简单：国家奖的民间化，民间奖的国家化。意思是说，国家奖要融入民间读者的参与，民间奖需借取国家奖的规范。奖的目的何在？意在繁荣和促进文艺创作。故当授予那些特别优异，选出那些经得起时空检验的卓异，这到底检验着举办者的职业水准和道德良知，尤为重要。

（2011.12.13　新居书房）

我当主编

红尘论坛主编

某日，原中散论坛版主于某问我：还在写评论么？

我答：在啊，不写又干什么。

他说：那你愿否给我们红尘论坛当个鉴赏版编辑。

可以考虑。

虽对之不了解，也从未见过，但凭个人交情，我可以考虑，并对他的介绍，也想看看究竟，也可借此参与，获得自身的发展。

那时我正在中财论坛的评论版当版主。两个论坛都委以我重任，都想争夺我的时间和精力。

中财论坛评论版在我公开的书面建议后一年开设，请我当版主，我答应了，也顺手要了搭档高迎春，管理层同意。

此时红尘鉴赏论坛任命我为副主编，主编空缺。那些日子，该版编辑少，没人打理，基本属我一人顶着。我认真评帖，审稿，充分发挥了自己的点评优势，把该版正常运转起来。之后，随着该坛正规化的加快，人气不断提升，这时我升任鉴赏版主编，配备了两名副主编和几名编辑。

当然，我也只是忙了一些日常事务，参与了一些版块组织的有奖征文评选。后因该坛江湖气重，文学气氛不浓，远没历史悠久的中财论坛纯净，致使人员流失，我也日久生厌，淡出了那里。

我的首任主编生涯，就这样结束了。

《小荷》杂志执行主编

我们大单位创办文刊《小荷》的初衷是加强练笔，丰富职工业余文化生活。始属自编自印自用的资料型季刊，编到总第五期时，领导想办成正式杂志，在组建编委会时找我去说，你当个刊物副主编并协编好总第五期，具体任务是文字总校。

2015年初春，县上开两会。我发现终审稿里问题较多，领导让我定夺，排印方也采纳了我的栏目设制，为了工作方便，领导让排印方把我的名字前置，让我领头做好这事。

于是，正式改版后的文学季刊《小荷》以内部刊的形式面向读者了，首期就获得了各界好评。接下的总第六、七期为合刊，开设了当地民间文艺大赛和当地"新常态、新习惯、新作为"演讲比赛两个特辑，该期领导亲自把关，审订封面设计，最后的效果是清爽、大气和厚重，获得了大家的好评。

总第八期开始，领导更替，要求选文"篇篇精"。这期开始，我任副主编兼执行主编，按三位县领导要求，明确刊物定位：简明、精致、大气。也就是从这期开始，我基本找到了办刊的感觉。

第九期我更加努力。原想的是，该刊稿源枯竭，难以为继，很难满足读者不断增长的阅读需求；没有稿费，首发原创重稿奇缺；编辑人少，挂名者都有自己的业务，难以兼顾；我地刊物不少，但都各自为政，缺乏统筹，形成人财分散，稿资浪费。故此我想，我刊办到第九期后可暂停。"九"也是最大的汉语数字，可是领导还要续办，于是又有了第十期。

该刊共编了十四期。基本围绕三位县领导的要求进行：一是"内容上要丰富多彩"，二是"品次上要有影响力"，三是"选稿上要篇篇精"。形成了自己的 15 个固定栏目，获得了 1 期广告收益，得到了全国众多读者的好评，形成了简明、精致、厚重的大型文学期刊风格。

慷慨地说，对此我尽了自己最大的努力，即我说过的一句话：使出了浑身解数。第九期出来时，领导笑眯眯地赞我道，很好，刊物办得很好，年底我们给你发个奖。

金杯银杯，不如读者的口碑。领导认可了，受众满意吗？从我收到的反馈信息看，大多点赞，还有不少行家给予了更高的期待，我们深受鼓舞。

这一切都建立于自己的喜爱。

也出于自己的责任。

故此我坚定了上档升级的决心和信心。后面的每期来稿多，但所需者仍少。以往称"书到用时方恨少"，今才知稿到用时方恨少。为此，我在全国文友范围内特别策选了文稿：如亲情散文，我用"亲情展台"命名，意为量大，为今后固定栏目，且有同台比拼竞技之意；如"童年时光"，在全国精选了 26 篇童年趣事的散文；如"婆媳之间"也从全国百余篇来稿中选用了 26 篇散文。使刊物办出了自己的特色，产生了极大的影响。

《新编农村科普读本》执行总编

一

主编一套《新编农村科普知识丛书》6卷本，虽非我一一撰文，有专门的专家编写，我的"官衔"是编写组大组长（下辖6个小组长），这事是在县委组织部牵头的部门协调会上突然宣布的，我接受得有些突然、勉强和惶恐，不久正式下发了文件。

文件里任命我为编委会排头的主任（两个主任），领导小组的名字全去掉了。当然我们不顾这些，只"时紧任重"地赶工，抓进度，组织专家编写。好歹挨到交稿子了，也是锣齐鼓不齐，总之我们面对一个个残缺，开始了这并不见希望也前途未卜的于我来说的一个"史诗性工程"。

之所以这么说，是因我陌生，兴淡而又必须转入如火如荼地进行。为此我没少查网，没少翻书，也没少跑文轩书店的科普专柜前浏览、凝思和参照对比，我意在要获取一点什么，那就是之后我提议又加上的"新编"二字。对于该"新"，我在两次编委会上作了一次较一次深刻的个人阐述：一是常识性的精核；二是经验性的回炉；三是前瞻性的遥望。对于之三好理解，前沿科技，而对于前两者恐怕就少有人赞许了，因我是针对当时的一种谬误理解：一提到"新"就以为在搞创作，搞文学，我反驳之曰，这种新，完全可以是旧瓶装新酒嘛，也应该是，且很大可能完全是，不然天下之大，哪有那么多新?! 之所以这么强调，是基于我的新深提练性认识。

好歹稿子基本收齐，实际我们编审组（两位主任）的工作早在进行。我用三词来概括我正在进行而还没完全结束的工作：日思夜想、废寝忘食和全力以赴。后指集中了所有食宿以外的时间，所有的精力；中指连吃饭睡觉都在忙，几乎顾不上（睡觉基本按时，但吃饭迟，饿了才吃）；前指白天做，晚上想，一觉醒来想的都是这事：时间、进度、效果问题；不太理想的佐料怎么加工成一套美餐；重大的调整性增减性创意性何以充分而有效地体现……几乎每有一点想法创意，或者每撞一道技艺难关，或有一点新的发现灵感，我都会及时捕捉，着力运用体现。可以说，通过 10 余天的非凡努力，异常辛苦，正在通往编成编好的成功路上。当然该路还长，我们正向前走，一天比一天接近那神圣而理想的目标。

这套书也许枯燥，我让之生动；这套书也许乏味，我让之新鲜；这套书也许让人不抱希望，我让之出人意料。这就是我的努力，这就是我的方向，这就是我的生活。

二

紧张而有序的编审工作开始了。我和王主任分工：我负责体例兼文字校对，他主抓全书的文字校对。我们的编审工作历时一月，非常紧张，历程三段：

第一段：初审，样书成型。主要任务：收齐书稿，进行排版，统一序号、字体字号和版本格式，保持清爽、大气、厚重的风格。具体分工：他先校我做好体例的《林果药材篇》《畜禽水产篇》《绿色蔬菜篇》，我做完全套 6 本的体例后校《优质粮油篇》《高产烟叶篇》《行为习惯篇》。工作方式：他纸质校对，我在电脑上校对，之后我们互换。这段基础性的工作花时半月，反复校对，不分昼夜，也极辛苦。

第二段：精细编审。任务有四：①文字质朴精纯化；②格式简明大气化；③内容厚重时效化；④书质通俗高雅化。这是我们出质量的阶段，也是原定的终审阶段。这段含内容的增减、插图、书质的确定和进一步提升。这段历时10天，也是交差校对，达到可印水平。期间王主任有耽搁，我也有兼顾，故此推迟了3天。这段主要是《畜禽水产篇》的稿子增减较大，同时体例编审量大，同时也有《绿色蔬菜篇》的插图、文字增减等。

第三段：纸上校审。我们采取欣赏式、挑剔式阅审，意在为提交稿件作准备。由于前期工作做得细致扎实，这段花时极少。在刚满一月的那天即2017年8月2日下午，我们正式印出清样，按编委会事先的时间要求，提交到顾问组。

顾问组用3天时间阅审完全稿。在肯定了全书"精、准、实、细、新"的特点之上，也提出了一些需要调整和增补之处。这些一针见血的意见，为全书的最后成型起着重要的作用。之后就是编写组长评估会，大家一致叫好，同时也提出了一些个别修改。

该书的样书我们选在开封精美印务试印。他们制作了PDF格式，设计了封面，配图和细节的处理较为精美。

与此同时，我还写了《认真组织，精心谋划，编好〈新编农村科普读本〉的工作总结和编写请示》。至此，该工作暂告一段落。

叹气，很累。人在绷紧神经之时不觉得，一旦松弛下来，反觉得累，不太适应。为了放松和转换脑筋，我连续找老陈转路，这是我们编写此书以来中断了好久的事，也找人或网上下棋，想从一种状态迅速转入另一种状态。

（2017. 8. 15　普安）

我当主持

讲话多次，而当主持，我还是大姑娘坐轿头一回！

——手记

一

世间事，无奇不有，也都有其自然产生和发展的规律。

这个夏季，啥都可能发生，包括一些意想不到的事。

那天，孩子舅母 QQ 上邀请我参加她女儿的升学午宴。

好的。肯定参加，不请也要参加。

她又说，到时你给讲两句，可以简单点。

我不太明白。是桌边站起来随便说几句，表达下主人家意思，还是拿个话筒上台？若是上台，我以前讲过，不算难，而要是主持，我可没做过，而她的意思是代表主人家招呼下客人，故我推辞道，没做过这事，你还是请个专业人士吧。

她说，就你。

我为难了。

在一般情形下，当着几桌客人临场站起来说下人家的意图不难，可如有视频、音响、话筒和舞台的正式场合，就得有一个哪怕简单的程序。可是孩子舅母的意思，虽非正式场合，但需持话筒上台。这我就纳闷了：难道这还不算正式场合？又咋为简单呢？我谈了自己的看法：如上台用话筒、扩音器，就算正式场合，得有一个简单的程序；若只是简要地招呼几句，那就不用拿话筒上台。但她的意思，两者合二而一吧。

这就有点不伦不类。理由是，客既然有 10 桌，不妨就干脆请个专业的主持吧。

她不置可否。

此事陷入了僵局。

妻的态度也模糊。当然，她多站在她弟弟弟媳的角度考虑。只怨声说，就他们说的那样，简单点。

我生气了，怒道，"你屁都不懂！简单，如何个简单法？说什么？怎么说？既然拿了话筒，又上了台，还叫简单吗？这样的事不是没有，但效果不好，弄得四不像。既让我做，又不采纳我的意见，这事我做不了，做不好！"

当然，我说这些，也是我的心里没底、怯场，既担心持稿的不熟不雅，又有内容不好准备的忧虑。妻快刀斩乱麻地说，"那你就算了，别干这个。"

翌日她 QQ 上告诉我，别整神了，他们已换人做，主要是想弄简单点。

确定吗？

确定。

OK！求之不得，谢天谢地，我正好解脱。那几天忙，出刊的事对方没做完，我的主要精力还在这上面。不过，由于他们不信赖以及顽固，不懂又要装懂的样子，让我很失望和心痛。

第一想法：不想参加这个，眼不见为净，看他们咋搞。

第二想法：去应酬一下，不吭声，只吃酒，吃完即走人。

周四我回去吃一老表孩子的婚酒。拢屋我先给妈煮午饭，开始她不起来，听成我让她去吃酒。我大声说（她耳背），你走路都那样，能去吗？最后她磨磨蹭蹭才起来，我把半瘫的她（腿脚不灵便）扶到了她的固定座位吃饭。

我进厕所快速冲凉。

电话已催了几次，我赶去。

一进大厅，碰到妻子，她说来了就好。

接着是老李等了我好久，说起主持的事，我说进屋再说吧。

找空桌坐下。老李的意思，还是你做。我说，不，不，定了的事，别改！况且，你做合适。我说决定的事就不要变。他去找了孩子舅母。反正是你俩的事！她说完这句，屁股一抡，走了。

老李说，孩子志愿也是你填的，你是老大，最合适。

我说，两码事，你就安安心心地准备吧，到时要我发言可以。

二

如此，我们已实际开始了各自的准备。

我准备升学主持词。我先自己写，再网查格式，最后做必要的润色及修改。

老李准备来宾代表发言。

主持词改了几次，内容分三部分，实际是做了他万一不配合（发言）的两手准备。内容以"谢"和"励"为主，分三方面：

A. ×××的应届升学，主要是她辛勤读书的成果。

B. ×××的成绩取得，也是各位亲友关爱的结果。

C. ×××的未来发展，有劳各位亲友的继续帮助。

升学宴的前夜，老李来找我，说，他和孩子爸同意发言，只是孩子不同意讲话。他让我看了他发言的内容。当晚，我又对主持词作了修改：

（1）宝剑锋从磨砺出，梅花香自苦寒来……（内容同前）

（2）水有源来树有根，莫忘父母养育恩……（内容同前）

（3）书山有路勤为径，学海无涯苦作舟……（内容同上）

如此一来，加上前后中间选用的诗词对联为骨，恰当串词的合理选用，一篇短小优美、极富亲和力的主持台词，诞生了。

满满的 10 桌客人，洋溢着升学的喜庆。视频里滚动播出孩子所考的大学图景，台上"×××升学宴"的清晰字幕，她的成长照片在配乐里精彩呈现，渲染了升学宴会的浓郁气氛。

午宴开始，我手持话筒，先站台角"说明一下"，然后走至台中，微微鞠躬，以一幅响亮的长联开始，拉开了这场简短升学午宴仪式的序幕（称呼本只浓缩为"各位亲友"，临时加上"×××的同学们"，博得了前排同学的欢呼。文中的精彩对联，引起了大家的浓厚兴趣，整个场面掌控极好，杂音极小）。

我的嗓音洪亮、清晰，节奏不紧不慢，只是地方方言浓厚。家长和来宾代表先后发言，衔接紧凑，串词得当。利用主持机会，最后我还强调了上述三点，宴会气氛进入了高潮。

三

10 多分钟的简短仪式结束（由于等候部分同学，仪式开始时间推迟，我生怕影响开席时间）。

我下台回归自己的座位。孩子的舅母欣慰地说，以后这样的事，就是你了。

孩子的舅舅也极为动情地说，感谢你的帮忙，今后还情。

我瞥他一眼，还这么客气？

他又说，效果很好，不愧是搞写作的，搞办公室的，和我们单位×××的孩子升学宴都差不多了。

晚上，孩子父母招待留下的客人，我们作陪。同桌的老李也大加赞赏，说，你真是一鸣惊人！

还有几个年轻的亲友也同声附和说，可以，很好！

妻也说效果还行，同桌的一个老师说，讲得还细。

我问她我的声音如何？

她说，牛大的一声一声的！

我是红着脸（但强作镇静）主持完这台短短的仪式，自我感觉良好。主要是我文案出自真诚，选用了一些诗词、对联及好的串词，有力地渲染了喜庆的气氛。但是表达及流畅效果特别是心态的平静、镇定的程度还有待提升。我自信而略有遗憾地对妻说：这样的事于我很平常。虽头次当主持，但在婚礼上讲话多了，我讲这些每次都自己写稿。若这次他们全听我的，各人讲稿先由我审定，之前先作彩排，效果会更好。

这就是我的首次当主持。我跟妻谈感受，一件事，即使你心里没底，没把握，但只要你努力去做，用技巧和智慧，未必就不行，也未必就不能走向专业。王侯将相，宁有种乎？那些所谓的技业专家，宁有种乎？

（2016.8.23　2021.5.20修订　新城）

闲逸篇

心远地自偏

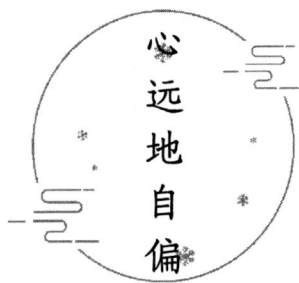

秋色之成熟，生命之壮美。天宇之澄明，人生之练达。

休闲飘逸，智慧人生。

人类宇宙，浩浩汤汤，生命长河，奔流不息。先贤曰：逝者如斯夫，一去不复返也。

跑　步

跑步是我喜爱的活动，为我的主要爱好之一，也与我的各项生活密切相关。

读书时就喜爱跑步。坚持每天课外跑校外的闻溪路 1500 米，收获有三：一是头脑清新，增强了记忆，有利我顺利读完高中及后来的补习。二是增骨长高。我从入学的 1.616 米，长到了 1.68 米。三是抗御疾病。我怀疑自己后来是否患过肺炎，不然每次检查肺部怎么都有个小小钙化斑呢？医生说这是病愈后留下的痕迹，但我没吃过药，也不知得过病，休息和营养当时跟不上，那就一定是长跑的奇效了。

读书充满了憧憬和艰辛。想上大学，学技业，出来参加技术工作，实现自己的人生价值，但是那时是七八十年代之交，农村还没包产到户，人还在饿肚子，我们过着半粗粮半细粮的半饱日子，有饭没菜（也买不起），有菜没油，所以我的跑步这时就意味着要消耗更多的体能，但为了繁重的学习，为了有个好的身体，我仍不惜多流汗，以跑步来强身健体，以完成自己的读书任务。

工作后我跑三条路：剑南路、小石口和江石桠。

第一条是我刚参加工作的跑步。几个女子盛赞文主任身板好，成熟稳重，我想除了他心态好外，肯定就是他酷爱跑步的功效。我跑步非为健美，好看，而是为了消忧解困。当时我虽参加了工作，却仍惦着大学，报读了四川青年自修大学，所以为了理清思路，找准方向，也为了站稳脚跟，搞好眼下的工作，我需要跑步。这时的跑步让我神清气爽，自考首捷，工作顺利。

跑小石口时我已调到了逾万人的龙镇，我包千人村，搞财会工作。这时我坚持跑步，冬天天没亮我带上手电筒，无论吹风下雨，我都一个人咯吱咯吱地跑向剑南路的小石口。此处可分道走4小时山路回家，也可直通南边的乡镇。

返回时我浑身是劲，在大院的过道砖墙或旁边的铁门上"嘿、嘀、哈"连击三掌，然后三步并作两步，飞越石阶，回屋洗漱，之后下楼去打早饭，来回都是跳跃楼台。我的劲用在工作，也用于自考攻坚。

我在龙镇工作的4年可谓得心应手，完全处于自由舒畅和超常发挥的状态。我发言积极，有自己的主见，我坚守财经纪律，不徇私情。因我工作受命于危难之间，做事谨慎，有自己的做人准则。这些成效，既来自我的人生经验积累，也来自我的坚强意志，而这个坚强，那就是我跑步锻炼的结果。

跑江石桠时我赢得了爱情。调入江乡的那天，爱情之门向我敞开。当然这个女子的出现并不意外，她曾是我的意中人。可想而知，和一个如意的女子有幸走到一起，自然是美遇良缘。而这一切，均取自于缘，更取决于人的综合素能。而一个人的综合素能的形成，必须有一个集合点，对我来说，这个点可能就是最佳的跑步锻炼。更明显的例子，我在江乡自考过了3科，也是受益于我的日日跑步。它让我有了毅力和意志，有了灵活机动的自修方法，没在千军万马中败阵。

进城后我跑四条线：塔子山、李家河、三江口和清江河。每线跑程 1 小时。塔子山是我每周要上的山，山顶有鹤鸣亭。我跑塔子山一气跑上山顶，累得气喘吁吁，面如土色，但清晨山顶的空气新鲜，肺活量加大。这时静下，闭目，呼吸匀细柔长，感受如何？不经历不知。在塔子山，我常有一种居高临下的博大胸襟，多有一种总揽生活的壮阔。这种感觉，不经历者同样不知。跑李家河，穿城而过，遇见了晨光中的路人。星月伴行，河岸晨风，可以洗涤我的万端思绪。我的思路大多形成于此。我的第一篇上省业务刊文的关键字句也形成于此。我颈椎腰椎病的治愈，除了坚持用东方人保健仪，同时也坚持长跑，并没听信一些专家的做手术。三江口是一条平行跑道，道路宽阔，穿桥过河，沿河对岸折回，可见晨光中的车辆、路人、大桥、河水以及苗圃的各色鲜花，可闻繁闹车站的熙熙攘攘和剑州中学的琅琅读书声。汗水的簌簌流淌，使我身轻如燕，强身健智，神志凌飞。新城的清江河是我跑步的重点，也是我每天出没和巡游的地方。

跑步是我的家常便饭，我坚持了多年。有的人怕跑，嫌累，没恒心，他们跑步只装装样子，为了锻炼而锻炼，有了疾病才锻炼，这咋行？跑步应是最轻松的活动。年轻时你快跑消耗热能，平息心态，能稳心增智；中年你跑出个生活恒久弥新；壮年你慢跑恢复骨力、体格和信心，焕发出生命的潜能。当然慢跑在于一个"柔"字，在于一个"韧"字，这有如慢工出细活。总之跑步可以调和你的运动、消化和神经三大系统，可以激活你的体力精力，可以增强你的意志信心，可以焕发你的艺术青春，这足够矣。

下　棋

　　象棋易学会。就连从不下棋的父亲也会背"车行直路马踩
尖，炮打翻山象飞田，卒子过河环顺走，士象不离老王边"的口
诀，但他只观不下，宁愿为下棋者搞服务，也不亲手操作。因他
的兴趣在长牌，从9岁开始，打了一辈子，那是他的最大爱好。

　　我的棋兴有多大？从我的"棋历"可知。读书时偶尔玩玩，
乡镇工作时我每到之处必买象棋，进城后在单位和家里都放有各
种型号的象棋，总之只要想下，到处都方便。

　　我下棋的频率有多高？因为有棋，下棋机会就多，有时还应
接不暇。但只要有空，我都会奉陪。因为棋友来找你下，那是看
得起你，输赢在其次，切磋棋艺固很重要，而友情才最要紧。在
龙镇，老王镇长常悄悄跑上楼来，他开门见山地说，"下一盘！"
我立即应战（甚至放下手中的活儿），不论输赢，尽兴而散。下
村，同事王松也说，"把棋带上！"见我犹豫，他便说，"装个口
袋，我提！"进城之后下棋更多，网上网下，我忙得废寝忘食。

　　我的棋术如何？和同事下，观街面上的一些棋摊，还算可
以，但与象棋软件上的高手对决，那就捉襟见肘了。那些高手常
困得我头痛，心累，一筹莫展。但是此时最考验人的心性和耐
力，我只要坚持好，看轻输赢，抱着锻炼的态度，就可以提升棋

技，转手与同辈下，就易取胜。这是一种方法技巧，也是一种心灵境界。

一次我赛前研究了《象棋大师》软件上的残局定式，比赛那天，几个新手仓皇败北。到了一局关键比赛，我们激战正酣，彼此沁出微汗，围观者们指指戳戳，居然有人窃窃私语，暗中给对手"支招"，我也并没在意——相反他们那样更乱。结果，还是我胜。当时我连赢3人，轻松地回家，狼吞虎咽了几大碗。翌日，半决赛我胜，决赛首盘我因一着不慎，导致满盘皆输，第二盘心态不稳，对高个对方的沉稳和以逸待劳（他提前一天赛完）有点虚，误失一子之后，我心里认输了，对方趁势扩大战果，强逼兑子，简化棋局，他胜，我屈居亚军。

一次行业棋赛，赛前毫无准备，就仓促上阵，轻松赢下第一人后，还要加赛前面的缺赛，即使如此，我也连胜三人。其间电话响过两次，一次是老师讲侄子高考的事，一次是妻买建材回来，说钥匙丢在家要来拿钥匙，都没影响我。第二天半决赛，全输在心态。与后来冠军下的那盘，彼此只剩1马1炮（我2马）士象全，本正和棋，对手也无心恋战，只是都没开口，谁知我大意失1马，我站起被判负。与亚军那盘，双方只剩1车1炮1马1兵，我执先手可强兑车（否则他丢兵），简化成和，不料这时我一心想胜，放过了兑车机会，惶惶之下输棋。与季军那盘，更是虚他历次大赛夺魁，我便几招之后认负，最后我屈居第四名。

做饮食

擀面条

我从小就挑食，不满母亲做的饭菜，爱闹。工作后嫌伙食团的饭菜不可口，成家后嫌妻做的饭难吃，比如她擀的面条只有寸长，煮熟之后却成了一锅汤，好易才盼来一顿擀面，竟成了这样。我怒不可遏，她反唇相讥：给你弄出来就不错了，你还嘴硬！她的话很刺人：有本事，自己弄！

嘿，我这人啥不怕，就怕这样的藐视和激发，我天生不信邪。弄就弄，过来！我倒掉碗里的"面汤"，自己去重新和面，搓面、擀面、迭面、切面，嘿，我切成了要多长有多长的条。你看看，嘿，你看看。这时妻不理我，背对我喝完了碗里的"面汤"。我有些戏谑地逗她，别吃饱，留点肚子吃我的。妻擦泪，起来放碗，说，吃饱了，气都吃饱了！

其实我也是首次擀面条，来自她的激将，也来自从小常见母亲擀面条的技巧，还有重要一条，我经常说她，也等于是得罪她，费力不讨好，事后我想，有这说的功夫，还不如自己做。所以后来我每逢主要饭菜总会说你过来，我来弄，实际我怕她弄不好，败兴；这也是她后来把这项特殊而重要的饭勺权彻底交我手上的根本原因。我首次成功了！

总觉得妻炒菜手法单一，难吃，吃多了伤胃，想吐，让人永远根绝一些饭菜。特烦她滥用味精，说之不听，无效，我连续将几袋味精甩下了窗外的水沟并从此禁用了多年。实说，我家至今忌用味精。我的理由强劲：味精源于矿物提炼，有毒，吃那么多干嘛，还有就是甜冰冰的，有啥好吃？此外，我还特反感妻逢菜必多放食盐与酱油，我骂之，"食盐是你的老子，酱油是你的娘！"

可见那时我年轻气盛，什么都想好胜争强。我对事业精益求精，对生活也从不马虎。我的信条，对伙食团师傅说过，嘿，怪了，我一天到晚奔忙劳累，就吃手里这碗饭，人他妈的，一辈子，就手里这碗饭都吃不好，活人啥用？！我对妻说，你们女人重穿，我们男人重吃，我吃都没吃好，我哪还有兴致？其实真要放大了往深里说，我是有美食家的特殊口感的（我后来从事文学评论也多少有点出处，但愿此言不牵强），这点，我自己最清楚。

妻对我的最大刺激，让我爱好里平添了一项手艺：烹饪。我发觉许多烹饪书太繁杂，基本调料30余种，太多了，没必要。比较而言，金盾出的《大众菜谱》好使，好用，基本调料才20种，办得到，办得齐。我学会并熟用的基本菜系有干煸大系、麻婆豆腐、家常豆腐、盐煎肉、红烧肉、三鲜肉、蚂蚁上树、干烧鱼、腊肉蒜苔、爆炒各系，其中长盛不衰的是干煸系列。为此，父母每逢生日，只要我回去，一般都是我当大厨，妻妹只当配角，得到了三喜爸吧嗒下嘴，称这三鲜肉丝真香；蒲姑夫喂嘴，说红烧肉色正质脆；女客们热衷蚂蚁上树，甚至晚上都来问我中午剩没剩有这菜；小孩们紧盯着干煸排骨；堂幺弟当面夸我冬瓜汤好喝……亲友里有厨师，他们也完全认可。

艺无止境。即使我熟练操作且多年百吃不厌的干煸大系，细心者会发现，我自己也嗅出，煸一千次，有一千个不同，正所谓达芬奇画蛋 2000 个，个个都不同。此想法和追求，妻能办到吗？别人也如此吗？

厨艺助推了我文艺。我从不孤立地看问题，万事都有联系。有些菜，也未必全照菜谱，只要知其方略，就能熟能生巧，新创也不在话下，这叫学以致用，融会贯通。

干烧鱼

春节的一天，岳母请我们晚上吃饭并提前去煸鸡脚和煎鱼。

干煸鸡脚是我的拿手。我做此绝活也非一天两天，有菜谱和几年制作经验垫底，不足为虑。可是烧鱼我心里有点怵。虽说鱼和熊掌都好吃，就目前经济水平和市场物价，偶尔吃吃鱼还可以，但我们绝少吃，倒不是不爱吃，说白了怕弄。

鱼的味道不好弄，清淡的红味的都乏人弄，谁能让人推心置腹地大叫一个"好"呢？事前我翻遍了烧鱼的所有方法，通晓和类别了烧鱼的基本原理，最后选定了红味干烧。

我给岳母备好的鱼身上打花刀，这时她的儿媳妇小芹回来了，我先客气地说鸡脚我弄鱼你弄吧，她眼皮一翻快快地说你弄哟。

我油炸鱼时她又进来，她先问过我鱼要炸吗？我轻声说要炸一下出水分，她看完我油锅里翻鱼两遍，干硬，成型，没烂。

当我正式制作时小芹又进门。我想把多余的油舀掉岳母肯定怕鱼腥味不让，小芹说就按你拿手的去做吧；我放了一系列调料后入鱼，小芹问你经常烧鱼吗？我说烧过，也不是经常；这时我心里的怵降低，看着那样的火候，那样的红汤黑水升起的香味，我心里有底，就轻轻用炊具翻动一大一小的两条鱼两次，待入味，基本干稠后出锅。

岳母给我摆了只长盘，我一颠一倒地将鱼摆好，鱼没变烂变形，然后回锅烧制佐料，最后浇淋到盘里的鱼身上。

岳母嗅嗅鼻子说肯定好吃，看那颜色样子。

好不好吃一桌人围拢来即见分晓。他们给我预留了餐桌正中的位置，那些牛肉、肥肠、炖鸡、红烧鸡似都成了附属品了。

大家小心地吃鱼，慢慢品尝，一小块一小块地放进嘴里。嗯，好吃，他们各自发出了由衷的赞叹，早已戒了猪肉而专吃鱼的大药房老李忍不住惊叹：嘿，你烧的鱼大有长进了！

那盘鱼很快被吃尽。岳母之子值班回来，盘里只剩下骨架了。

此次烹鱼纯粹凭的是现学和以往的经验，但食者不认为我没做过，还当我是专业者呢。他们没异口同声地赞我的原因我明白：一是现在生活水平好了，大家常进馆子吃宴席口感早已麻木，二是我常烧菜，学过菜谱，本该如此，于我并非新奇。

可是，这于我可是大姑娘坐轿头一回。当然，如果我当众说我从未烧过，不知他们的胃口又如何呢？也许他们有的就立即乏味，觉得差点什么，哪怕这时已吃净不剩。故此有些事即使你不会，你不说，只要干好了人们同样也认，把你当行家里手，甚至你说不会他们还不信呢，事情原本就这么简单。

音乐情结

我有几大爱好，文学排头，音乐老二。

但我喜音乐比喜文学早。一个人可以不喜或少喜文艺，却不可少音乐，一些好的歌曲自会传唱入耳，引人共鸣，这是人体的自然反应。

艺术同源。当我听到一些乐感强的曲子会受感染，甚被完全俘获，融入其境，这时我会情不自禁地说，天哪，真是入错了行，我就该去搞音乐。这是实话，哪怕我去当个蹩脚的器乐师，或者乐场杂工，也比这样劳而无功的强。这时妻会不无醋意地说，好啊，好，那你走，就走，背上包包走啊。她首先是过敏，以为我看上了哪个能歌善舞的美女，并还添油加醋地戏谑说，你去追随你的那些艺术美眉吧，我不留你。我也顺势逗她，那你是不是早就看我不顺眼了，想赶我走？她表情复杂地讥讽说，你们这些个所谓的"艺术家"，特别是男人们，都不是什么好东西，十足的"疯子"！她甚至还恶毒地诅咒和取笑我终将"孑然一身"，她还边笑边给我手舞足蹈地比划这个成语所代表的凄凉图景。

我深知妻的复杂心情，也知她理解上的难度，但这并不妨碍我对音乐艺术的热爱。

都想为之奔走并勇于传诵，这充分证明我们有了这方面的潜能及要命的天赋。这个结论得于我对一些音乐舞蹈绘画艺术的欣赏，我的激情被充分调动，我的融入可以说是灵魂性的，这时我自会有意无意地肯定说：可惜此生，我入错了行，站错了队，咋没去搞音乐艺术呢？

这个"早"字，也表现在我坚实的唱歌行动。

当年我高考结束才十七八岁，却是几度高考的人了。那时的学真难考，难得我都不堪回首。高考之后，我径直下街用节省的钱买了一支笛子和一本《简谱乐理》，回去开始吹奏。我小学学过简谱，但因生病缺课而没学完整，造成我节拍不准，连唱不起来。后我可以自学通过汉语言文学专业，却没学会简谱。

但这不影响我学唱一些老歌。读书时我唱着《英雄赞歌》一个人昂首走向县城，完成了自己的读书补习；工作后我哼唱《思亲曲》度过了寒冷的冬季，哼《枫叶飘》等缓解了自己凄凉的心情……总之，那时我用一个塑封笔记本专门收录这些带谱的歌曲，我以熟悉之调去唱词并用笛吹奏，甚至后用给孩子买的电子琴去弹奏，一有空或睡前醒后都要和妻赛唱几首，那时我们年轻而浪漫，对生活充满激情和向往，也互相欣赏：觉得妻的音色清亮有如天籁，但我的节拍和达意更到位。我想过，我的音乐欣赏从那时就开始了，这为我后来的文艺创作积淀了重要的基础。

但我从不登台也没当众演唱。因不识谱，怕唱不准。我讨厌那些"南腔北调"，也小觑那些"自由之声"，人的音色不好可以理解，但节拍特别是词意走样那简直就叫乱"吼"，那不仅是浪费资源，也是对神圣音乐的玷污。当然，如果为了心中发声还可理解，而有意显示并登台献艺就令人难受。所以我不参加自由歌会，也绝不去一些"乱七八糟"的音乐场所，我一直心存圣洁的音乐，信奉只有用庄重的仪式去静享。既然节拍不准，表现力弱，怎可去登台出丑？与其这样丢人现眼，倒还不如找个僻静之地去自由练唱。"大衣哥"朱之文的练唱方法就值得推崇，那些牧羊练唱或者隔山喊人练声都值得借鉴，因为音乐是神圣的艺术，我们对之应充满敬畏。

另一原因，也可能是从小父亲就讥讽我是什么"左喉咙"，这是民间的一种说法，喻一个人唱歌跑调或发音不准。自己是否如此？反正那之后我再也不敢当众演唱，故此我的音乐梦想仅仅停留在自哼自唱的自由练唱阶段，历经多年也没有进展。

但我还是在不断欣赏和思考别人的演唱。这包括数届青年歌手大赛、星光大道、银河之星、歌从黄河来等电视歌手大赛，我几乎每场必看。我也在场外点评中提高了自己的音乐素养和受到了文艺熏陶。因此我记得的歌手或许比文学名家还多，这种交融极大地提升了我的艺术相通。这个作用，应无可估量。

音乐是我仅次于文学的主要爱好，这不仅是喜欢程度的问题，也是给我人生启迪效果的问题。我甚至想过，对我们这些艺术痴迷者来说，可以没有更多的钱，却不能没艺术；可以没有高官厚禄和物质丰盛，却不能没有艺术享受；可以没其他的一切功绩，而不能没有音乐在内的艺术成就。

（2016.3.9　清江河）

取　名

孩子姓名

那时在乡镇上班。一天我回家帮父母农忙，打算三天之后不管农忙是否结束都得返城照料临产的妻子。哪知我上午刚回去，正吃午饭，就有人跑来双手拍大腿说，"快！快！！快！！！"

这个小汪，那么远从城里跑来，咋只气喘吁吁地说一个"快"字呢？说你笨么，能一个人搭架吊水泥沙浆上墙，说你聪明，却又张口结舌地说不完整，快什么嘛快？又没下文。当然我们全明白了，我还是镇定地招呼他赶紧吃饭，之后我和妈丢下碗下场镇，骑车去县城。

在县医院的妇产房，见到了母子俩正亲昵地相拥在一起呢。我们的心里释然，接着就开始心花怒放地忙碌起来。

一周后我们回家。那天我在自家门前的小凳上悠悠地翻一本字典，给出生一周的孩子取个什么名呢？标准：一是不重复别人（包括前者后者）；二要有特别意义；三是好叫并顺口。要求是既非生僻字，也非四字名，还不取三字，就简单的两字易上口。

我煞费苦心。一本厚厚的《新华字典》翻遍，脑子也想"滥"了，终还没结果。最后还是应了"希望是给有准备的人的"，准确说是灵机一动：嘿，就取一字"午"吧！孩子生在"女子想已不得已，男子想午不得午"的午时，再说他也遇了几个"午"音，午时、庚午年、农历五月、周五，这么多的"午"真难得，对，就取名"午"字。那刻我如获至宝，大家也说好，我们就这样确定了。同时我还强调，就别再给孩子取什么乳名了，农村的那种丑名好养的做法我们不借鉴，免得人一生都为此羞愧，如要喊乳名就随你前加后缀，只要不脱"午"字即行。如此，他妈妈叫他"午子"，他婆婆叫他"午儿"，他爷爷叫他"午娃子"，他工爷爷叫他"现午"（按辈分），但多数人都称之"梁午"。他也极力反对并认真校正，睁大眼说，我叫梁午！用时辰取名，估计没多少人想到，这字也简单上口。其实我可以真实地告诉你，仅凭这名，孩子从小就出名了，知道他的人比知道我的还多，甚至不少人都当着我们的面说，这是梁午的爸，这是梁午的妈，你就是梁午的爸？你就是梁午的妈？当然至于后来他读书顽皮，反叛应试教育，我们无奈才在"算命先生"的指导下更名为还是我给取的谐音字"悟"，但我们含许多人仍没改他的曾用名称呼：梁午，你就是且只能是梁午！

自己网名

许多人知我网名叫莫名，却不知来历。

20世纪90年代中叶，互联网在我地悄然兴起，为了推进发展，采用一些激励，如在工作论坛附设"××江湖"，以增人气。我对"江湖"含义不明，只知影视剧里打打杀杀的行侠仗义，"人在江湖，身不由己"的人生险恶，以为这些就是江湖，故我们进入聊天室很谨慎，也没弄清"虚拟"网络与现实之间的关系，故我们在注册自己的网名时很小心，也特别"讲究"。

至少不能用真名，以免暴露自己的个人信息，也怕公开与异性聊天招人耳目，但要引起别人重视，所以这个取名既要避讳，又要显眼，还得有点文化味，最好含有自己的个性情趣及人生追求，力争取个一劳永逸的特殊名字。

那些日子，我一有空即泡在有音乐、图片的热闹江湖。用妻后来的讥讽语言说，"那家伙陷入了虚拟世界"，"成天泡在不知光脸还是麻子的家伙里面"……我闻之苦笑但还是没抽身。实际上，当我们陷入"江湖"的那刻，我们除了青睐某位萍水相逢的"知己"，确认自己就是侠士。侠士之"侠"者，乃义薄云天之豪壮士也。为了更好地混迹于江湖，我本不想注册网名的想法很快就土崩瓦解，感觉没网名真还不好混，这时眼看我的青睐者已转媚他人，这让我"痛悔""煎熬"不已，不得不赶紧行动。

那天周末，值班没事，我就闭门上网。尽管取个网名不难，以前我替人取过，但这次不同，尤在情急之下，一时真还想不好取什么。

内心汹涌澎湃，焦急迫使我在室内站起走来走去，眼看时间流逝，江湖人气正旺，好友小婧快下线了，我还没取好自己的网名呢。咋了，我今天是咋的啦？遥想自己当年，自考10年都没有难倒，难道今天还怕这个——我竟想不好自己的网名，想不好网名、没想好网名、没有网名、没网名、没名、无名……对了，就是它了，踏破铁鞋无觅处，得来没少费功夫——莫名！

我取"莫名"鉴于以下几种考虑：一是自然而生。什么最美？自然乃大美。我的此名来之自然，为取好名而想不出好名，想有结果而一时无果才有的这个"无名"＝"莫名"。二是名人效应。改"无"为"莫"，我的确想到了莫言，虽说20世纪90

年代莫言没现在出名，也没获诺奖，但他还是有些名气——至少知他是山东籍作家。但我为何突然想到了他呢？除他笔名姓"莫"之外，就是我函授过的鲁院这所全国唯一的中央级文学院，那里的老师都盛赞莫言是鲁院出去最有成就者之一，是鲁院的骄傲，所以说我看好莫言，认为他今后必有大成，也更信任鲁院。

关于网名，我与网友的对话如下：

问：你咋叫莫名？

答：咋的，有什么不好或不妥吗？

问：也不是不好，就是有点莫名其妙。

他们有的是想知道我为啥取这名，有的不喜欢甚至反感这名，但我都给了坚定的从容应答。我说，你不明白很正常，到时我可以告之。

问：啥才叫"到时"？

答：好友（谈得来的聪慧漂亮的年轻女性）才告之。

还有人问："莫名我就喜欢你……"你跟这歌是否有关？

答：嘿嘿，我都不知这歌何谈有关。

更多的人问：你和莫言啥关系？

我说：兄弟。

他们没笑。我没笑。但彼此都知这是胡诌。一个随便取的网名，哪攀得上什么名人，况我也从不依附别人。在我看来，一个人的成就，更主要取决于自己，而非什么攀龙附凤。但我称"弟"有特定的涵义：即他是山巅，我是深谷，我们不可同日而语，但我可以学之，就像河谷仰望高山。所以莫言后成，我有点惊奇。

莫言获诺奖的当晚，有位失联已久的文友找我问话——

老莫，你兄得了诺奖你知不知道啊？

不知。

网查，果然是！

那你高不高兴呢？

你说呢？中国终有人得此望尘莫及差点阿 Q 式失望的大奖了。

仅仅如此？

那还能怎样？恐能增些国人的创作自信吧。

……

后来还有人特约我写莫言小说的文学批评，我同样是喜忧参半。喜之别人看好我的评论，忧之怕写不好扫了别人的兴，更主要是，莫言的书正热销，我岂能添乱。对方进一步解释说，这样的评早就有了，还是全国的著名专家学者写的。但我深知这非我之能事，故婉拒之，说，他的书我少读，以后如写有定会支持。后我意犹未尽，就找来妻 10 年前在地摊上买的《莫言小说精选》，读了里面的《红高粱》等，写了篇发自内心的批评，但至今都没投向任何媒体。

此乃我与崇敬的莫言之间的虚拟渊源，也是我坚定这个网名从没更改的根本原因。

三是估计该名难重复。虽后来出现过多个意同字不同的"无名"，估计没多少人会想到，也没我这些内心的隐情。

我庆幸自己有一个好网名，虽难像莫言那么赫赫有名，但我喜欢的熟悉了的东西就很难改变。

独　舞

由于生活的差异，我常一个人畅游各处，独步书海，独自神思，沉醉于想象的奋飞。这种自由随意的心态，我称之"独舞"。

让行走成为生活的常态。

选一些地方游历。山不在高，有仙则名，水不在深，有龙则灵。这是一句俗语，却道出了一些生命的本质。其实，我们只需一双沉静和敏锐的眼睛，生活里处处见美，让人流连忘返和沉醉痴迷。在某一条河流上，但观水流，动静结合，行舟覆舟，浪花飞溅，你会心摇神荡。但行漫漫长堤，清风伴我行，月光照我影，孤星独处，不以荣枯为念，引人深思。山腰的火车缓行，穿云破雾，钻山过洞，河水在它身下，大地在它脚下，它奋勇向前，不分昼夜，终达目的，让你感叹。这些都是我们日日所见的风景，如果你不以为然，不入耳目，就滤掉了，定然不会在自己心间留痕。这里没仙，没龙，却是你心中的风景，差别只在你的缘遇、识别、"亲临"和"亲吻"程度。

日日所见的山，会不会久而生怨？回答是否定。这些熟识的山，各成峰岭，千姿百态，气象万千，这是指形；而你是"有心人"，不管你愁肠百结，还是笑逐颜开，你每次见山的感觉都不相同，而这个差异，定然生成于你沉静而机敏的触觉。这是一种微妙，也是一种难得的领略和穿越。

这些风景的价值在于，契合了你的心境。让你陶然、定然、静然甚或奋然，让你更加明净和沉淀，也让你恍然大悟、如梦初醒和心领神会。我穿行于这样的一条河、一座山、一片林，注目过一只舟、一座庙、一块石、一棵树、一丛草，这些，让我思想沉练，有了激情，有了奋飞，有了立即下山回去做事的心情。

让阅读成为人生的奇遇。

选一些书海游弋。我读书没规律，碰到啥是啥，找到谁是谁。再伟大的名著经典，如果与我无缘，也只是空叹。但我并不觉得可惜，因为世上万般皆缘，再好的女人，你无缘得不了，再好的美餐，你无福难消受，再好的经书，你无遇何受用。另层意思，世上万般各司其职，自行其事，钉有钉用，铆有铆用。书籍是你碰到啥是啥，喜欢谁是谁，都有你眼睛一亮的东西，关键在你的缘分和慧眼识珠。为何同样的书不同的人会读出不同的味道？那是因我们的认识不同、需求不同、理解不同而已。所以这些年我读书"杂"，报纸他们不看我看，杂志不读我读。先生们女士们友人们，古人说"书中有黄金"，没错，关键是你要有善于发现和"揪"出它的本事和眼睛。

游弋当然有重心。一句话，我喜欢的，还问，令我卒读的，再问，刺痛我神经的……人的神经需要刺痛，否则会变成"无神"或"失神"，如此，万事皆休矣。

让思考成为意识的海洋。

选一些情丝咀嚼。人类的美好情感，不会因时事而消亡，也不会因生命财富的有无而枯竭。

这样想着，就有一个姗姗的女子向我微笑着走来。她带一身霞光，披一身迷雾，看得我眼睛涩痛。我怎么也看不够看不明，她那满头的雾水，还有动魄惊魂，最后我步入了情感的沼泽，因为明知是雾也有意陷入，有着奋不顾身、赴汤蹈火、地老天荒和生死不渝的悲壮气势。

虽没许诺承诺，没敢于担当，但已情不自禁地走拢靠近，因为这毋须声张，毋须张扬，也毋须前奏，我们就自然走近。路上，河沟，树林，电视旁，都有我们成双入对的身影。尽管我们的话语不多，但是心有灵犀。我们毋须宣言、表白和承诺，就自然地，几乎是同时把手伸向对方，紧紧相握。这个过程虽短，稍纵即逝，但于我们都十分珍惜。后我延想过，一步之遥，细节上只需一点点——我们走到一起只需一粒米，只需向前迈一小步。

每每胡思乱想这些——我的初恋情怀，无论上山下河，走路吃饭，只要有暇，我就进入这无休止的回味，也奋力开发，理出一些蛛丝马迹，找到其中得失，总想把梦拉长……我想得如醉如痴，得意忘形。

我像一个闲不住的"臆人"。独立行思，静观世界。这种独舞是一个人的欢笑，行动，手舞足蹈，带有浓厚的个性色彩，但也深受社会的束缚，是一种"带着镣铐的跳舞"，所以才倍加珍视。故此，我的独舞也无非是为了厘清一切"烦务"，排除一切"艰险"，让我们明快而神性地愉悦行走，去采撷一帧帧壮美的画图，让自己的生命沉寂而壮美。

（2021.5.30修订　新城）

清　理

清理文资

"清理"是我人生进退的缓冲，它具有继往开来的枢纽作用。

A. 简约博客：使之更精致

热闹非我所欲也，纷繁非我所欲也，我要的是精简。

栏目简约。将"散淡之文""随意笔录""杂谈之文""风景游记""颐养愉悦"统归为"散文"。

将"参阅"更名为"读点"。不求装点门面的花架子，只求实用；不求名人大腕，只求读之受益；不求宽大博厚，只求常读。

将"博一"更名为"走访"。这个也许不完善，但我重缘，缘缔结了我们，使我们走向一处，这样的合并更简明。

简介及头像都更新。

版式也更换。

简约后的博客给人一种全新的感觉。

B. 规整文库：使之更系统

建个自己的文库，既规整，也拓展。发表文章在此，拓宽写作在此，运用自己的理念和经验，使之成体系。

文类含散文、小说、评论和其他，重点是散文和评论。研究散文分类多年，取得了一些成效，目的主要用于自己的散文归类。

文库清理重在精简，杜绝重复，使类别简明大气，并在此基础上开掘题材，使类别明确化、体系化和扩大化。

C. 简化邮箱：使之更周全

重分类别，简明化。清理信息，该留的留，该删的删，使留的有价值，删的不后悔，最后做必要的资料备份。

邮箱是投稿工具，是发射"炮弹"的弹筒，似子弹上膛的枪，为拉弦的弓。建好贮备箱，理好已发箱，清理回收站。

邮箱也是文稿交换地，具有移动硬盘的功能。

D. 纯化QQ：使之更明朗

4字头QQ号被盗，又注7字头号，以前聊生活，现在聊文学，重点规范好文友群。

"文友""中财文友""中散文友"合并为"文友"，这是我主要的聊天群，其中含"文学交流群""文学学术交流群""文学资讯及研究群"等Q群。

其次是同学群。

再次是亲人群。为家庭成员及直系亲戚开设。

四为友人群。纳入生活中的一些朋友。

五是编辑群。

整理好上述，发挥更大的作用，做到心中有数。

E. 清理微信，使之更便捷

建立市散文学会会员微信群，制定群规，加强监督，推进交流。加入一些别的文学微信群。做到少而精，简明高效，发挥微信群的特殊作用。

F. 清理文档，使之更清晰

把质疑的复检一遍，让己放心。

把待查的核对一遍，让己无忧。

把混乱的理好，删除重复。

分门别类，保持更多的单一，独创。该合并的合并，芜杂的暂合一处，另处。

清零。该舍的舍，留下价值。求一目了然，简明大气。

纯净。空旷里见深邃，单一里无胜有。

化简。明了通透。简里托深厚，繁里有线条。

我在几个柜前徘徊，将有序的再有序。一切图简，醒目，远看整齐简明，近看清晰醒目。我的期刊、书籍、笔记、医药、资料……该减的减，该丢的丢，该合的合，各归其所。

本次清理：一清类别，重新校准；二清内容，全面系统；三追求品位，提升档次。平生奉行的理念：不做则已，做则完美。

本次清理是以往清理的继续。每次清理必将解决一两个主要问题，实现一两项创新突破，也就知足。整理的目的是为了简洁清爽好用，但这都是为了写，而写是为了悦，舍此无他。

清理使我们静中见动，稳中求实，退中有进，在安然恬淡中享受一份宁静。这是我进退的游刃地、交合点，更是我攻守兼备的战略支撑。从整理到清理，经历了归、简、序的全程，只为一个"简"字。结果满意，视角舒服，心里清爽。人被许多事埋着，你拨开它，料理好，你就可以伸头，抖搂一下，阔步向前。

清理屋子

一

春节的一天，大妹全家去夫家背柴，我、妻子和母亲留家，愧于自己一个大男人还赋闲在家，却又不好意思同去——去了人家也不让背，尤其是妻子从没干过这类重活，还反给人家添麻烦，故我留家就想干点什么。呃，眉头一皱，有了：我们可以帮他们收拾一下凌乱的屋子啊。

想好就干，说干就干——妻不太乐意，但能配合一下就行。

如此，我们就大干起来。

瞬间，满屋翻腾得像我们盐店峭拔的"五指山"。打乱屋子的陈设，重新"编排"。这个清理，我忙了一整天，妻也熟知我思路，只是时有抱怨，这很正常，可以理解，我的安慰和鼓动不无幽趣——就那个文化品位嘛，就那点审美观嘛，你哪能高看他们？惹她笑她果然笑，这减轻了劳累。效果是三大变化：一是天上的"蜘蛛网"线变成了顺墙的三条线：电灯线、电话线和新安的锅盖子电视天线；二是中间的墙壁上整齐划一，间隔稀疏有致，各色画报、奖状、结婚照、书包类等高矮适中，横齐竖直；三是地下的东西"消失"，全都分类入柜、入箱、入屉，随便拉开哪个抽屉、柜子，都分类清晰，摆放整齐。整体效果在晚上得到了验证，先回家的大妹跌跌撞撞地跑进门，说，"哎哟，回来迟了！活没干完，明天还接着干——不过我不去了。他们真也是的，早不忙的夜心慌，非要过年去背柴，呃——"她打住了，眼睛一亮，惊问："谁干的?!"我们没有回答，她突然明白了，忙不迭地跑出去，一把拉住妹夫的衣角进屋，居高临下（妹妹比妹夫高）地问，你看是谁干的？妹夫张望了一下，羞愧地低下头，摸摸后脑壳嘿嘿笑，不吱声。是呀，读大学回来的侄女兰兰也在一旁啧啧称赞：舅舅舅母真不简单，屋子像换了个样，太清气了，太明亮了，这样的屋子回家多耍几天也舒服。晚上看新安的锅盖子电视赫赫的 50 个频道，我们神清气爽，心旷神怡，满屋透过一股凉气，还有一种节日的气氛。我说，这下客人可以来了，中午我们忙得连饭都顾不上煮，还是邻里的堂弟请去吃的。

我非只说不做之人，这次算是我一次彻底的清理活动，因为我们批评谴责他们不爱讲究的话太多了。

二

清理自己的屋子。

先清孩子住的小屋。两张连搭小桌上的陈设太乱，把书分门别类地放在墙角的桌上，沿中轴线走两边，化繁为简，以利阅读。因他平时不主动找书看，《真情像梅花一样开过》的作文辅导是北大孔庆东编，我花了一上午才从书店选回，可他没看，我特意放在显眼处，以便他能看到。几本侄子用的高考指南大书码放桌边，便于查阅。电脑桌上除了鼠标再没别的。地上的鞋清入门口的大壁柜。妻清理好床铺，也负责拿出一些分出来的东西……顿时，孩子的卧室变明净了。

清主卧。减少靠窗的纸箱，整齐靠墙，大小高矮一致；倒出床头柜里的东西，让其各就各位：或进书柜，或进别处。

衣柜里早塞满了。我们把所有的待清东西放在床上，堆放得像我们姚家的"马耳山"，然后分类挂放，冬衣、热衣、毛衣、裤子、棉袄，各归其位，不穿的丢入大纸箱另存。这样，衣柜里松闲了，整间屋子也分布合理。做这些时，我怨道："咋搞得乱七八糟的嘛。"妻委屈地黑着脸回我，说，谁叫你那么"多事""自找麻烦""自讨苦吃"，弄得我也不安歇。我嘴里那么说，心里却不烦，手里忙个不停，显然我比她更有耐心和韧性，事实证明我的见地更高明，行动也更有效。

客卧是清理的重点。因目前住着读高中补习的侄子，以前是母亲住，据说母亲很快要从乡里赶来，所以我们计划腾出空间之后再搭个小床，只要安排得当，空间绰绰有余。我不会嫌东西多而挤，只怕不会巧安排。我们先从横杆上取下腊肉装入冰箱，取下母亲和侄子挂的衣服装入一个空木箱，把打工的二妹存放的包袱放在靠墙的木箱上，将条桌抽屉里的东西倒出重新分类合并，这样，屋子简洁多了。

客厅是难点。虽长（因装修时连接了阳台），但窄。房建于20世纪80年代，当时只设制了小饭厅，楼上各户早把主卧室改做客厅，不过人家都是四室一厅，我这的另一间几年前被"分割"走，非我手上事。现在我们要做客厅。经过多次试验，我们决定只一边搭沙发，另一边全清空，最多放一张茶几。什么都好安排，只剩下一只单人沙发，实际要放也能放下，但为了留下必要的空隙，使整体爽洁大气，我硬是卸下主卧门板，才左旋右转地把那笨重的家伙放了进去。妻见状以为我弄坏了门，急得直嚷嚷，正要发怒，忽见我已装上，才止了大动肝火。见我忙得满头大汗，像做了错事的孩子诚惶诚恐，她噗哧一声笑了。我莫明其妙，她递给我一面镜子，镜中竟是一张大花脸。我也笑。晚上孩子们回来，都蹑手蹑脚地进屋，东瞧西瞅，得知我卸了门板才把一只单人沙发放进里屋时，都抿嘴笑。

内清也不简单。客厅橱柜下的几盒东西要清理：一盒家用药品，一盒家用工具，一盒电器用品。

清除"天上"的灰尘。窗罩该洗换的洗换。

拖净地板。

整好后院。靠壁凉棚动"大手术"。

清理厨卫。

先后花了几天，用几个时间段来完成所有的清理。

对此清理我们皆大欢喜，忙中有趣，累中有乐。我进一步提出，这下我们开始内清。把书柜上的一大摞《文艺报》《文学报》分批次取下，备好一个专用笔记本，进行清理、梳理、摘录和剪辑，残余的另存处理……我在这个专用本上写道："这是一次整理，以配合整个屋子的'简洁、清爽和空灵'的特殊要求；这也是一次采集，采集这些零星的知识碎片，提升我的认知空间，增进我的思考纵深，增强我的文字功力，可以说是一项搜集思想碎片和挖掘艺术灵光的有益行动。"

这个清理是我们整个生活清理的一部分。我们接着清理自己的饮食秩序、休养锻炼秩序、工作秩序和业余秩序。

通过这些清理，我们的心态好了，信心足了，动力大了，勇气增了，我们的沉睡开始苏醒，一切有如春水荡漾，开始了萌动和活泛。

清理自己

我始终不渝地做一件事，即清理自己。我要读书的孩子少错或尽量不错，在每次的关键考试之后我没直接问他得多少分，只问错了多少，两者虽同一码事，而孩子的心情和考试结果却截然不同。我让妻子美点靓点再年轻点，因为心态年轻是可以延缓衰老而延年益寿的。这是否荒唐和可笑呢?

我让自己的生活条分缕析和简洁明了,以轻松恬静的淡然心态去面对一切;我让自己的思绪飞扬又沉落下来,最后变成优美激越的飘逸文字;我让自己的情思熊熊燃烧又骤然冷却,囿于伦理和道德的范畴之中……我所做的这些都是清理自己。

我的过去显然不是这样:困惑、懒惰、混乱、玩世不恭……结果都一事无成。

可是有许多东西是清不掉的。用它看不上眼,舍弃又觉可惜,它们就这样形影不离地跟着我,伴我走过了许多年,直把我压得喘不过气,简直快要窒息。现在我倾箱倒箧,先精挑细选,再重整编排。在旧书的阅读中我如饥似渴,在家具的摆放中我汗流浃背,在总体的布局上我煞费苦心……我累得废寝忘食和精疲力竭,而心里却无比舒坦。最后我选一角度,去作品评鉴赏。我目睹了经我整理后的这些新秩序、新环境,正各司其职和各显神通。我踌躇满志、功德圆满的惬意之情是无以言表的。

我灵活高效地清理好单位上的一切繁琐事务,把它们分门别类和化繁为简;理顺了自己渐有忽视而又恰最重要的父母赡养、姊妹照应、朋友互助等人间至上的恩情、亲情、友情……我沉醉在这日复一日的清理之中乐不知返。

清理的成效显著:一切都变得"眉清目秀",打捞了许多疏漏的稀世"珍宝",获得了思想的飞升,迈出了前进的步伐,实现了准确驾驭自己,做到了高瞻远瞩,摆脱了先前的羁绊受制,远离了过去的浑浑噩噩和患得患失……成了自己的真正主人。

不久我明白和想通了一个道理:原来自己一直在走弯路,老学别人走路老不会走。自此我决计开始走自己的路,管它是一条什么路呢,只要目标明确、方向正确和适合自己就行。于是我着手清理自己的写作之路，坚决摒弃了自己一贯用的陈腐老式写法，真正举笔"从写作中学会和提高写作"。一下自己的日记本就供不应求，书框、书柜也日渐增厚，所写自感也还小有市场。于是我乘胜前进，在文学、音乐、体育、烹饪、养生等诸多领域奋力开掘，从此视野开阔，文思泉涌，汇聚了一条奔流不息的文字长河——流通了我的全部生命岁月。

清理自己的人生之路，我蓦然醒悟：原来苦苦寻觅的路却一直无声无息地躺在自己脚下。于是我沿着脚下之路前进。

……

清理自己，不仅要检查自己，清点自己，还要准确定位自己，有效地挖潜自己，最大程度地发挥自己，才能确立正确的人生目标，才能正确看待事物，才能找到发展的突破点，才能积小胜为大胜，才能立于不败之地。

当然，这样劳心尽力、煞费苦心地完美完善和苛刻自己，苦心经营甚至"惨淡经营"自己，结果或许终也不能给己带来什么，相反还要反受其累，甚至穷愁潦倒，根本没那些不重德行、不修"正果"，只会哗众取宠和投机钻营之徒"实惠"得多。可是，你也不会后悔。因为他们有他们的"大算盘"，你有你的"小九九"，他们也根本不能和实现了人品升华的你相提并论。也正应了所谓"人各有志"和"人生自有人生福"的道理。更何况古语说得好："文章千古好，仕途一时荣。"

这里的"文章"不只泛指一般文章，也可引申为谦谦君子的"道德文章"。它绝非无奈，也不是孤芳自赏和空发牢骚，更不是穷开心，是以进为进，是绝处逢生，是绝佳的人生选择定位。

不停地清理自己吧，无论你是圣人贤人，抑或凡人俗人，无论你飞黄腾达或一败涂地，无论你无所事事或日理万机，都要好好清理自己。

如你无所事事和百无聊赖，如你身心疲惫、愁苦不堪和事事不顺，如你面对失意、遭遇不公和身处逆境，尤当你看不到希望、找不到前途和走投无路时，都要好好检查自己，及时换位思考自己，正确估价自己，这时你会恍然大悟，明白自己该做什么，弥补什么，从此你便有了信心，看到生命的亮光，看到微茫的希望。

如果你得心应手、频频成功和取得了举世瞩目的巨大成就，如果你春风得意、一帆风顺和喜气洋洋，你别忘了物极必反和乐极生悲，或许失败和陷阱就在你的眼前。这样你会镇静下来，认真警醒自己，好好检查自己，才能避免前功尽弃和功亏一篑，才能做到戒骄戒躁和更上一层楼。只有全力挖掘自己，才能力挽狂澜，获得更大的成功。

孔子曰"吾日三省吾身"，"君子有九思：视思明、听思聪、色思温、貌思恭、言思忠、事思敬、疑思问、忿思难、见得思义"。我想，大概这也是同一道理。

真能如此，还有什么不心满意足和无限快乐的呢？

（《清理自己》入选《华夏散文经典》）

走出误诊

一

童年的夏天，我眼睛红肿，乡医院的李医生诊断我患黄胆肝炎，那时乡医院没查肝功能设备。母亲和我没理由不相信，于是开药吃，回家碗筷分隔，多吃糖少吃盐。

我的碗筷放在睡房的抽屉里，每次饭前去取，饭后洗好再放回去。抽屉的一拉一抽，都显得很无奈，分明在说，你是一个病人。最难受的是吃糖，虽那时白糖奇缺，可我不吃糖，怕吃糖。那样的多糖少盐和隔离，我简直受不了。

母亲又带我去乡医院复查，遇上丁院长。他检查后诊断说，不是肝炎，只是湿热，开副中药回去吃了就好。

他说得这么干脆，我们没理由不相信。回去的脚步，我们都轻快。于是，我彻底解放了，不再隔离，同吃同住同待遇。没过几天，一副中药吃后，好了。

复检的决定是大人见我吃不下饭，心情忧郁而作出的，然而，幸好这么明智，否则不知会耽误我多久。

二

某年秋，我颈椎腰椎两病同犯。我先解决颈椎，因导致我头昏，当然我读书时就开始头昏，特别是每日三餐后头昏，只午饭前和晚上才清醒。

药吃了不少，膏药用了不少，但没好。最后我巧遇"东方人"治疗仪，通过一年的治疗，好了。

接着解决腰椎问题。去县医院做理疗，效果不明显，CT检查，结论是腰椎间盘突出。检查者告诉我，在我们这里是重度突出，建议你提片去省城找专家看看。

挂省医院骨科专家号，专家没来。等了很久，还是没来。最后只来了个主治医生代诊，我也去看看。

他让我躺上床检查，看片，刷刷地开了入院手术单子。

我怀揣单子走进了省中医院，挂骨科张教授。张教授问是我哪里人，我说某某县人，他说那你认识陈某某不？我说知道啊曾是我们的副县长。他说对，我的同事，骨科副教授，只是他今天休息。于是乎，张教授挂起片子，给我不厌其烦地讲了半小时：腰5底1，中度突出，不用手术，可轻微锻炼，吃中药加擦药就行。

接着我和妻又按图索骥地找到了该院研究所。该所二楼的门诊一大边，却没有病人。川报上说的北京专家来此会诊，我们也难看出。如果单看模样，仅像我们老家农村的孙老头，更像我工作过的龙镇某村的陈支书，他瘦瘦的，黑黑的，干干的，说话慢条斯理，爱理不理。我问一句，他答一句：

位置在哪？

腰5底1。

严重吗？

中度。

我释然了。我要的就是这个"度"的判断，至于治疗，再说，也许是综治，也许取最好的，适合我的，但这是下步的问题了。

"孙老头"主动问，要打意大利进口针吗？快下班了。

多少钱一剂？

700多元，三剂一个疗程。

下午再说吧。

好。

行走在街上，没了紧张，虽为省城一环大街，正经的挂牌医院，但其病员稀少，我们像逃出险地的轻松，也更是病情减轻的释然。

午饭后我们赶车去省军区医院。挂骨科专家，坐门外候诊，很久才来了一位年轻医生，我们没动。

是看病的吗？里面问。

是。我们答。

那进来。

下午的病员就只我。我不好当面质疑其身份，便问，老师贵姓？答，我姓凡。哦，原来就是所挂的凡教授，真是有志不在年高啊！我在心里说。

凡专家问我们从哪来？我回答从哪来。他说那认识你们水电局的某某吗？我做的手术。我说不认识。他简单地检查了下说：要开刀。

我说今天主要是来检查，得回去准备下，然后我们转身就走。到了一楼的专家公示牌，我问妻那上面有他么（我眼睛近视）？妻看了下说好像是。

省城医生阅片的结果是，重：轻=2：2。

后来的结果是，我灵机一动，联系了东方人厂家，正好有此设备，只是产品才出来不久，我说我相信。

同样用一年时间，治好了。

三

亲戚丙弟的病我简直不想管。

当初只是一个小小的骑自行车摔伤，他却大而化之不理睬，身上的几千元全用于打牌，将自己的伤不当事。后严重了，才找我去市医院检查，结论是滑囊炎，治疗方案为穿刺引流，时间两月，资金万余。可他家在农村，两个孩子读书，靠打工挣钱，承担不起，我网查，替他从河北邮购了一台滑囊炎治疗仪。

可他治好一半就懈怠了，之后完全放弃了治疗，结果化脓，影响行走，最后不得不外出检查。

北京某三甲医院骨科诊断为骨坏死，需做换骨手术，但医院没空床，紧接有家乡护工给争取了刚空出的床位。闻此，我一个电话打过去，阻止道：忙啥忙？大老远地去北京，不好好检查清楚，那骨头是好换的吗？是轻易说换就可以换的吗？

我这样唬住了他们。决定暂缓手术，先按我说的去北京积水潭医院或北大三医院做骨科检查。可他们要么大老远去没号了，要么没专家号。先在北大一医院检查，最后去那两家检查，结论非骨坏死，而是骨结核。

这时我又告诉他，可参考西安民族医院的保守治疗。可他再也听不进去了，也不耐烦了。折腾了多日，病人行走不便，花时很多，最后不知听了哪位医生的推介，去通州的结核专科医院做了拉直手术。

病人回来我不满地说，出去时挂一个棒，花了 3 万多元回来挂两个棒，咋不听我的建议做保守治疗呢？

没有换骨而拉直，是一次重大错误的纠正，而终没采取保守治疗，还是留下了遗憾。这不怪我，只怪他们的耐性及理解了。

以上说明确诊的重要性。这有如棋一步下错，后面步步错。我们一生会面临许多这样的选择，是别人选择你，同时你也应当选择别人；问题在于我们有些人，总是喜欢去被动适应，还美其名曰"顺其自然"，实际是盲从和愚昧。当然，诸多的偶然也许我们躲不过，无法回避，将导引我们的行为走向，但是，我们终可以辨明，尽自己的最大努力，掌握新情况，冷静判断，科学分析；同时要相信权威，但不迷信权威，要敢于置疑权威，挑战传统，作明智的选择，才能起死回生和找到正确的道路。

孤独与融入

走出孤独

上班无语。几代人在一起没话说，眼界不同。常说十年一个年轮，此话我今天才算深有体会：看问题角度不一，谈事观点各异；交流挺累，就干脆少说或不说，寂守书报和荧屏。心想的是，早点退休，"倒计时"结束吧。

回家面壁。虽说和家人在一起也未必不闹别扭，但与此处的孤独相比，我是宁愿别扭，也不愿这样孤独。更何况说，长大了的孩子的事，只能生活半自理的老人的事，都是难以解决的难题。妻说我"一个人在外好洒脱"，可我即使想眼不见为净也难净，想地偏心自远也难远。

打开炉灶。用老城带来的蔬菜给自己煮一碗饭，无论好坏，心想晚上的连续剧好看，心里就有了指望。饭后没出去，厌烦了日日走河堤。街上绿荫掩映，高楼林立，但在我眼里也了无生趣。我就待在家里，累了就睡，结束一天的行程。

重订作息：上午上上网，下午读读报，晚上看热闹（电视）。长期耗网，虽非小儿的"游戏人生"，确也是"网络人生"。尽管多为读写爱好，这与孩子的喜爱游戏又有何异？长此以往，颈腰椎出问题，眼睛干涩痛，视物模糊，四肢不勤，大脑不灵，出现了各种"不适"症，所以我调整作息，是为紧急煞车。

我的阅读再也不像先前那样白天上（网），晚上看（电视及书籍），见缝插（读写），将晚上的阅读移到了下午。

近年读兴大不如前，可能的原因：吸引者少，也可能跟我出了第一本书、第一本文学评论集《说长道短集》有关，在这以后，我的读写热情一落千丈。

也源于我的下一本。我在这本评论集前的 10 多年起，就开始筹划自己的散文集，之所以一直没出，既因钱，也因文，我把写别人的评论集放在了前面，现在回头来出这本，一时也难以敲定。

索性不强求，万事有定数，佛陀说。一切成功于有准备，哲人说。就当是一事之劳后的歇息和养神吧，自己说。总之我没改变目前的读写困境，但我还是在继续前进。

继续策划自己的散文集。推翻了若干方案，准备了多种文章。看来，走市场书不可能了，只求一点文史价值和文艺元素，这应成为我的重新定位。

找人下棋。以我数年积攒的一套创新战法，去应对各路棋手，荡涤我的烦愁。

下棋多是退休老人。他们或猛，让你眨眼即败；或慢，重要棋子吃了要悔，而你不能，一悔对方就大为不满。即使如此，还未必想与你多下：人家高兴即陪你下几盘，一不如意则拆台走人，我索性就网上下，尽管没露天场的轻松。

故此，周末休息我一般上午上上网，出去买菜，看护老人，下午下棋。

走向空寂，虽都是自告奋勇的，毫不犹豫的，但都是身不由己的。这些，构成了我生活的空间，成就了我的生活之塔。进而联想，我的青少年也未必不是如此。于我来说，轰烈只是短暂，而孤寂持久相伴，一波未平，一波又起，波波相推，浪浪相涌。

融入自己

一个初冬的太阳天，我消消停停而又有些昂扬地走向城南的塔山，路经新辟的政府中心广场，选有老人围绕的台阶坐下，与他们一起享受热辣的阳光。一些外地商贩正在广场搭建商品展销铁架，这儿每晚的健身操舞即行停止。老人们的目光慈祥，问候亲切，但也掩饰不了他们的孤独与感伤。

一个淡黄的钢笔布袋放在我手里反复搓捻，一次又一次铺展摊平而又放开，似有东西装入。之所以没急于装入，放好，锁上拉链，回归裤包，因为脑子里还在犹豫，翻滚的画面片断还在重新排序。

假寐一会儿。太阳烘烤着我的手臂和侧身。右边的树荫里传来声音：某地建省，某地引水，某地建设新城，那某地呢？有人迫不及待地问，作开发区吧，为毗邻的旅游区配套服务。左边的几个女人哈哈大笑，她们打扑克牌剃了别人的"光头"。

太阳潜入了鱼鳞状的乌云，冷气袭来，两处的狗在汪汪地狂吠回家的路人，我从布袋里掏笔，记下刚才的梦寐。

此刻的小憩，是超负荷的周末加班换来的。换位歇息，做别的事，是我最好的休息。登石梯上山，忽感孤单，咋没找老陈同去？妻提醒过，我说几十年的交情，又岂在朝朝暮暮？显然，我的孤独来自生活驱使，也来自我的选择。

也许孤独于一个执着的写作者更适宜，于一个独行的思考者更合适。这种情状，成了我们的基本生活方式。为何我们许多时候都拒绝热闹，而义无反顾地投身于孤独？我没去找答案，眼前浮现了梦中的几个老人。

A老说，人大不过自然，自然大不过道，而道是自然的，人只能随自然，一切的臆想都不确定。

B老说，人来世不易，父母的精血孕育了你，你就该好好报答，社会供给你生存环境，你为何只饱食终日无所用心？大丈夫立世修身齐家治国平天下是本分，休问成败，一样是英雄——人生来就该做英雄。

C老说，休矣休矣，你们太理想化入世了，只一个问题就可击倒你们：生老病死谁躲得过？谁有妙药仙丹？修行今生，超度来世，才是人的本分。

D老不耐烦了，怒道：人生在世，不外"厚黑"二字……

几老争论不休，就在我的梦里，醒后我还闻到余味。他们争论的焦点：人生就是孤独，愿不愿意都得融入。

据说我在娘胎里待了7年——母亲在长哥夭折7年后生下我，我孤寂；孩童时婆母宠我而父亲严管我；读书的脚步刚一踩稳，升学的紧箍咒就开始压我，使我多年喘不过气，挣扎在这条艰辛的路上；成人后遭受的是冷眼、孤立、漠视、歧视……即使有鲜花、掌声、赞誉、荣耀，也都如过眼烟云。可以确切地说，我的成长之路，以及我的自考之路，都是一条沧桑的孤寂路。

然而，我一直在茫然中思考与行动。这个"行动"的标志，是我介入了一切繁琐小事，浏览了一切入眼的文字，体验了一切投来的目光，探寻了一切关注的焦点，如此，我又忙了起来，是四老中说的任一个，又一个都不是。我不做中庸的调和，也不偏执于任一方的观点，我只是我，我的融入也只是混合而非化合。近来，我清理桌上堆积如山的东西，让其条分缕析；我理顺血缘亲情，让其不至荒疏；理好身边琐事，让其井然有序。这样是否暗合了 B 老的人生智慧？而我又归平静，淡泊宁静，虽不信来世才有光明，世间都是厚黑罪恶，但要做好自己的眼前事，过好自己的每一天，走好自己的每一步。我常对妻说，别跟他们人云亦云，大捆纸香拜烧于庙门，回来却蒙人坑人。这叫膜拜信奉？这是坑蒙拐骗！善念吧，善行吧，用辩证历史唯物思想，我为人人，人人为我。心中有善才是善，心中有佛自成佛。

孤独与生俱来，伴我们不离不弃，尤我们这样自寻烦恼者，更易陷入深深的孤独，但你要融入，甚至很好地融入，才能走出孤独。孤独是这个世界的本质，也是我们的宿命。

太阳落下，天冷了，山上只有我，我下山去。

做生活的主人

提起生活的领口

生活是件无法逃遁的大衣裳，我要提起它的领口。

前些日子，我懵懂混沌，力不从心，词不达意，是非不明，不在状态，抓不住衣服的领口，迈不开眼下的脚步。

苦　撑

按常规走路，却跳跃不起，活泛不了，也轻快不起来。虽该做啥还做啥，但心里不是味。隐忍，翘首以盼。据说，春天来了，万物复苏，一切都会好的，我想，这含我的心情。

当一丝微力在我心底升起，当一粒种子在厚土里发芽，当一株小草行将破土而出，这时会有一股力量在聚合，凝结，越来越壮，小心翼翼地呵护，维护，善待和强化。最后，它冲破泥土，喷薄而出，似东升的太阳。迎接，以平静的脚步，平和的心态，享受它的光芒。

妻问我近来咋没打电话了？我也不知。两人间有的说，只是觉得没调整好——冥思苦想我的调整之路。前段，我心乱便清屋子，把故乡妹家和我老城旧居都"弄绝"。妹家我们忙了一整天才弄好，无论从陈设的简净，还是从"审美"享受，都令人皆大欢喜；老城旧居的屋子我花几天清理好了——至少是目前最佳。

渐渐升腾的心便利用起来。写几个字，改几篇文，发几个帖，说几句话，跑几趟路，想几件事……总之我抓住这些来之不易的神灵赋予，是见闻积累的赋予，是同仁师友的赋予，也是我自己的赋予。我将小心地待若上宾，和平相处，当作知音，也是故交。

盯　紧

盯住眼前，重新打量。该完成的完成，该补究的补究，该提升的提升，该改换的改换。誓将简化进行到底，誓将爽洁伴随身心，这是一种状态，也是一种动力。我想过，人多在休眠，多在蓄力，只要一旦醒来，就要伴着阳光，把一切落下的都弄好，把一切琐事都做完，把一切杂碎都熔化，让意志集中，让影像聚光，拍一幅清晰的图画。以前我好高骛远，三步并作两步，想一口吃个胖子，现在则心静如水，把眼前的琐事盯紧，处处闪光，照亮自己的前路——拨开众阻，一路向前。小事做起，大处着眼，抓住事物内核，抓住生活领口。

逃不过眼下的环境。人生存的环境小，那就在这窄小的环境里做文章。谁说浅水里见不到太阳，谁说人没在同一块地球上，日行八万里，转速都一样。这是一个观念问题，不转你就会更慢，转了你不一定慢。许多事都要重新打量，估量，光照，一切逃不过自己的掌控。妻说孩子在写"回忆录"，他才 18 岁（我当年也是这年龄开始写日记），我闻此不信，又信，更主要是惊愕和高兴。他读书当过先进也当过落后，更主要是厌学，转学——他把近处的学校都转遍了，他有太多的酸甜苦辣，应有写的。可他一向怕写，出语更伤人，说，"你喜欢写也要我写!"错了吗？好像没有，也好像错了。妻说他等我回去给我看，不过这不要紧，只要坚持即行。我一向操心孩子读书，不敢奢望他因此而"脱胎换骨"，但我欣慰他有此行动，但愿他不会让我太失望。

工作上没建树，但可以轻松推进。搞好本职，调好心态，读写有为，何不为一赏心乐事。提起工作的领口，响鼓不用重锤，这将成为我个人爱好的助威剂、添油灯。

下周我回去清报纸，逛书店，登山坡，晒太阳。让微光照耀，滋润，与心思相融，相碰，或迥异。可固守或改变生活态度，作为规范动作。按自己的意图，修订一些茫然，让一切了然于心，在我的目下。

所做都是为了掌控和拿捏，使己立于主动，谋定而后动，有条不紊，方寸不乱。通过长跑锻炼和中医养生，以明白调息，明白动静关系。由此会过得更轻松，活得更明快，日子更闲雅。由此生活的衣领会被高高提起，行走如飞，但求稳健，不愠不火，不急不躁，一步一脚印，走好每一步，过好每一天，写好每一页。

提起生活的领口，实为一件主动的事，也是一件简单的事，更是一件惬意的事，它浪漫无比，充满诗意。

做自己的主人

忍受：生活总是压迫我

非我庸人自扰，我非世上聪明绝顶的人。我的理想无法实现，连近期目标也遇阻力，虽我有饭吃有衣穿，有房子有女人有孩子，但并不意味我富有，我被一些琐事缠身，无法安宁。目前主要是房子装修、写作停滞、孩子停学，这是我最大的困惑，也是我最大的心病，我无奈地忍受着。

晾晒：把琐事都晒干

我对困惑并不积极应对，有时还要回避，绕道逃逸，但也是一种杀回马枪，变被动为主动。深信战争年代一位著名元帅的话，"遇到不利就赶紧逃开"，这个"逃"也不是真逃，而是杀回手铜，它比困兽犹斗更主动，更具杀伤力。今用此策，也不单是为了使回马枪，而是为了使事实清楚，让污泥澄清，分清水是水，泥是泥，我要让事情的量化明确，有个眉目，呈现定势，像浓疮熟透，这时我才操刀，刀到疮除。

房子装修不忙，孩子读书的事放首位，然而一亲戚却催我快点做了他好上京。我便揭开了新房装修的序幕，也一鼓作气，半月拿下了地坪。其后的木工一开始就有人病倒，剩下一人，我也不急。现如今刷墙面，涂料工慢吞吞，四处揽活，我也不急。之后还有水电安装，晾房子，搞卫生，购家具……我都不急。我用时间去晾它们，到时一切都水落石出，一切了然于心。从此得到启示：许多事并非取决于心情，而是由时间决定。

绾结：分类有个了结

浑水终于澄清，心情得以过滤，时间差不多了，到了结网的时候。一网子捞起，纲举目张，分类而治。

沿用此法，等事成熟定型，就好解决，不能再拖之时，就当机立断，给予了结。正像我《清理自己》一文中所说，着手清理自己，让一切变得眉清目秀，秩序井然，也就是一句话，简洁。

我的这个"简洁"既指类别简洁，也指事项简洁。简洁并不简单，简洁往往是大手笔。因为这建立于深思熟虑，也建立于事实洞明，更建立于稳定熟稔，所以这也是大气魄，是胸有成竹和指挥若定。

装修房子的匠人是精心挑选的，设计体现了我的创意，时间和资金投入上都有张有弛，所以最后的缩结效果明显。

写作停滞原因有二，一是我获得全国征文奖，入中国散文学会后有了更高的要求，反而写起来更难；二是我自装修以来太忙，顾此失彼。缩结办法，心里运筹了许久，也设想了许多写题。

至于孩子上学，这学期干脆算了，下学期再读。许多丢失的东西，都得从头开始，我还是那句：只要想读，又勤奋，就能成。

生活里许多事像尘埃，它包围着我们，笼罩着我们，使我们压抑、憋闷，我们可以忍耐，可以包容，以便更好地了解、掌握、透析，然后找到处置的方法。最后，我们胜利了，我们把诸事都踩在脚下，我们成了生活的主人。

做好自己事

2016年3月18日，我正式卸任中财论坛评论版版主，结束了一届义务版主的光荣使命。

我本可连任或转任。而我在刚满届的2月14日就发表了不再继任的声明。理由没说，但是大家心知肚明：忙，肩负了本地的三刊编务，任职满届。还有就是论坛管理欠科学规范，考评标准不公正透明，越来越丧失人气，论坛文章整体质量呈下滑趋势，大家有了信任危机。再说，集中搞好自己的创作才是正经。故我考虑再三，决定坚辞且今后原则上不再兼任一切网坛的管理事务。

论坛管理迟迟不复，甚在新任名单上公布我连任，我只好找他们去说事。

辞职的事，我已在任命后附言办了交接，我最多只留守一月。

版块因你的建议而开设，你怎么要走？

为助推本地文学事业发展，兼任本地三刊编务，也想腾出精力搞好自己的创作，已经满届，这些理由还不够吗？

够。可是你走了谁来接任？

×××。我提出了接替者的姓名。

那你联系下好不好？

我举荐了，还要我负责联系？

对方无语。

好吧，不过人家也忙，不一定答应。

果然人家不空。另一位愿意，至少可以过渡，我如实报了。

回答是一声谢谢。

留守的最后几天，我还是关注了一些评论文章，尽力给出中肯的点评，说优也说缺，负责地指出注意事项及今后的努力方向。很明显，我那几天算是纪念性的留声。

一位老版主说，感谢一冬的肺腑之言。

一位老版主说，正为冬版的直言与真诚惊服时，他却说要走了，可惜错过了。

一位老版主说，论坛以这样的方式留你，你可否不走呢？

我不好回答他们。但我可以真诚地告之：我自 2008 年 8 月加入中财论坛以来，酸甜多多，感受多多，收获与失落一样多，总之社会在进步，我也在前进。但是，人不可能永在一棵歪脖树上吊着，一个人太执迷于一地一事，势必会闭目塞听、坐井观天和孤陋寡闻。我们跳出某个圈子，更能以退为进，更能登高望远，何况一个人能上能下也是难能可贵。多少人想当，上去了不想下去，上去了下不来，哪怕是个毫无用处的闲差，总以为当比不当好。可以说，他们被这些虚荣的"光环"笼罩，脱不开身。而我要进退自如，用我在论坛的一句话说：愉悦而来，虽不满载而归，但也至少无憾而去。从此，我就是个自由之人，没那么多的义务要尽，没那么多的责任要当，来去自如，自由自在，何乐而不为哉。

今后只上那些高境界、大视野和前景好的大网，我只需有真正意义的交流与提高。

我会集中时间整理自己的文稿。让博客更科学规范，增强实用性。让自己的文库充满创意，编好自己的文集。

我会加强创作的深度、难度和力度。

我会办好我们的"文学学术探研群"。

总之要做的很多，现在我有了更多的时间和精力，去从容地做事。最后，我感谢与文友们的缘遇，是你们的相助，才成就和光大了我自己，相信只要努力，我们的未来会更美！

后　记

本书的策划

一、选题（书名）费尽心思

策划多年，到底要出一本什么书呢？初主"情"字，后重"单一"（选编过自主集、血亲集、恋情集、读书集、追梦集等），现走向综本。书名取《种子开花》，不为赞扬，也不为失落，而要开出生命本色，乃我个人的思想艺术追求。

二、选点（栏目）绞尽脑汁

减少类别，力求覆盖。内容有四：

1. 读书千古事（求学篇）：读书再过千年也是大事，我泱泱华夏，没有不重视读书的。写两代人的读书高考：一个是高考之难。那时升学率低，只青睐特优，本属之列，却因临场心态、试前变故等失之交臂；一个是转学圆梦。从小优秀，迷网废学，最后通过不断转学而实现人生理想。

2. 情字怎了得（情感篇）：情感是人类永久的话题。本书着力展现忠贞不渝的刻骨爱恋、血浓于水的血缘亲情和魂牵梦萦的故土乡情等，都是情感的深层体验。

3. 邂逅成风景（奇遇篇）：有人云，人生何处不相逢，邂逅岂能成风景。我却说，人生有奇遇，邂逅成风景。本辑选县乡工作职场、俊贤风景名胜和纵横文学艺术等人生风景。

4. 心远地自偏（闲逸篇）：选休闲、飘逸之闲适人生。体验秋色之成熟，生命之壮美，人生之练达。

当然本书也可以这样构读：（1）心底的微澜：读书、情感、闲逸；（2）外面的精彩：职场、名胜、文艺。

三、选文（文章）精挑细选

想选者多，篇幅有限，咋办？集束打捆，"一弹多头"（同题荟萃），但指向一致，集中攒射。当然读时可分可合，既独立又统一。这样的组合结构，是以小见大，以简驭繁。

本书的解读

读者可以自己去体悟，此处只强调三点：

一是集拓路、开疆、自传于一体。本书呈自传体系，涵盖了读书、情感、职场、境遇、闲逸及生活智慧。这是我本色人生的真情书写，也是我心灵之花的自由怒放。

二是融创作、编辑、评论于一炉。我是作者，写作是我的本分。我编文刊，对编辑工作有自己的独见。我写文学评论，寻找文学创作的真谛。编选该本，我综合运用了这些功夫，使书具有可观的阅读期待。

三是"简明、精致、厚重"。这是我编著的基本定位和一贯要求。本书有如下特点：（1）本色：质朴自然，最想说的。（2）自传：人生经历，心路历程。（3）拓路：开创新路，生命探索。